El corresponsal

Seix Barral

Alan Furst
El corresponsal

Traducción del inglés por
Diego Friera y M.ª José Díez

Título original:
The Foreign Correspondent

Primera edición: septiembre 2006

© Alan Furst, 2006
© Mapa: Anita Karl y Jim Kemp, 2006

www.alanfurst.net

Derechos exclusivos de edición
en español reservados
para todo el mundo:
© Editorial Seix Barral, S. A., 2006
Avda. Diagonal, 662-664 - 08034 Barcelona
www.seix-barral.es

© Traducción: Diego Friera, M.ª José Díez, 2006

ISBN-13: 978-84-322-9679-6
ISBN-10: 84-322-9679-1
Depósito legal: M. 28.263 - 2006
Impreso en España

A finales del invierno de 1938 cientos de intelectuales italianos huyeron del régimen fascista de Mussolini y hallaron un refugio incierto en París. Allí, en medio de las dificultades propias de la vida del emigrado, fundaron varias células de resistencia que, mediante periódicos clandestinos, enviaban noticias y aliento a Italia. Combatiendo el fascismo con máquinas de escribir, sacaron a la luz más de quinientas publicaciones.

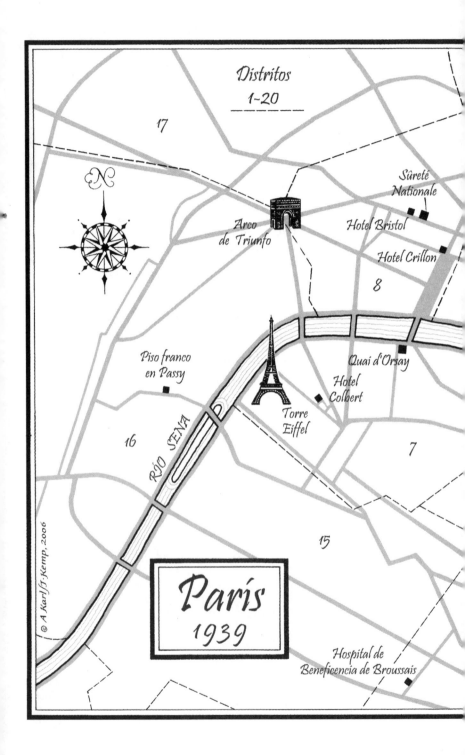

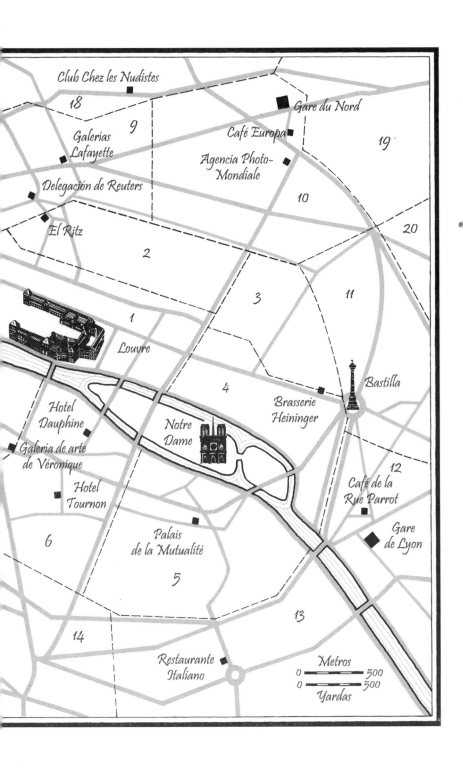

EN LA *RESISTENZA*

París, últimos días de otoño. Un cielo plomizo y turbio al alba. La penumbra llegó al mediodía, seguida, a las siete y media, de una lluvia sesgada y negros paraguas. Los parisinos se dirigían a casa a toda prisa entre los desnudos árboles. El 3 de diciembre de 1938, en el corazón del séptimo distrito, un Lancia sedán de color champán giró por la rue St. Dominique y se detuvo en la rue Augereau. Acto seguido, el hombre que ocupaba el asiento trasero se inclinó hacia delante un momento. El chófer avanzó unos metros y se paró de nuevo, para quedar entre dos farolas, oculto por las sombras.

El hombre que se hallaba en el asiento de atrás del Lancia se apellidaba Ettore, *il conte* Amandola: el decimonoveno Ettore, Héctor, de la familia de los Amandola. El de conde sólo era su título más importante. Más cerca de los sesenta que de los cincuenta, tenía los ojos oscuros y ligeramente saltones, como si la vida lo hubiese sorprendido, aunque la vida nunca se había atrevido a tanto. El rubor de sus mejillas sugería una botella de vino en el almuerzo o cierto entusiasmo al saborear de antemano el plan que tenía para esa noche. De hecho se debía a ambas cosas. Y siguiendo con los colores, podríamos decir que era un hombre muy brillante: el cabello cano, reluciente debido al fijador, lo lucía peinado hacia atrás, planchado, y el bigotito argénteo, que recortaba a diario con unas tijeras, le sombreaba el labio superior. Bajo un abrigo de lana blanco, en la solapa de un traje de seda gris, llevaba una pequeña cruz de Malta de plata sobre un esmalte azul, lo cual significaba que ostentaba el grado de *cavaliere* de la Orden de la Corona de Italia. En la otra solapa lucía la medalla de plata del Partido Fascista italiano: un rectángulo con fasces en diagonal, un haz de varas atado con un cordón rojo a un hacha. Era el símbolo del poder de los cónsules en el Imperio romano, quienes poseían la autoridad de azotar a la gente con las varas de abedul o decapitar con el hacha, armas que siempre les precedían.

El conde Amandola consultó el reloj, bajó la ventanilla y se quedó mirando, a través de la lluvia, una calle no muy larga, la rue du Gros Caillou, que se cruzaba con la rue Augereau. Desde ese punto —ya lo había comprobado dos veces esa semana— podía ver la entrada del Hotel Colbert, una entrada bastante discreta: tan sólo el nombre en letras doradas en la puerta de cristal y una luz desbordante que procedía del vestíbulo e iluminaba el mojado pavimento. El Colbert era un hotel bastante sencillo, tranquilo, sobrio, concebido para *les affaires cinq-à-sept*, los amoríos ilícitos que se consuman entre las cinco y las siete, esas cómodas horas tempranas de la tarde. «Sin embargo —pensó Amandola— mañana será noticia.» El portero del hotel, que sostenía un gran paraguas, abandonó la entrada y echó a andar a buen paso calle abajo, hacia la rue St. Dominique. Amandola consultó su reloj una vez más. Las 7:32. «No —pensó—, son las 19:32.»

Estaba claro que para esa ocasión el sistema horario militar era el más adecuado. Después de todo él era comandante. Obtuvo la graduación en 1914, durante la Gran Guerra, y poseía medallas, además de siete uniformes de espléndida confección, que lo demostraban. Se le reconocieron oficialmente sus servicios distinguidos al frente de la Junta de Compras del ministerio de la Guerra, en Roma, donde daba órdenes, mantenía la disciplina, leía y firmaba formularios y cartas, y efectuaba y respondía llamadas telefónicas, haciendo gala en todo momento de un escrupuloso pundonor militar.

Y así había seguido, a partir de 1927, como alto funcionario de la Pubblica Sicurezza, el departamento de Seguridad Pública del ministerio del Interior, creado un año antes por el jefe de la Policía Nacional de Mussolini. El trabajo no era muy distinto del que hacía durante la guerra; formularios, cartas, llamadas de teléfono y control de la disciplina. Su personal permanecía sentado en sus escritorios aplicadamente y la formalidad era la norma en todas las conversaciones.

19:44. La lluvia tamborileaba sobre el techo del Lancia y Amandola se arrebujó en el abrigo para protegerse del frío. Fuera, en la acera, un perro salchicha con un jersey tiraba de una criada que lucía bajo la gabardina abierta un uniforme gris y blanco. Cuando el perro se puso a olisquear el suelo y empezó a dar vueltas, la muchacha miró por la ventanilla a Amandola. Qué groseros que eran los parisinos. Él no se molestó en apartar la cara, se limitó a mirarla sin verla, como si no existiera. A los pocos minutos un recio taxi negro se detuvo frente a la entrada del Colbert. El portero salió a toda prisa, dejando la puerta abierta al ver a la pareja que salía del hotel. Él tenía cabello cano, era alto y encorvado; ella era más joven, tocada con un sombrero con velo. Se metieron debajo del enorme paraguas del portero. La mujer se levantó el velo y se besaron apasionadamente: «Hasta el próximo martes, amor mío.» Luego ella subió al taxi, el hombre le dio una propina al portero, abrió su paraguas y se perdió en la esquina en dos zancadas.

19:50. «*Ecco, Bottini!*»

El chófer miraba por el retrovisor. «*Il Galletto*», anunció. Sí, el Gallito, así lo llamaban, por lo chulito que era. Avanzaba por la rue Augereau hacia el Colbert. Era el típico bajito que se niega a serlo: postura erguida, espalda recta, mentón alto, pecho fuera. Bottini era un abogado de Turín que había emigrado a París en 1935, descontento con la política fascista de su país. Un descontento agudizado, sin duda, por la paliza pública y la media botella de aceite de ricino que le administró una brigada de Camisas Negras mientras la gente se arremolinaba y se quedaba mirando boquiabierta, en silencio. Liberal de antiguo, probablemente socialista, posiblemente comunista en secreto, sospechaba Amandola —unos tipos escurridizos como anguilas—, Bottini era amigo de los oprimidos y una figura destacada en la comunidad de los amigos de los oprimidos.

Pero el problema con *il Galletto* no era que fuese un chulito. El problema era que cacareaba. Como no podía ser de otra manera, al llegar a París había entrado a formar parte de la organización Giustizia e Libertà, el grupo más numeroso y resuelto de la oposición antifascista, y había acabado siendo director de uno de sus periódicos clandestinos, el *Liberazione*, escrito en París, introducido secretamente en Italia, y después impreso y distribuido de forma clandestina. *Infamità!* Ese periódico era como las coces de una mula, incisivo, agudo, sagaz y feroz, y no mostraba el más mínimo respeto por el glorioso fascismo italiano ni por *il Duce* ni por ninguno de sus logros. «Pero —pensó Amandola— a este *galletto* se le ha acabado lo de cacarear.»

Cuando Bottini dobló la esquina de la rue Augereau,

se quitó las gafas de montura metálica, limpió las gotas de lluvia de los cristales con un gran pañuelo blanco y las guardó en un estuche. Acto seguido entró en el hotel. Según los informes era escrupulosamente puntual. Los martes por la noche, de ocho a diez, siempre en la habitación 44, recibía a su amante, la esposa del político socialista LaCroix. El mismo LaCroix que había estado al frente de un ministerio, y luego de otro, en el gobierno del Frente Popular. El mismo LaCroix que aparecía junto al primer ministro, Daladier, en las fotografías de los periódicos. El mismo LaCroix que cenaba en su club cada martes y jugaba al bridge hasta medianoche.

A las 20:15 un taxi paró delante del Colbert. Madame LaCroix se bajó y entró en el hotel corriendo a pasitos cortos. Amandola sólo la vio de pasada: cabello rojo teja, nariz blanca y afilada, una mujer rubensiana, rotunda y generosa de carnes. Y bastante insaciable, por lo que decían los agentes que habían ocupado la habitación 46 y pegado la oreja a la pared. «Los sujetos son ruidosos, escandalosos», decía un informe, que describiría, se figuraba Amandola, todo tipo de gemidos y gritos cuando la parejita se apareaba como cerdos en celo. Él sabía perfectamente de qué pie cojeaba la mujer: le gustaba comer bien, el buen vino y los placeres de la carne, todos y cada uno, toda la procaz baraja. Libertinos. Frente a la amplia cama de la habitación 44 había un espejo de cuerpo entero al que seguro que le sacaban partido, excitándose al ver cómo se revolcaban, excitándose al ver... de todo.

«Y ahora —pensó Amandola— a esperar.»

Sabían que los amantes solían pasar unos minutos conversando antes de ponerse a lo suyo. Había que darles algo de tiempo. Los agentes de la OVRA —la policía secreta italiana, la policía política creada por Mussolini en los años veinte— que dirigía Amandola ya estaban dentro del hotel. Habían reservado una habitación esa misma tarde, acompañados por unas prostitutas. Con el tiempo, esas mujeres bien podían caer en manos de la policía y ser interrogadas. Pero ¿qué iban a decir? «El tipo era calvo, tenía barba, dijo que se llamaba Mario.» Para entonces Mario el calvo y Mario el de la barba habrían cruzado la frontera hacía tiempo y estarían de vuelta en Italia. Como mucho las chicas verían sus fotografías en el periódico.

Cuando los de la OVRA irrumpieran en la habitación, madame LaCroix se indignaría, por supuesto. Supondría que era una sucia jugarreta orquestada por la víbora de su esposo. Pero no lo supondría por mucho tiempo. Y cuando apareciera el revólver, la larga boca del silenciador, sería demasiado tarde para gritar. ¿Gritaría Bottini? ¿Suplicaría que le perdonaran la vida? No, pensó Amandola, no haría ninguna de las dos cosas. Los insultaría, sería un *galletto* vanidoso hasta el final, y recibiría su medicina. Sería en la sien. Luego, una vez hubieran desenroscado el silenciador, el revólver quedaría en la mano de Bottini. Qué triste, qué deprimente, un amor condenado al fracaso, un amante desesperado...

Una cita que acaba en tragedia. ¿Se lo creería la gente? La mayoría sí, pero algunos no, y era para ésos para quienes habían organizado el numerito, para quienes sabrían al instante que era un asunto político y no pasional. Porque no se trataba de una desaparición silenciosa, sino pública, espectacular, destinada a servir de advertencia: «Haremos lo que queramos, no podéis detenernos.» Los franceses se sentirían ultrajados, pero bueno, los franceses siempre se sentían ultrajados. Pues que rabiaran.

Eran las 20:42 cuando el jefe del operativo de la

OVRA dejó el hotel y cruzó al otro lado de la rue Augereau, donde se encontraba Amandola. Las manos en los bolsillos, la cabeza gacha. Llevaba un impermeable y un sombrero de fieltro negro. La lluvia le goteaba por el ala. Al pasar por delante del Lancia levantó la cabeza, dejando ver un rostro moreno y tosco, del sur, y estableció contacto visual con Amandola. Una mirada breve, pero suficiente. Hecho.

4 de diciembre de 1938. El Café Europa, en una calleja cercana a la Gare du Nord, era propiedad de un francés de origen italiano. Hombre de opiniones firmes y apasionadas, un idealista, ponía la trastienda a disposición de un grupo de *giellisti*, así llamados porque formaban parte de la organización Giustizia e Libertà, a la que se conocía informalmente por sus iniciales, «G» y «L», de ahí lo de *giellisti*. Esa mañana había ocho miembros. Habían sido convocados a una reunión de emergencia. Todos vestían abrigo oscuro. Estaban sentados alrededor de una mesa en la trastienda, mal iluminada, y, salvo la única mujer, todos llevaban sombrero. Porque la habitación era fría y húmeda y, además, aunque nadie lo dijera nunca en voz alta, porque así no desentonaban con su naturaleza conspiradora: eran la resistencia antifascista, la *Resistenza*.

Casi todos ellos eran de mediana edad, emigrados italianos y pertenecientes a una misma clase social: un abogado de Roma, un profesor de la facultad de Medicina de Venecia, un historiador del arte de Siena, el dueño de una farmacia en esa misma ciudad y una antigua química industrial en Milán. Etcétera. Algunos llevaban gafas, la mayoría fumaban pitillos, a excepción del profesor de Historia del Arte de Siena, ahora empleado como lector de contadores para la compañía del gas, que fumaba un purito de fuerte aroma.

Tres de ellos habían traído un periódico de la mañana, el más infame e injurioso de los tabloides parisinos, y en la mesa había un ejemplar abierto por una página con una fotografía medio borrosa. El titular decía: ASESINATO Y SUICIDIO EN UN NIDO DE AMOR. Bottini, con el torso desnudo, estaba sentado contra el cabecero, la sábana hasta la cintura, los ojos abiertos y la mirada perdida, el rostro cubierto de sangre. A su lado, un bulto bajo la sábana, con los brazos extendidos.

El líder del grupo, Arturo Salamone, dejó el periódico abierto un rato, a modo de un silencioso panegírico. Después exhaló un suspiro y lo cerró de golpe, lo dobló por la mitad y lo dejó junto a su silla. Salamone era grande como un oso, mofletudo, y tenía unas cejas pobladas que se unían en el entrecejo. Había sido consignatario de buques en Génova y ahora trabajaba de contable en una compañía de seguros.

—Entonces ¿nos lo creemos?

—Yo no —dijo el abogado—. Es un montaje.

—¿Estáis de acuerdo?

El farmacéutico se aclaró la garganta y preguntó:

—¿Estamos completamente seguros de que fue un asesinato?

—Yo sí —afirmó Salamone—. Bottini no era capaz de semejante salvajada. Los mataron, la OVRA o alguien parecido. La orden vino de Roma. Fue planeada, preparada y ejecutada. Y no sólo asesinaron a Bottini, sino que además lo difamaron: «Ésta es la clase de hombre, mentalmente inestable y depravado, que habla en contra de nuestro noble fascismo.» Y, naturalmente, habrá quien se lo crea.

—Claro, siempre hay gente que se lo cree todo —aseveró la química—. Pero ya veremos qué dicen los periódicos italianos al respecto.

—No les quedará más remedio que aceptar la versión del gobierno —aseguró el profesor veneciano.

La mujer se encogió de hombros.

—Como de costumbre. Pero tenemos algunos amigos allí, y una simple palabra o dos, «presunto», «supuesto», pueden sembrar la duda. Hoy en día nadie se limita a leer las noticias; las descifra, como si estuviesen en clave.

—Entonces ¿cómo respondemos? —quiso saber el abogado—. No puede ser ojo por ojo.

—No —negó Salamone—. No somos como ellos. Todavía no.

—Hay que sacar a la luz la verdadera historia, en el *Liberazione* —opinó la mujer—. Y esperar que la prensa clandestina, aquí y en Italia, nos respalde. No podemos dejar que se salgan con la suya, no podemos permitir que crean que esto va a quedar así. Y deberíamos decir quién ordenó esta monstruosidad.

—¿Quién? —inquirió el abogado.

Ella señaló hacia arriba.

—Alguien de muy arriba.

El abogado asintió.

—Sí, tienes razón. Tal vez pudiéramos hacerlo en una nota necrológica, dentro de un recuadro negro, una necrológica política. Debería tener garra, mucha garra: este hombre, un héroe, murió por aquello en lo que creía, era un hombre que contaba verdades cuya revelación no podía tolerar el gobierno.

—¿Te encargarás de escribirla? —preguntó Salamone.

—Redactaré un borrador —propuso el abogado—. Luego ya veremos.

El profesor de Siena apuntó:

—Quizá pudieras terminar diciendo que cuando Mussolini y sus amigos desaparezcan, echaremos abajo su asquerosa estatua ecuestre y levantaremos otra en honor a Bottini.

El abogado sacó una estilográfica y una libreta del bolsillo e hizo unas anotaciones.

—¿Qué hay de la familia? —terció el farmacéutico—, la de Bottini.

—Hablaré con su mujer —se ofreció Salamone—. Y tenemos un fondo, haremos todo lo que podamos. —Al poco añadió—: Y también hemos de elegir a un nuevo director. ¿Alguna sugerencia?

—Weisz —apuntó la mujer—. Es periodista.

Todos los de la mesa asintieron. La elección obvia. Carlo Weisz era corresponsal, había trabajado en el *Corriere della Sera*, luego había emigrado a París en 1935, donde encontró trabajo en la agencia Reuters.

—¿Dónde está esta mañana? —preguntó el abogado.

—En alguna parte de España —repuso Salamone—. Lo han enviado para escribir acerca de la nueva ofensiva de Franco. Tal vez la ofensiva final: la guerra española agoniza.

—Es Europa la que agoniza, amigos míos.

El comentario provenía de un empresario adinerado —con mucho el donante más generoso— que rara vez hablaba en las reuniones. Había huido de Milán y se había instalado en París hacía unos meses, después de que entraran en vigor en septiembre las leyes antisemitas. Sus palabras, pronunciadas con discreto pesar, impusieron un momento de silencio, pues tenía razón y ellos lo sabían. Ese otoño había sido funesto en el continente: los checos claudicaron en Munich a finales de septiembre y luego, la segunda semana de noviembre, un Hitler envalentonado había desatado la Kristallnacht, haciendo añicos los escaparates de los comercios judíos en toda Alemania, arrestando a destacadas figuras de la comunidad hebrea, perpetrando espantosas humillaciones en las calles.

Al cabo Salamone, en voz baja, dijo:

—Es cierto, Alberto, no se puede negar. Y ayer nos tocó a nosotros, nos atacaron, nos han dicho que cerremos el pico si sabemos lo que nos conviene. Pero, así y todo, este mismo mes habrá ejemplares del *Liberazione* en Italia, e irán de mano en mano y dirán lo que siempre hemos dicho: «No os rindáis.» ¿Qué otra cosa podemos hacer?

En España, el 23 de diciembre, una hora después de que amaneciera, los cañones de los nacionales efectuaron la primera descarga. Carlo Weisz, tan sólo medio dormido, la oyó, y la sintió. Probablemente estaban a unos kilómetros al sur. En Mequinenza, donde el Segre confluye con el Ebro. Se levantó, se liberó de la capelina impermeable con la que había dormido y salió por la entrada —la puerta había desaparecido hacía tiempo— al patio del monasterio.

Un amanecer de El Greco: una imponente nube gris se elevaba en el horizonte, teñida de rojo por los primeros rayos de sol. Mientras miraba, unos fogonazos titilaron en la nube y, al momento, unas detonaciones, similares al retumbar del trueno, remontaron el Segre. Sí, estaban en Mequinenza. Les habían dicho que se prepararan para una nueva ofensiva, la campaña de Cataluña, justo antes de Navidad. Bueno, pues allí estaba.

Con la intención de avisar a los demás, volvió a la habitación en la que habían pasado la noche. En su día, antes de que llegara la guerra, la estancia había sido una capilla. Ahora las altas y estrechas ventanas estaban ribeteadas de fragmentos de vidrieras, mientras que el resto relucía por el suelo. Además había agujeros en el techo y una de las esquinas había saltado por los aires. En algún momento sirvió de cárcel para prisioneros, cosa que resultaba evidente por los garabatos que se apreciaban en el enlucido de las paredes: nombres, cruces coronadas con tres puntos, fechas, súplicas para no caer en el olvido o una dirección sin ciudad. Hizo las veces de hospital de campaña, como atestiguaban un montón de vendas usadas apiladas en un rincón y las manchas de sangre en la arpillera que cubría los viejos jergones de paja.

Sus dos compañeros ya estaban despiertos: Mary McGrath, del *Chicago Tribune*, y un teniente de las fuerzas republicanas, Navarro, que era su escolta, su conductor... y su guardaespaldas. McGrath inclinó la cantimplora, vertió un poco de agua en el hueco de la mano y se limpió la cara.

—Parece que han empezado —comentó la corresponsal.

—Sí —convino Weisz—. Están en Mequinenza.

—Será mejor que nos pongamos en marcha —dijo Navarro en español.

Reuters ya había enviado antes a Weisz, ocho o nueve veces desde 1936, y ésa era una de las frases que aprendió nada más llegar.

Weisz se arrodilló junto a su mochila, cogió una petaca de tabaco y un librillo de papel de fumar —se había quedado sin Gitanes hacía una semana— y se puso a liar un cigarrillo. Durante unos meses aún tendría cuarenta años, era de estatura mediana, delgado y fuerte, y tenía el cabello largo y oscuro, no del todo negro, que se echaba hacia atrás con los dedos cuando le caía por la frente. Había nacido en Trieste y, al igual que la ciudad, era medio italiano, por parte de madre, y medio esloveno —Eslovenia fue tiempo atrás austriaca, de ahí el apellido— por parte de padre. De su madre había heredado un rostro florentino ligeramente afilado, de facciones duras, unos ojos inquisitivos, una tez levemente cenicienta y llamativa: un rostro noble tal vez, un rostro habitual en los retratos renacentistas. Aunque no del todo. Estaba tocado por la curiosidad y la compasión; no era un rostro iluminado por la codicia de un príncipe o el poder de un cardenal. Weisz retorció un extremo del cigarrillo, se lo llevó a los labios y encendió un chisquero, que daba lumbre aunque soplara el viento.

Navarro, que llevaba la tapa del delco con los cables colgando —el método más seguro para que un vehículo siguiera en su sitio por la mañana—, fue a arrancar el coche.

—¿Adónde nos lleva? —le preguntó Weisz a McGrath.

—Dijo que a unos kilómetros al norte. Cree que los italianos controlan la carretera al este del río. Puede ser.

Iban en busca de una brigada de voluntarios italianos, lo que quedaba del Batallón Garibaldi, ahora parte del 5.º Cuerpo del Ejército Popular. En un principio el Batallón Garibaldi, junto con los batallones Thaelmann y André Marty, alemán y francés respectivamente, constituían la XII Brigada Internacional, los últimos restos de las unidades de voluntarios extranjeros que habían acudido en ayuda de la República. Pero en noviembre el bando republicano desmovilizó al grueso de este contingente. Una compañía italiana había decidido seguir luchando, y Weisz y Mary McGrath iban tras la noticia.

«Arrojo ante una derrota casi segura.» Porque el gobierno republicano, después de tres años de guerra civil, sólo conservaba Madrid, sitiada desde 1937, y la esquina nororiental del país, Cataluña, motivo por el cual el gobierno se había trasladado a Barcelona, a unos ciento treinta kilómetros de las estribaciones que se alzaban sobre el río.

McGrath enroscó el tapón de la cantimplora y encendió un Old Gold.

—Después —continuó—, si los encontramos, iremos a Castelldans a enviar un cable.

Castelldans, una localidad situada al norte que hacía las veces de cuartel general del 5.º Cuerpo del Ejército Popular, contaba con un servicio de radiotelegrafía y un censor militar.

—Tiene que ser hoy sin falta —contestó Weisz.

Las descargas de artillería provenientes del sur se habían intensificado, la campaña de Cataluña había dado comienzo y tenían que enviar noticias lo antes posible.

McGrath, una corresponsal cuarentona, le respondió con una sonrisa cómplice y miró el reloj.

—Es la una y veinte en Chicago. Lo publicarán para la tarde.

Aparcado junto a una pared en el patio había un vehículo militar. Mientras Weisz y McGrath observaban, Navarro soltó el hierro del capó y retrocedió cuando se cerró de golpe, luego ocupó el asiento del conductor y provocó una serie de explosiones —bruscas y ruidosas, el motor carecía de silenciador— y una columna de humo negro. El ritmo de las explosiones fue ralentizándose a medida que Navarro le daba al estárter. A continuación se volvió con una sonrisa triunfal y les indicó que se subieran.

Era el coche de un oficial francés, de color caqui, aunque descolorido hacía tiempo a causa del sol y la lluvia. El coche había participado en la Gran Guerra y, veinte años después, había sido enviado a España a pesar de los tratados de neutralidad europeos: *non intervention élastique*, como decían los franceses. De lo más *élastique*: Alemania e Italia habían provisto de armas a los nacionalistas de Franco, mientras que el gobierno republicano recibía ayuda a regañadientes de la URSS y compraba lo que podía en el mercado negro. Pero un coche era un coche. Cuando llegó a España, alguien con un pincel y una lata de pintura roja, alguien con prisa, intentó pintar una hoz y un martillo en la portezuela del conductor; otro escribió «J-28» en blanco en el capó; un tercero disparó dos balas en el asiento de atrás, y alguien más destrozó la ventanilla del pasajero con un martillo. O tal vez todo lo hiciera la misma persona, algo no del todo imposible en la guerra civil española.

Cuando salían, un hombre con hábito de monje apareció en el patio y se los quedó mirando. No tenían idea de que hubiese alguien en el monasterio. Estaría escondido. Weisz lo saludó con la mano, pero el hombre se limitó a quedarse allí plantado, asegurándose de que se iban.

Navarro conducía despacio por la accidentada pista de tierra que discurría paralela al río. Weisz fumaba atrás, los pies sobre el asiento, y observaba el paisaje: monte bajo de encinas y enebros, a veces una aldea, un alto pino con cuervos en sus ramas. Pararon en una ocasión por culpa de unas ovejas: los carneros llevaban unas esquilas que repiqueteaban al caminar. El rebaño lo guiaba un pequeño y desastrado perro pastor de los Pirineos que corría sin cesar por los flancos. El pastor se acercó a la ventanilla del conductor, se llevó la mano a la boina a modo de saludo y dio los buenos días.

—Los moros de Franco cruzarán el río hoy —informó. Weisz y los otros miraron fijamente la orilla opuesta, pero no vieron más que juncos y chopos—. Están ahí —aseguró el pastor—. Pero no los vais a ver.

Escupió al suelo, les deseó buena suerte y siguió a su rebaño cerro arriba.

A los diez minutos una pareja de soldados les hizo señas para que se detuvieran. Respiraban con dificultad y estaban sudorosos a pesar del frío, los fusiles al hombro. Navarro aminoró la marcha, pero no paró.

—¡Llevadnos con vosotros! —pidió uno.

Weisz miró por la luneta, preguntándose si dispararían al coche, pero se quedaron allí sin más.

—¿No deberíamos llevarlos? —preguntó McGrath.

—Son desertores. Debería haberles pegado un tiro.

—¿Por qué no lo ha hecho?

—No tengo valor —confesó Navarro.

Al cabo de unos minutos los detuvieron de nuevo. Esta vez fue un oficial, que bajó por la colina, desde el bosque.

—¿Adónde vais? —le preguntó a Navarro.

—Éstos trabajan para periódicos extranjeros, buscan la brigada italiana.

—¿Cuál?

—La Garibaldi.

—¿Esos que van con pañuelos rojos?

—¿Es así? —le preguntó Navarro a Weisz.

Éste lo confirmó. La Brigada Garibaldi constaba de voluntarios tanto comunistas como no comunistas. La mayoría de estos últimos eran oficiales.

—Creo que están ahí delante. Pero será mejor que os quedéis arriba, en la cima.

A unos cuantos kilómetros el camino se bifurcaba y el coche subió a duras penas la pronunciada pendiente; el martilleo de la marcha más corta reverberó entre los árboles. De lo alto de la elevación salía una pista de tierra que se dirigía al norte. Desde allí disfrutaban de una vista mejor del Segre, un río lento y poco profundo que se deslizaba entre islotes de arena desperdigados en medio de la corriente. Navarro continuó, dejando atrás una batería que disparaba a la orilla opuesta. Los artilleros se empleaban a fondo surtiendo de proyectiles a los cargadores, los cuales se tapaban los oídos cuando el cañón abría fuego, con el consabido retroceso de las ruedas cada vez. Un obús estalló por encima de los árboles, una repentina bocanada de humo negro que se fue alejando con el viento. McGrath le pidió a Navarro que parara un instante, se bajó del coche y sacó unos prismáticos de su mochila.

—Tenga cuidado —la advirtió Navarro.

Los reflejos del sol atraían a los francotiradores, quienes podían hacer blanco en la lente a una gran distancia. McGrath protegió los prismáticos con la mano y a continuación se los pasó a Weisz. Entre los jirones de humo que flotaba a la deriva, vislumbró un uniforme verde, a unos cuatrocientos metros de la orilla oeste.

Cuando volvieron al coche, McGrath dijo:

—Aquí arriba somos un buen blanco.

—Sin ninguna duda —corroboró Navarro.

El 5.º Cuerpo del Ejército Popular estaba cada vez más presente a medida que avanzaban en dirección norte. En la carretera asfaltada que llegaba hasta la ciudad de Serós, al otro lado del río, encontraron a la brigada italiana, bien atrincherada bajo un cerro. Weisz contó tres ametralladoras Hotchkiss de 6,5 mm montadas en bípodes; se fabricaban en Grecia, según tenía entendido, y eran introducidas clandestinamente en España por antimonárquicos griegos. También había tres morteros. A la brigada italiana le habían ordenado mantener la carretera asfaltada y un puente de madera que salvaba el río. El puente había volado por los aires, dejando en el lecho del río pilotes carbonizados y unos cuantos tablones ennegrecidos que la corriente había arrastrado hasta la orilla. Cuando Navarro aparcó el coche un sargento se acercó a comprobar qué querían. Una vez que Weisz y McGrath se hubieron bajado del vehículo, éste dijo:

—Hablaré en italiano, pero después te lo traduzco.

Ella le dio las gracias y ambos sacaron lápiz y papel. Al sargento no le hizo falta ver más.

—Un momento, por favor, iré a buscar al oficial.

Weisz se rió.

—Bueno, díganos al menos su nombre.

El sargento le devolvió la sonrisa.

—Digamos que sargento Bianchi, ¿estamos? —O lo que era lo mismo: «No use mi nombre.» Signor Bianchi y signor Rossi, señor Blanco y señor Rojo, eran el equivalente italiano de Smith y Jones, apellidos genéricos propios de chistes y alias jocosos—. Escriban lo que quieran —añadió el sargento—, pero tengo familia. —Se alejó con parsimonia y, a los pocos minutos, apareció el oficial.

Weisz llamó la atención de McGrath, pero ella no vio lo mismo que él. El oficial era moreno, con el rostro —los pómulos acentuados, la nariz ganchuda y, sobre todo, los ojos de halcón— marcado por una cicatriz que describía una curva desde la comisura del ojo derecho hasta el centro de la mejilla. En la cabeza llevaba el flexible gorro verde de los soldados de la infantería española, la parte superior, con la gran borla negra, estaba hundida. Y vestía un grueso jersey negro bajo la guerrera caqui —sin insignias— de un ejército y los pantalones que eran de otro ejército. Del hombro le colgaba una pistolera con una automática. Llevaba unos guantes negros de cuero.

Weisz dio los buenos días en italiano y agregó:

—Somos corresponsales, yo me llamo Weisz y ésta es la signora McGrath.

—¿Italianos? —preguntó el oficial con incredulidad—. Están en el lado equivocado del río.

—La signora es del *Chicago Tribune* —aclaró Weisz—. Y yo trabajo para la agencia de noticias británica Reuters.

El oficial, cauteloso, los estudió un instante.

—Bueno, es un honor. Pero, por favor, nada de fotografías.

—No, claro. ¿Por qué lo del «lado equivocado del río»?

—Ésa de ahí es la División Littorio. Los Flechas Negras y los Flechas Verdes. Oficiales italianos, soldados italianos y españoles. Así que hoy mataremos a los *fascisti* y ellos nos matarán a nosotros. —El oficial esbozó una sonrisa forzada: así era la vida, lástima—. ¿De dónde es usted, signor Weisz? Diría que habla italiano como si lo fuera.

—De Trieste —contestó Weisz—. ¿Y usted?

El oficial vaciló. ¿Mentir o decir la verdad? Finalmente respondió:

—Soy de Ferrara, me llaman coronel Ferrara.

Su mirada parecía arrepentida, pero confirmó la corazonada de Weisz, la que tuvo nada más ver al oficial, ya que habían aparecido fotografías de su rostro, con la cicatriz corva, en los periódicos: alabado o difamado, dependiendo de la ideología política.

«Coronel Ferrara» era un nombre de guerra, los alias eran algo habitual entre los voluntarios del bando republicano, en particular entre los agentes de Stalin. Pero ese *nom de guerre* era anterior a la guerra civil española. En 1935 el coronel, adoptando el nombre de su ciudad, abandonó las fuerzas italianas que luchaban en Etiopía —donde los aviones descargaron una lluvia de gas mostaza sobre las aldeas y el ejército enemigo— y apareció en Marsella. En una entrevista para la prensa francesa dijo que ningún hombre que tuviera conciencia podía tomar parte en aquella guerra de conquista de Mussolini, en aquella guerra imperialista.

En Italia los fascistas habían tratado de arruinar su reputación por todos los medios, ya que el hombre que se hacía llamar coronel Ferrara era un héroe legítimo y muy condecorado. A los diecinueve años era un joven oficial que combatía a los ejércitos austrohúngaro y alemán en la frontera septentrional de Italia, un oficial de los *Arditi*, como se conocía a los miembros de las tropas de asalto —su nombre derivaba del verbo *ardire*, «tener valor, osadía»—, que eran los soldados más afamados de Italia, conocidos por sus jerséis negros, por asaltar trincheras enemigas de noche, el cuchillo entre los dientes, una granada en cada mano... jamás utilizaban un arma con un alcance superior a treinta metros. Cuando Mussolini fundó el Partido Fascista en 1919, sus primeros afiliados fueron cuarenta veteranos de los *Arditi* desencantados con las promesas rotas de los diplomáticos franceses y británicos, promesas que utilizaron para arrastrar a Italia a la guerra en 1915. Pero este *ardito* era un enemigo, un enemigo público del fascismo. Su tarjeta de presentación era su rostro herido y una mano con quemaduras tan graves que llevaba guantes.

—Entonces puedo llamarlo coronel Ferrara —dijo Weisz.

—Sí. Mi verdadero nombre no importa.

—Estuvo con el Batallón Garibaldi, en la XII Brigada Internacional.

—Así es.

—Que han desmantelado y enviado a casa.

—Al exilio —puntualizó Ferrara—. Difícilmente podrían volver a Italia. Así que, junto con los alemanes, los polacos y los húngaros, todas las ovejas que no seguimos al rebaño, han ido en busca de un nuevo hogar. Sobre todo a Francia, por cómo andan las cosas últimamente, aunque allí tampoco es que seamos bienvenidos.

—Pero usted se ha quedado.

—Nos hemos quedado —corrigió—. Ciento veintidós de nosotros, esta mañana. No estamos listos para abandonar esta lucha, bueno, esta causa, de modo que aquí nos tiene.

—¿Qué causa, coronel? ¿Cómo la describiría?

—Ha habido demasiadas palabras, signor Weisz, en esta guerra dialéctica. Para los bolcheviques es fácil, tienen sus consignas: Marx dice esto, Lenin lo otro. Pero para el resto la cosa no está tan clara. Luchamos por la liberación de Europa, por supuesto, por la libertad, si lo prefiere, por la justicia quizá y, sin duda, contra todos los *cazzi fasulli* que quieren gobernar el mundo a su manera. Franco, Hitler, Mussolini, hay dónde elegir, y todas las sabandijas que les hacen el trabajo.

—No puedo usar «*cazzi fasulli*» —significaba «capullos farsantes»—. ¿Quiere cambiarlo?

Ferrara se encogió de hombros.

—Quítelo. No sé decirlo mejor.

—¿Hasta cuándo se van a quedar?

—Hasta el final, pase lo que pase.

—Hay quien dice que la República está acabada.

—Puede que tengan razón, pero nunca se sabe. Si uno hace la clase de trabajo que hacemos nosotros aquí, prefiere pensar que una bala disparada por un fusilero podría convertir la derrota en victoria. O tal vez alguien como usted escriba sobre nuestra pequeña compañía y los americanos den un respingo y digan: «Dios santo, es verdad, vamos por ellos, muchachos.»

Una repentina sonrisa iluminó el rostro de Ferrara, la idea, tan improbable, resultaba graciosa.

—Esto aparecerá sobre todo en Gran Bretaña y Canadá, y en Sudamérica, donde los periódicos publican nuestros despachos.

—Bueno, pues entonces que sean los británicos los que den el respingo, aunque ambos sabemos que no lo harán, al menos hasta que les toque a ellos comerse el *Wiener Schnitzel* de Adolf. O que todo se vaya al carajo en España, y ya veremos si la cosa se detiene ahí.

—Y de la División Littorio, que está al otro lado del río, ¿qué opina?

—Bueno, conocemos bien a los de la Littorio y a la milicia de los Camisas Negras. Los combatimos en Madrid, y cuando ocuparon el palacio de Ibarra, en Guadalajara, nosotros lo asaltamos y los echamos. Y hoy volveremos a hacerlo.

Weisz se volvió hacia McGrath.

—¿Quieres preguntar algo?

—¿Cuánto va a durar esto? Y ¿qué opina de la guerra, de la derrota?

—Eso ya está. Ya nos vale.

Al otro lado del río una voz gritó: «*Eià, eià, alalà.*» Era el grito de guerra de los fascistas, en un principio utilizado por las bandas de Camisas Negras en las primeras riñas callejeras. Otras voces repitieron la consigna.

La respuesta llegó de un nido de ametralladoras situado por debajo de la carretera. «*Va f'an culo, alalà*», «que te den por el culo». Alguien rió, y dos o tres voces corearon el lema. Una ametralladora disparó una breve ráfaga, segando una hilera de juncos de la orilla opuesta.

—Yo en su lugar mantendría la cabeza gacha —recomendó Ferrara. Agachado, se marchó.

Weisz y McGrath se tiraron al suelo, y McGrath sacó los prismáticos.

—¡Lo veo!

Weisz se hizo con los prismáticos. Un soldado estaba tendido entre una mancha de juncos, las manos haciendo bocina mientras repetía el grito de guerra. Cuando la ametralladora volvió a disparar, él culebreó hacia atrás y se esfumó.

Navarro, revólver en mano, se aproximó a la carrera desde el coche y se arrojó al suelo junto a ellos.

—Está empezando —dijo Weisz.

—No intentarán cruzar el río ahora —aseguró Navarro—. Lo harán por la noche.

De la otra orilla, un sonido sordo, seguido de una explosión que hizo pedazos un enebro y provocó que una bandada de pájaros saliera volando de los árboles; Weisz oyó el batir de sus alas cuando sobrevolaban la cima del cerro.

—Morteros —explicó Navarro—. Nada bueno. Tal vez debiera sacarlos de aquí.

—Creo que deberíamos quedarnos un poco —opinó McGrath.

Weisz se mostró conforme. Cuando McGrath le dijo a Navarro que se quedarían, éste señaló un grupo de pinos.

—Será mejor que vayamos ahí —propuso.

A la de tres echaron a correr y llegaron a los árboles justo cuando una bala silbaba sobre sus cabezas.

El fuego de mortero continuó durante diez minutos. La brigada de Ferrara no respondió. El alcance de sus morteros se limitaba al río y debían reservar los proyectiles que tenían para la noche. Cuando cesó el fuego de los nacionales, el humo se fue desvaneciendo y el silencio regresó a la ladera.

Al cabo de un rato Weisz cayó en la cuenta de que estaba hambriento. Las unidades republicanas apenas tenían comida para ellas, así que los dos corresponsales y el teniente Navarro habían estado viviendo a base de pan duro y un saco de lentejas, que, en palabras del ministro de Economía republicano, eran las «píldoras de la victoria del doctor Negrín». Allí no podían hacer fuego, de modo que Weisz rebuscó en la mochila y sacó su última lata de sardinas, que no habían abierto antes por falta de abridor. Navarro resolvió el problema utilizando una navaja y los tres se pusieron a pinchar las sardinas, que comieron sobre unos pedazos de pan, vertiendo por encima un poco de aceite. Mientras comían, el sonido de un combate en algún lugar del norte —tableteo de ametralladoras y fuego de fusiles— aumentó hasta tener un ritmo constante. Weisz y McGrath decidieron ir a echar un vistazo y después poner rumbo al nordeste, a Castelldans, para enviar sus crónicas.

Encontraron a Ferrara en uno de los nidos de ametralladoras, se despidieron y le desearon buena suerte.

—¿Adónde irá cuando esto termine? —le preguntó Weisz—. Quizá podamos volver a hablar. —Quería escribir otro artículo sobre Ferrara, un reportaje sobre un voluntario en el exilio, una crónica de la posguerra.

—Si sigo de una pieza, a Francia, a alguna parte. Pero, por favor, no lo cuente.

—No lo haré.

—Mi familia está en Italia. Tal vez en la calle o en el mercado alguien diga algo o haga algún gesto, pero se puede decir que los dejan en paz. En mi caso es distinto, podrían hacer algo si supieran dónde estoy.

—Saben que está aquí —dijo Weisz.

—Bueno, imagino que sí. Al otro lado del río lo saben. Lo único que tienen que hacer es venir aquí a saludarme.

Enarcó una ceja. Pasara lo que pasase, era bueno en lo suyo.

—La signora McGrath enviará su artículo a Chicago.

—Chicago, sí, ya sé, White Socks, Young Bears, estupendo.

—Adiós —se despidió Weisz.

Se estrecharon la mano. Había una mano fuerte enfundada en aquel guante, pensó Weisz.

Alguien del otro lado del río disparó al coche cuando éste avanzaba por la carretera del cerro, y una bala atravesó la puerta trasera y salió por el techo. Weisz podía ver un jirón de cielo por el orificio. Navarro soltó un juramento y pisó a fondo el acelerador: el coche ganó velocidad y, debido a los baches y las irregularidades de la carretera, pegaba fuertes botes y se estampaba contra el firme, aplastando las viejas ballestas y metiendo un ruido espantoso. Weisz se vio obligado a mantener la mandíbula bien cerrada para no romperse un diente. Navarro, por su parte, le pidió a Dios en un susurro que tuviera compasión de los neumáticos y luego, a los pocos minutos, aminoró la velocidad. McGrath, que ocupaba el asiento del copiloto, se volvió e introdujo un dedo en el agujero de bala. Después de calcular la distancia que había entre Weisz y la trayectoria del proyectil, dijo: «¿Carlo? ¿Estás bien?» El fragor del combate que se libraba más adelante cobró intensidad, pero ellos no llegaron a verlo. En el cielo, por el norte, aparecieron dos aviones, Henschels Hs-123 de los alemanes, según Navarro. Dejaron caer bombas sobre las posiciones republicanas en el Segre y a continuación se lanzaron en picado y ametrallaron la ribera este del río.

Navarro salió de la carretera y paró el coche bajo un árbol, toda la protección que pudo encontrar.

—Acabarán con nosotros —afirmó—. No tiene sentido ir, a menos que quieran ver lo que les ha ocurrido a los hombres apostados junto al río.

Weisz y McGrath no tenían necesidad, ya lo habían visto muchas veces.

Así pues, a Castelldans.

Navarro hizo girar el coche, regresó a la carretera y puso rumbo al este, hacia la localidad de Mayals. Durante un rato la calzada permaneció desierta, mientras salvaban una larga pendiente a través de un robledal. Después salieron a una meseta y enfilaron un camino de tierra que pasaba entre pueblos.

El cielo estaba encapotado: unas nubes bajas y grises se cernían sobre un monte pelado por el que serpenteaba la carretera. Se encontraron con una lenta columna que se extendía hasta más allá del horizonte. Un ejército batiéndose en retirada, kilómetros de ejército, interrumpido únicamente por algún que otro carro tirado por mulas que llevaba a los que no podían caminar. Aquí y allá, entre los abatidos soldados, se veían refugiados, algunos con carretas arrastradas por bueyes, cargadas hasta los topes de baúles y colchones, el perro en lo alto, junto a ancianos o mujeres con niños.

Navarro apagó el motor. Weisz y McGrath se bajaron y permanecieron al lado del coche. Con el viento implacable que soplaba de las montañas no se oía nada. McGrath se quitó las gafas y limpió los cristales con el faldón de la camisa, frunciendo el ceño mientras observaba la columna.

—Santo cielo.

—Ya lo has visto antes —apuntó Weisz.

—Ya lo he visto, sí.

Navarro extendió un mapa en el capó.

—Si retrocedemos unos kilómetros —explicó—, podemos rodearla.

—¿Adónde lleva esta carretera? —quiso saber McGrath.

—A Barcelona —contestó Navarro—. A la costa.

Weisz echó mano de la libreta y el lápiz. «A última hora de la mañana el cielo estaba encapotado, unas nubes bajas y grises se cernían sobre una meseta y una carretera de tierra que serpenteaba por ella, hacia el este, hacia Barcelona.»

Al censor, en Castelldans, no le gustó. Era un oficial, alto y delgado, con rostro de asceta. Se hallaba sentado a una mesa en la trasera de lo que había sido la estafeta de Correos, no muy lejos del equipo de radiotelegrafía y del empleado que lo manejaba.

—¿Por qué hace esto? —inquirió. Su inglés era preciso, había sido profesor—. ¿Es que no puede decir «rectificación de líneas»?

—Batiéndose en retirada —insistió Weisz—. Es lo que he visto.

—Eso no nos es de mucha ayuda.

—Lo sé —convino Weisz—. Pero es así.

El oficial releyó el artículo, unas cuantas páginas escritas a lápiz con letra de molde.

—Su inglés es muy bueno —observó.

—Gracias, señor.

—Dígame, señor Weisz, ¿por qué no se limita a escribir sobre nuestros voluntarios italianos y el coronel? La columna de la que habla ha sido sustituida, las posiciones del Segre aún se mantienen.

—La columna forma parte de la noticia. Hay que informar sobre ella.

El oficial se la devolvió y le hizo un movimiento afirmativo con la cabeza al empleado, que aguardaba.

—Envíelo tal como está —le dijo a Weisz—. Y allá usted con su conciencia.

26 de diciembre. Weisz se puso cómodo en el lujoso y desvaído asiento del compartimento de primera mientras el tren dejaba atrás, entre resoplidos, las afueras de Barcelona. En unas horas estarían en el paso fronterizo de Portbou, luego en Francia. Weisz tenía asiento de ventanilla, frente a un niño pensativo, que iba con sus padres. El progenitor era un hombrecillo atildado que vestía un traje oscuro, con una leontina de oro que le cruzaba el chaleco. Al lado de Weisz, la hija mayor, que lucía una alianza, aunque al marido no se le veía por ninguna parte, y una mujer entrada en carnes de cabello cano, tal vez una tía. Una familia taciturna, pálida, angustiada, que abandonaba su hogar probablemente para siempre.

Al parecer el hombrecillo había sido fiel a sus principios: o era un republicano acérrimo o bien un funcionario de poca categoría. Tenía toda la pinta de esto último. Pero ahora debía marcharse mientras pudiera; la huida había empezado y lo que le esperaba en Francia era, si tenía mala suerte, un campo de refugiados, barracones, alambradas o, si la mala suerte le seguía acompañando, la pobreza más absoluta. Para combatir el mareo, la madre tenía una bolsa de papel arrugada y, de vez en cuando, le daba a cada uno de los miembros de la familia un poco de limón: las estrecheces habían comenzado.

En el compartimento del otro lado del pasillo Weisz vio a Boutillon, del diario comunista *L'Humanité*, y a Chisholm, del *Christian Science Monitor*, compartiendo unos bocadillos y una botella de tinto. Weisz se volvió hacia la ventanilla y contempló la maleza, de un verde ceniciento, que bordeaba la vía.

El oficial español tenía razón en lo de su inglés: era bueno. Al terminar la enseñanza secundaria en un colegio privado de Trieste había pasado a la Scuola Normale —fundada por Napoleón a imagen y semejanza de la École Normale de París y, en gran medida, cuna de primeros ministros y filósofos— de la Universidad de Pisa, probablemente la universidad más prestigiosa de Italia. Estudió Economía Política. La Scuola Normale no fue elección suya, sino más bien algo dispuesto desde que nació por el Herr Doktor Professor Helmut Weisz, ilustre etnólogo y padre de Weisz, por ese orden. Y después, tal como estaba previsto, ingresó en la Universidad de Oxford —de nuevo para estudiar Economía Política—, donde aguantó dos años, momento en el cual su tutor, un hombre tremendamente amable y benévolo, sugirió que su destino intelectual se hallaba en otra parte. No es que Weisz no fuera capaz de lograrlo —ser profesor—, sino que, *en realidad*, no quería. En Oxford *en realidad* era una variante ortográfica de *fatalidad*. De modo que, tras una última noche de borrachera y canciones, se fue. Pero con un inglés muy bueno.

Y, gracias a los extraños y maravillosos avatares de la vida, esto acabó siendo su tabla de salvación. De vuelta en Trieste, que en 1919 había dejado de ser austrohúngara para ser italiana, se pasaba los días en los cafés con los amigos. Nada de catedráticos, sino muchachos desaliñados, listos, rebeldes: un aspirante a novelista; un aspirante a actor; dos o tres «no sé, me da igual, no me fastidies»; un aspirante a buscador de oro en el Amazonas; un comunista; un gigoló y Weisz.

—Deberías ser periodista —le decían—. Ver mundo.

Consiguió trabajo en un periódico de Trieste. Escribió necrológicas, informó de algún que otro delito, entrevistó de vez en cuando a un funcionario municipal. En un momento dado, su padre, siempre frío, gélido, tocó algún resorte y Weisz volvió a Milán, a escribir para el periódico más importante de Italia, el *Corriere della Sera*. Más necrológicas al principio, luego un trabajo en Francia, otro en Alemania. Ya con veintisiete años, se empleó a fondo, más a fondo que nunca, ya que por fin había descubierto la gran motivación de la vida: el miedo al fracaso. La poción mágica. *Presto*.

En verdad fue una lástima, ya que en 1922 comenzó el dominio de Mussolini, con la marcha sobre Roma (Mussolini fue en tren). No tardaron en imponerse restrictivas leyes de prensa, y para 1925 la propiedad del periódico ya había pasado a manos de simpatizantes fascistas y el director se había visto obligado a dimitir. Con él se fueron los redactores más importantes, mientras que un Weisz resuelto aguantó tres meses. Después salió por la puerta igual que ellos. Se planteó la posibilidad de emigrar, después volvió a Trieste, conspiró con sus amigos, arrancó un cartel o dos, pero en líneas generales mantuvo la cabeza gacha. Había visto a gente apaleada, había visto a gente con sangre en el rostro, sentada en la calle. Eso no era para Weisz.

Al fin y al cabo Mussolini y los suyos no tardarían en marcharse, sólo era cuestión de esperar, el mundo siempre se enderezaba, y volvería a hacerlo. Aceptó trabajos de poca monta en los periódicos de Trieste —un partido de fútbol, un incendio en un carguero del puerto—, dio clases particulares de inglés a unos cuantos estudiantes, se enamoró y se desenamoró, pasó dieciocho meses escribiendo para una revista de comercio de Basilea, otro año en un periódico marítimo de Trieste... sobrevivió. Sobrevivió y sobrevivió. Obligado por la política a vivir en los márgenes de la profesión, veía que la vida se le escapaba como si fuera arena.

Después, en 1935, con la horrible guerra de Mussolini en Etiopía, no fue capaz de soportarlo más. Tres años antes se había unido a los *giellisti* de Trieste; el aspirante a novelista estaba encerrado en la prisión de la isla de Lipari; el comunista se había vuelto fascista; el gigoló se había casado con una condesa y ambos tenían amantes, y el aspirante a buscador de oro lo había encontrado y había muerto rico, pues en el Amazonas no sólo había tesoros.

Así que Weisz se fue a París, encontró habitación en un minúsculo hotel del barrio de Belleville y empezó a alimentarse a base de aquello que imaginaba todo soñador que va a París: pan, queso y vino. Pero pan muy bueno —el precio controlado por el gobierno francés, despiadadamente astuto—, queso bastante bueno, complementado con aceitunas y cebollas, y horrible vino argelino. Pero cumplía su finalidad. Las mujeres constituían un clásico y eficaz complemento de la dieta: si se pensaba en mujeres no se pensaba en comida. La política era un complemento aburrido de la dieta, pero ayudaba. Era más fácil, mucho más fácil, sufrir en compañía, y la compañía a veces incluía una cena, y mujeres. Luego, después de siete meses de leer periódicos en cafés y buscar trabajo, Dios le envió a Delahanty. El Gran Autodidacta, Delahanty. El mismo que había aprendido solo a leer francés, a leer español, a leer —¡Dios mío!— *griego* y a leer, afortunadamente, italiano. Delahanty, el jefe de la agencia de noticias Reuters en París. ¡*Ecco*, un empleo!

Delahanty, de cabello blanco y ojos azules, había abandonado los estudios hacía muchos años en Liverpool y, según sus palabras, «había trabajado para periódicos». Al principio vendiéndolos, después pasando de chico de los recados a periodista novato. Sus progresos impulsados por la firmeza, la insolencia y un oportunismo refinado. Hasta que llegó a la cima: jefe de la oficina de París. En calidad de tal, y como probado especialista que era, recibía copia de los despachos procedentes de las oficinas importantes, como Berlín o Roma, lo cual lo convertía prácticamente en la araña en el centro de la tela. Y allí, en el barrio de las agencias cerca de la plaza de la Ópera, un glacial día de primavera se presentó Carlo Weisz.

—Señor Weisz, se pronuncia *Weiss*, no *Veisch*, ¿correcto? Así que escribía para el *Corriere*. No queda gran cosa de él. Triste suerte para un periódico de calidad como ése. Y dígame, ¿no tendrá por casualidad los recortes de lo que escribía? —Los artículos recortados, que Weisz llevaba de un lado a otro en una cartera barata, no estaban en muy buen estado, pero se podían leer, y Delahanty los leyó—. No, señor —aclaró—, no es preciso que traduzca, me defiendo con el italiano.

Delahanty se puso las gafas y leyó con el índice.

—Mmm —dijo—. Mmm. No está mal. He visto cosas peores. ¿A qué se refiere con esto, esto de aquí? Ah, tiene sentido. Creo que puede hacer esta clase de trabajo, señor Weisz. ¿Le gusta hacerlo? ¿No le importa lo que va a tener que hacer, señor Weisz? ¿Las nuevas alcantarillas de Amberes? ¿El concurso de belleza de Düsseldorf? ¿No le importa hacer esta clase de cosas? ¿Cómo anda de alemán? ¿Lo hablaba en casa? ¿Algo de serbocroata? Nunca viene mal. Ah, entiendo, Trieste, ya, allí se habla de todo, ¿no? ¿Cómo anda de francés? Sí, igual que yo, me defiendo, y te miran con esa cara rara, pero te las apañas. ¿Español? No, no se preocupe, ya lo irá cogiendo. Ahora seré franco: aquí hacemos las cosas a la manera de Reuters. Aprenderá las reglas, lo único que tiene que hacer es cumplirlas. Y permítame que le diga que no será *el hombre* de Reuters en París, pero sí será *un hombre* de Reuters, y eso no está mal. Es lo que yo era, y escribía acerca de todo. Así que dígame, ¿qué le parece? ¿Podrá hacerlo? ¿Montar en trenes y carros de mulas y qué sé yo qué más y hacerse con la noticia? ¿Con sentimiento? ¿Captando el lado humano, el del primer ministro en su grandioso escritorio y el del campesino en su huerto? ¿Cree que sí? ¡Sé que sí! Y lo hará estupendamente. Así que ¿por qué no se pone a ello ya mismo? Digamos ¿mañana? Su predecesor, bueno, hace una semana se fue a Holanda, se emborrachó y se desmayó en el regazo de la reina. Es la maldición de esta profesión, señor Weisz, estoy seguro de que lo sabe. Bien, ¿alguna pregunta? ¿No? De acuerdo, entonces pasaremos a la triste cuestión crematística.

Weisz se quedó dormido y despertó cuando el tren entraba en Portbou. La familia española clavó la vista en el andén del otro lado de las vías, en un puñado de guardias civiles que estaban apoyados distraídamente en la pared de la taquilla, y en un pequeño grupo de refugiados que permanecía en pie entre arcones, fardos y maletas atadas con cuerdas, a la espera del tren que les devolvería a España. Al parecer no todo el mundo podía cruzar la frontera. Al cabo de unos minutos unos agentes de policía españoles comenzaron a recorrer el vagón para pedir los papeles. Cuando llegaron al compartimento contiguo, la hija mayor, que iba sentada junto a Weisz, cerró los ojos y juntó las manos. Weisz vio que rezaba en silencio. Pero los policías se comportaron con corrección —al fin y al cabo aquello era primera clase—, se limitaron a echar un vistazo a la documentación y pasaron al siguiente compartimento. Luego el tren silbó y avanzó unos metros, hasta donde aguardaba la policía francesa.

Informe del agente 207, entregado en mano el 5 de diciembre en un puesto clandestino de la OVRA en el décimo distrito.

> El grupo Liberazione se reunió la mañana del 4 de diciembre en el Café Europa; asistieron los mismos sujetos de los anteriores informes, permaneciendo ausentes el ingeniero AMATO y el periodista WEISZ. Se decidió publicar una «necrológica política» del abogado BOTTINI y declarar que la muerte de éste no había sido un suicidio. También se decidió que el periodista WEISZ asumirá la dirección del periódico Liberazione.

28 de diciembre. Gracias a la prosperidad, o al menos a su prima lejana, Weisz había encontrado un nuevo lugar donde vivir, el Hotel Dauphine, en la rue Dauphine, en el sexto distrito. La dueña, madame Rigaud, era una viuda de la guerra de 1914 y, al igual que otras mujeres de toda Francia, después de veinte años seguía guardando luto. Weisz le cayó bien y apenas le cobró de más por las dos habitaciones, unidas por una puerta, en la última planta, a la que se llegaba tras salvar cuatro interminables tramos de escalera. De vez en cuando le daba de comer, pobre muchacho, en la cocina del hotel, un agradable cambio respecto a las tabernuchas que frecuentaba,

Mère no sé qué y Chez no sé cuántos, que salpicaban las angostas calles del sexto distrito.

Exhausto, durmió hasta tarde la mañana del 28. Cuando el sol entraba por las tablillas de los postigos se obligó a despertar y se dio cuenta, al ponerse en pie, de que le dolía casi todo. Incluso una visita a la guerra de pocas semanas pasaba factura. De modo que se comería los tres platos del menú, se dejaría caer un momento por la oficina, miraría a ver si encontraba a alguno de los del café y tal vez llamara a Véronique, cuando ésta volviera a casa de la galería. Un día agradable, al menos eso esperaba. Pero los polvorientos rayos del sol revelaron un papel que le habían deslizado por debajo de la puerta cuando él estaba fuera. Un mensaje, del recepcionista. ¿Qué podía ser? ¿Véronique? «Cariño, ven a verme, te echo tanto de menos.» Fantasía pura y dura, y él lo sabía. A Véronique nunca le daría por hacer semejante cosa, la suya era una aventura muy desvaída, intermitente, esporádica. Con todo, nunca se sabía, cualquier cosa era posible. Por si acaso, leyó la nota. «Telefonea en cuanto vuelvas. Arturo.»

Se reunió con Salamone en un bar desierto cercano a la compañía de seguros donde trabajaba. Se sentaron al fondo y pidieron café.

—Y ¿cómo va la cosa en España? —quiso saber Salamone.

—Mal. Casi ha terminado. Lo que queda es la nobleza de una causa perdida, pero eso es algo endeble en una guerra. Estamos acabados, Arturo, y se lo debemos a los franceses y a los británicos y al Pacto de No Intervención. Hemos perdido pero no estamos derrotados, fin de la historia. Así que ahora lo que venga después dependerá de Hitler.

—Bueno, mis noticias no son mejores. He de decirte que Enrico Bottini ha muerto.

Weisz alzó la vista bruscamente, y Salamone le entregó una hoja recortada de un periódico. Weisz se estremeció al ver la fotografía, leyó de cabo a rabo a toda prisa el texto, meneó la cabeza y se lo devolvió.

—Algo pasó, pobre Bottini, pero no fue esto.

—No, creemos que lo hizo la OVRA. Lo arregló para que pareciese un asesinato y un suicidio.

Weisz sintió que una aguda mordedura le envenenaba el corazón. No era como recibir un disparo, era como una serpiente.

—¿Estás seguro?

—Sí.

Weisz respiró hondo y soltó el aire.

—Ojalá ardan en el infierno por esto —espetó.

La ira era lo único capaz de aplacar el miedo que se había apoderado de él.

Salamone asintió.

—Así será, con el tiempo. —Se detuvo un instante y añadió—: Pero por ahora, Carlo, el comité quiere que lo sustituyas.

Weisz hizo un despreocupado gesto de aprobación, como si le hubiesen preguntado la hora.

—Mmm —contestó. «Cómo no van a querer...»

Salamone rió, un sordo rumor en el interior de un oso.

—Sabíamos que estarías encantado.

—Pues claro, «encantado» es poco. Y estoy impaciente por contárselo a mi novia.

Salamone casi lo creyó.

—Escucha, no creo...

—Y la próxima vez que nos vayamos a la cama, que no se me olvide afeitarme. Para la foto.

Salamone inclinó la cabeza, cerró los ojos. «Sí, lo sé, perdona.»

—Dejando todo eso aparte —dijo Weisz—, me pregunto cómo voy a hacer esto mientras ando correteando por Europa para Reuters.

—Lo que necesitamos es tu instinto, Carlo. Ideas, nuevos puntos de vista. Sabemos que tendremos que ocupar tu lugar en el día a día.

—Pero no cuando llegue el gran momento, Arturo. Ése será todo mío.

—Ése será todo tuyo —repitió Salamone—. Pero, bromas aparte, ¿es un sí?

Weisz sonrió.

—¿Crees que aquí tendrán Strega?

—Vamos a preguntar —replicó Salamone.

Tenían coñac, y se conformaron con eso.

Weisz intentó disfrutar de un día agradable, para demostrarse que el cambio en su vida no le afectaba tanto. Se comió los tres platos del menú, *céleri rémoulade*, ternera *à la normande*, *tarte Tatin*, o al menos parte, y pasó por alto la muda extrañeza del camarero, salvo por la generosa propina que le hizo dejar el sentimiento de culpa. Rumiando, pasó ante el cafetín al que solía ir y tomó café en otra parte, sentado junto a una mesa de turistas alemanes con cámaras y guías de viaje. Unos turistas alemanes bastante callados y sobrios, se le antojó. Y, en efecto, esa noche vio a Véronique, en su apartamento del séptimo distrito repleto de obras de arte. Allí la cosa se le dio mejor; los preliminares de rigor los ejecutó con mayor ansia y excitación que de costumbre; Weisz sabía lo que le gustaba a ella, ella sabía lo que le gustaba a él. Así que lo pasaron bien. Después él se fumó un Gitanes y la observó cuando se sentó al tocador, los pequeños pechos subiendo y bajando mientras se cepillaba el pelo.

—¿Va todo bien? —se interesó la chica, mirándolo por el espejo.

—Ahora mismo sí.

Ella respondió esbozando una cálida sonrisa, afectuosa y tranquila: su alma de francesa exigía que él hallara consuelo al hacerle el amor.

Se marchó a medianoche, pero no fue directo a casa —un paseo de quince minutos—, sino que cogió un taxi junto a la parada del metro, se dirigió al apartamento de Salamone, en Montparnasse, y pidió al taxista que lo esperara. El traslado de la redacción del *Liberazione* —cajas con fichas de doce por veinte, montones de carpetas— requirió subir y bajar dos veces las escaleras de la casa de Salamone y otras dos las de la suya. Weisz se lo llevó todo al despacho que se había montado en la segunda habitación: un pequeño escritorio delante de la ventana, una máquina de escribir Olivetti de 1931, un magnífico archivador de roble que en su día se utilizó en las oficinas de un comisionista de grano. Cuando finalizó la mudanza, las cajas y las carpetas ocupaban la mesa entera y una pila en el suelo. Venga papel.

Hojeando unos números atrasados encontró el último artículo que había escrito, uno sobre España, para el primero de los dos ejemplares de noviembre. Estaba basado en un editorial que había aparecido en uno de los periódicos de las Brigadas Internacionales, *Our Fight*. Con tantos comunistas y anarquistas en las filas de las Brigadas, los convencionalismos de la disciplina militar a menudo eran considerados contrarios a los ideales igualitarios. Por ejemplo, el saludo. El artículo de Weisz abordaba el tema con un saludable toque de ironía: «Hemos de encontrar la manera —les decía a sus lectores italianos— de cooperar, de trabajar juntos contra el fascismo.» Pero eso no siempre era fácil, no había más que echar un vistazo a lo que estaba ocurriendo en la guerra española, incluso en medio del feroz combate. El escritor de *Our Fight* justificaba el saludo como «la forma militar de decir "hola"». Señalaba que el saludo no era antidemocrático, que, después de todo, dos oficiales de igual graduación se saludaban, que «el saludo es la señal de que un compañero que era un individualista egocéntrico en la vida privada se ha adaptado al modo colectivo de hacer las cosas». El artículo de Weisz también lanzaba una sutil pulla a uno de los rivales del *Liberazione*, el comunista *L'Unità*, impreso en Lugano y de amplia difusión. Nosotros, insinuaba, liberales democráticos, socialdemócratas, centristas humanistas, gracias a Dios no sufrimos todo ese martirio doctrinal de los símbolos.

Su artículo había sido, esperaba, divertido, y eso era crucial. Pretendía dar un respiro a la sofocante vida cotidiana bajo el fascismo, un respiro que hacía mucha falta. Por ejemplo, el gobierno de Mussolini emitía un comunicado diario por radio, y todo el que lo escuchara tenía que ponerse en pie durante la transmisión. Ésa era la ley. Así que si uno estaba en un café o trabajando, o incluso en su propia casa, se ponía firmes, ¡y pobre del que no lo hiciera!

A ver, ¿qué tenía para enero? El abogado de Roma estaba redactando la necrológica de Bottini. La idea era: ¿quién mataría a un hombre honrado? Weisz contaba con que Salamone efectuara una revisión, y él haría otro tanto. Siempre había un resumen de noticias internacionales, noticias que se ocultaban o se presentaban tendenciosamente en Italia, donde el periodismo había sido definido, por ley, como un instrumento de apoyo a la política nacional. El resumen, extraído de periódicos franceses y británicos y, en particular, de la BBC, era responsabilidad de la química milanesa, y siempre objetivo y meticuloso. También tenían, lo procuraban siempre, una caricatura, que por lo general dibujaba un emigrado que trabajaba para el parisino *Le Journal*. La de enero era un Mussolini bebé con un gorrito de lo más recargado sentado en las rodillas de Hitler mientras éste le daba de comer una cucharada de esvásticas. «¡Más, más!», pedía el pequeño Mussolini.

Los *giellisti* querían, sobre todo, abrir una brecha entre Hitler y Mussolini, ya que Hitler se proponía meter a Italia en la guerra que se avecinaba, de su lado, claro está, a pesar de que el propio Mussolini había declarado que Italia no estaría preparada para entrar en guerra hasta 1943.

Bien, ¿qué más?

Salamone le había contado que el profesor de Siena estaba trabajando en una noticia, basada en una carta clandestina, que describía el comportamiento de un jefe de policía y una pandilla fascista en una ciudad de los Abruzzos. La finalidad del artículo era citar el nombre del jefe de policía, que no tardaría en enterarse de su recién adquirida notoriedad cuando el periódico llegara a Italia. «Sabemos quién eres y sabemos lo que haces, y responderás de todo ello cuando llegue el momento. Además, cuando estés en la calle ándate con cuidado.» Semejante desenmascaramiento lo enfurecería, pero tal vez también serviría para que se pensara dos veces lo que estaba haciendo.

Entonces... Bottini, resumen, caricatura, jefe de policía, otros artículos sueltos, quizá uno sobre Teoría Política —Weisz se aseguraría de que fuese breve— y un editorial, siempre apasionado y de tintes sublimes, que casi siempre venía a decir lo mismo: «Resistid en las pequeñas cosas, esto no puede continuar, las tornas se volverán.» Y que no faltaran citas de los grandes héroes liberales italianos: Mazzini, Garibaldi, Cavour. Y siempre, en negrita y encabezando la primera página: «No destruyas este periódico, dáselo a un amigo de confianza o déjalo donde otros puedan leerlo.»

Weisz tenía que llenar cuatro páginas: el periódico se imprimía en una única gran hoja doblada. Lástima, pensó, que no pudieran poner anuncios. «Tras un largo y duro día de disidencia política, a los *giellisti* con clase les gusta cenar en Lorenzo.» No, eso no, el espacio restante era suyo y el tema era evidente, el coronel Ferrara, pero... Pero ¿qué? No estaba seguro. Presentía que esa idea encerraba una bomba de relojería. ¿Dónde? No era capaz de descubrirlo. La historia del coronel Ferrara no era nueva, sobre él ya se había escrito en periódicos italianos y franceses en 1935, y sin duda las agencias de noticias se habían hecho eco de la noticia. Ferrara aparecería en el reportaje de Reuters, que con toda probabilidad sería reescrito como algo de interés humano: las agencias de servicios, y la prensa británica en general, no tomaban partido en la guerra de España.

Su artículo en el *Liberazione* no tendría nada que ver. Escrito con su seudónimo, *Palestrina* —todos ellos firmaban con nombres de compositores—, sería heroico, estimulante, emotivo. La gorra de soldado de infantería, la pistola al cinto, los gritos al otro lado del río. Mussolini había enviado a España setenta y cinco mil soldados italianos, un centenar de bombarderos Caproni, carros de combate Whippet, cañones, munición, barcos: de todo. Una vergüenza nacional, lo habían dicho antes y volverían a decirlo. Pero había un oficial y ciento veintiún hombres más que tenían el valor de luchar por sus ideales. Y los repartidores se asegurarían de dejar ejemplares en las ciudades próximas a las bases militares.

Eso era lo que había que escribir, y el mismo Ferrara había pedido únicamente que no se mencionara su futuro destino. Resultaba sencillo. Mejor. El lector podía imaginarse que había continuado la lucha en otra parte, en cualquier lugar donde hombres y mujeres valerosos se opusieran a la tiranía. Y además, se preguntó Weisz, ¿qué podía salir mal? Los servicios secretos italianos sabían a ciencia cierta que Ferrara se encontraba en España, conocían su verdadero nombre, lo sabían todo de él. Y Weisz se cercioraría de que su artículo no dijera nada que pudiera ayudarlos. A decir verdad, últimamente ¿qué *no era* una bomba de relojería? Muy bien, tenía trabajo, y una vez resuelta esa cuestión, volvió a las carpetas.

Carlo Weisz se sentó a su mesa, la chaqueta colgada en el respaldo de la silla. Llevaba una camisa de color gris claro con finas listas rojas, las mangas subidas, el último botón desabrochado, la corbata floja. Junto a un cenicero del San Marco, el café de los artistas y conspiradores de Trieste, un paquete de Gitanes. Tenía la radio encendida —el dial despedía un resplandor ambarino— y estaba sintonizada en una interpretación de Duke Ellington grabada en un club nocturno de Harlem. La habitación estaba a oscuras, iluminada únicamente por una pequeña lámpara con la pantalla de cristal verde. Se retrepó en la silla un instante, se frotó los ojos y acto seguido se pasó los dedos por el pelo para apartárselo de la frente. Si, por casualidad, alguien lo veía desde algún apartamento al otro lado de la calle —tenía los postigos abiertos— al observador jamás se le ocurriría pensar que aquélla era una escena para un noticiario o una página de un libro ilustrado titulado *Combatientes del siglo XX*.

Weisz exhaló un suspiro mientras retomaba el trabajo. Cayó en la cuenta de que sólo ahora se sentía en paz. Extraño, muy extraño, sí. Porque lo único que estaba haciendo era leer.

10 de enero de 1939. Desde medianoche caía sobre París una nevada lenta y constante. A las 3:30 de la mañana Weisz se hallaba en la esquina de la rue Dauphine, la que daba al muelle que recorría la orilla izquierda del Sena. Escudriñó la oscuridad, se quitó los guantes y se frotó las manos para calentarlas. Una noche sin viento; la nieve descendía lentamente sobre la blanca calle y el negro río. Weisz amusgó los ojos en dirección al muelle, pero no vio nada; luego consultó el reloj. Las 3:34. Impuntual, no era propio de Salamone, tal vez... Pero antes de que pudiera imaginar las posibles catástrofes distinguió dos faros mortecinos que temblaban mientras el coche se deslizaba por los resbaladizos adoquines.

El baqueteado y viejo Renault de Salamone patinó y se detuvo cuando Weisz le hizo señas. Éste hubo de pegar un fuerte tirón para abrir la puerta mientras Salamone empujaba desde el otro lado. «Joder, joder», dijo Salamone. El coche estaba frío, la calefacción llevaba bastante tiempo sin funcionar y los esfuerzos de los dos pequeños limpiaparabrisas no conseguían despejar el cristal. En el asiento de atrás había un paquete envuelto en papel de estraza y atado con bramante.

El coche avanzaba en dirección este dando sacudidas y derrapando; dejó atrás la oscura mole de Notre Dame y continuó junto al río hacia el Pont D'Austerlitz, para cruzar a la orilla derecha. Cuando el parabrisas se empañó, Salamone se inclinó sobre el volante.

—No veo nada —aseguró.

Weisz extendió el brazo y limpió un pequeño círculo con el guante.

—¿Mejor?

—*Mannaggia*! —exclamó el otro, que significaba «maldita sea la nieve, el coche y todo»—. Toma, prueba con esto.

Rebuscó en el bolsillo del abrigo y sacó un gran pañuelo blanco.

El Renault, que había aguardado pacientemente ese momento en que el conductor sólo tuviera una mano en el volante, giró con suavidad mientras Salamone soltaba una imprecación y pisaba a fondo el freno. El coche hizo caso omiso, dio otra vuelta y a continuación enterró las ruedas de atrás en un montón de nieve que se había acumulado contra una farola.

Salamone se guardó el pañuelo, arrancó el coche, que se había calado, y metió primera. Las ruedas giraron mientras el motor gemía: una, dos veces, y otra más.

—Espera, para, que empujo —se ofreció Weisz. Utilizó el hombro para abrir la puerta, dio un paso, sus pies volaron por los aires y él aterrizó en el suelo.

—¿Carlo?

Weisz se levantó a duras penas y, dando pasitos cortos y cautelosos, rodeó el coche y apoyó ambas manos en el maletero.

—Prueba ahora.

El motor aceleró mientras las ruedas giraban y se hundían más y más en los surcos que habían dibujado.

—¡No pises tanto el acelerador!

La ventanilla chirrió cuando Salamone le dio a la manivela.

—¿Qué?

—Con suavidad, con suavidad.

—Vale.

Weisz empujó de nuevo. Esa semana no habría *Liberazione*.

De una *boulangerie* que había en la esquina salió un

panadero con una camiseta blanca, un delantal blanco y un paño blanco con las puntas anudadas en la cabeza. Los hornos de leña de las panaderías debían encenderse a las tres de la mañana. Weisz olió el pan.

El hombre se situó a su lado y le dijo:

—A ver si podemos entre los dos.

Tras tres o cuatro intentonas, el Renault salió disparado hacia delante y se interpuso en la trayectoria de un taxi, el único vehículo que circulaba por las calles de París esa madrugada. El conductor dio un volantazo, hizo sonar el claxon, gritó: «¿Qué demonios te pasa?» y se llevó el índice a la sien. El taxi patinó en la nieve y después entró en el puente mientras Weisz le daba las gracias al panadero.

Salamone cruzó el río a cinco por hora y fue girando por bocacalles hasta dar con la rue Parrot, cercana a la Gare de Lyon. Allí había un café abierto las veinticuatro horas para viajeros y ferroviarios. Salamone salió del coche y se dirigió a la terraza acristalada. Sentado a una mesa junto a la puerta, un hombre menudo con el uniforme y la gorra de revisor de los ferrocarriles italianos leía un periódico y bebía un aperitivo. Salamone dio unos golpecitos en el cristal, el hombre levantó la vista, se terminó la bebida, dejó algo de dinero en la mesa y siguió a Salamone hasta el coche. Con una estatura que no superaría en mucho el metro y medio, lucía un denso bigote de empleado de ferrocarril y tenía una barriga lo bastante abultada para hacer que la chaqueta del uniforme se abriera entre los botones. Se subió al asiento posterior y le estrechó la mano a Weisz.

—Menudo tiempecito, ¿eh? —comentó mientras se sacudía la nieve de los hombros.

Weisz asintió.

—Está igual desde Dijon.

Salamone se acomodó en el asiento delantero.

—Nuestro amigo va en el de las siete y cuarto a Génova —le aclaró a Weisz. Luego se volvió al revisor—: Eso es para ti. —Le señaló con la cabeza el paquete.

El revisor lo cogió.

—¿Qué hay dentro?

—Las planchas para la linotipia. Y dinero para Matteo. Y el periódico, con la hoja de composición.

—Dios, debe de haber un montón de dinero, ya podéis buscarme en México.

—Lo que pesa son las planchas. Están hechas de zinc.

—¿Es que no pueden hacer ellos las planchas?

—Dicen que no.

El revisor se encogió de hombros.

—¿Cómo va todo por casa? —preguntó Salamone.

—La cosa no mejora. *Confidenti* por todas partes. Hay que tener cuidado con lo que se dice.

—¿Te vas a quedar en el café hasta las siete? —quiso saber Weisz.

—De eso nada. Iré al coche cama de primera a echar una cabezadita.

—Bien, será mejor que nos vayamos —sugirió Salamone.

El revisor se bajó y cogió el paquete con ambas manos.

—Ten cuidado —le pidió Salamone—. Ándate con ojo.

—Con cien ojos —prometió el revisor.

Sonrió ante la idea y se alejó arrastrando los pies por la nieve.

Salamone metió una marcha.

—Es bueno. Pero nunca se sabe. El anterior duró un mes.

—¿Qué le pasó?

—Está en la cárcel —replicó Salamone—. En Génova. Intentamos mandarle algo a la familia.

—Anda que no cuesta todo esto —opinó Weisz.

Salamone sabía que estaba hablando de algo más que de dinero, y meneó la cabeza apenado.

—La mayoría de las cosas me las guardo, al comité no le cuento más de lo necesario. Naturalmente te iré poniendo al corriente, por si acaso, ya sabes a qué me refiero.

20 de enero. Se había quedado un día frío y gris, aunque la nieve había desaparecido en su mayor parte, a excepción de unos montones negruzcos que atascaban las alcantarillas. Weisz fue a la oficina de Reuters a las diez, pasando cerca de la estación de metro de la Ópera, no muy lejos de la Associated Press, el despacho de la agencia francesa Havas y la oficina de American Express. Se detuvo allí en primer lugar. «¿Hay correo para monsieur Johnson?» Había una carta. Sólo un puñado de los *giellisti* de París podía hacer uso del sistema, que era anónimo y, según creían, aún desconocido para los espías que la OVRA tenía en la ciudad. Weisz enseñó la *carte d'identité* de Johnson, recogió la carta —con remite de Bari— y después subió a la oficina.

Delahanty ocupaba el despacho de la esquina. Las altas ventanas estaban opacas debido a la mugre, el escritorio lleno hasta los topes de papeles. Estaba bebiendo té con leche y, cuando Weisz se detuvo en la puerta, le dedicó una áspera sonrisa y se ajustó las gafas.

—Ven, ven, le dijo la araña a la mosca.

Weisz dio los buenos días y se sentó en la silla que había al otro lado de la mesa.

—Hoy es tu día de suerte —dijo Delahanty mientras rebuscaba en la bandeja de asuntos pendientes y le entregaba a Weisz un comunicado de prensa.

Por increíble que pudiera parecer, la Asociación Internacional de Escritores iba a celebrar una conferencia. A las 13:00 del día 20 en el Palais de la Mutualité, junto a la plaza Maubert, en el quinto distrito. Abierta al público. Entre los oradores estarían Theodore Dreiser, Langston Hughes, Stephen Spender, C. Day Lewis y Louis Aragon. Este último, que había empezado siendo surrealista, que se volvió estalinista y había acabado uniendo ambas cosas, se aseguraría de que se mantuviera la línea moscovita. En el orden del día, la caída de España en manos de Franco, el ataque de Japón a China, la anexión de Checoslovaquia por parte de Hitler. Ninguna buena noticia. Weisz sabía que las locomotoras de la indignación avanzarían a toda marcha, pero, fuera cual fuese la política de los comunistas, era mejor que el silencio.

—Te has ganado un pequeño tostón, Carlo. Te ha caído uno de esos trabajos rutinarios —dijo Delahanty, bebiendo a sorbos el frío té—. Queremos algo de Dreiser. Hurga en el marxismo y consígueme una cita memorable. Y La Pasionaria —el afectuoso apodo de Dolores Ibárruri, la ardorosa oradora y política republicana— siempre merece una fotografía. Sólo un breve, muchacho; no oirás nada nuevo, pero hemos de tener a alguien allí y España es importante para los periódicos sudamericanos. Así que vete ya. Y no firmes nada.

Obediente, Weisz llegó puntual. La sala estaba a rebosar, la gente pululaba envuelta en una nube de humo de tabaco. Había activistas de toda clase, el barrio latino en ebullición, unas cuantas banderas rojas entre la multitud. Y todo el mundo parecía conocer al resto. Las noticias que habían llegado de España esa mañana afirmaban que el frente en la margen este del Segre había caído, lo que quería decir que no faltaba mucho para la toma de Barcelona. De modo que, como habían sabido desde siempre, Madrid, con su obstinado orgullo, sería la última en rendirse.

Al cabo la cosa se puso en marcha y los oradores hablaron, hablaron y hablaron. La situación era *desesperada*. Los esfuerzos tenían que *redoblarse*. Un sondeo realizado por la Liga de Escritores Americanos demostraba que cuatrocientos diez de los cuatrocientos dieciocho miembros estaban de parte del bando republicano. En la conferencia se notó una considerable ausencia de escritores rusos, ya que estaban ocupados extrayendo oro en Siberia o recibiendo tiros en la Lubianka. Weisz, naturalmente, no podía escribir nada de eso: pasaría a formar parte del gran libro *Historias que nunca escribí* que todo corresponsal tiene.

—¿Carlo? ¡Carlo Weisz!

A ver, ¿quién era ese... ese tipo del pasillo que lo llamaba? Su memoria tardó un instante en reaccionar: alguien a quien había conocido, vagamente, en Oxford.

—Geoffrey Sparrow —dijo el tipo—. Te acuerdas, ¿no?

—Pues claro, Geoffrey, ¿cómo estás?

Hablaban entre susurros mientras un hombre con barba aporreaba el atril con el puño.

—Vayamos fuera —sugirió Sparrow.

Era alto, rubio y risueño y, ahora que Weisz se acordaba, rico y listo. Mientras Sparrow iba pasillo arriba, todo piernas y franela, Weisz vio que no estaba solo, lo acompañaba *una chica despampanante*. Natural, indefectiblemente.

Cuando llegaron al vestíbulo Sparrow dijo:

—Ésta es mi amiga Olivia.

—¿Qué hay, Carlo?

—Así que has venido en representación de Reuters, ¿no? —dijo Sparrow, los ojos en la libreta y el lápiz de Weisz.

—Sí, ahora resido en París.

—¿Ah, sí? Bueno, no suena *nada* mal.

—¿Has venido por la conferencia? —preguntó Weisz, la versión de un periodista de: «¿Qué coño estás haciendo aquí?»

—La verdad es que no. Nos hemos escapado para pasar un fin de semana largo, pero esta mañana no nos apetecía nada meternos en el Louvre, así que... por reírnos un rato, vamos, se nos ocurrió echar un vistazo. —Su sonrisa se tornó tristona, en realidad no había sido tan divertido—. Pero jamás pensé que vería a algún conocido. —Se volvió hacia Olivia y explicó—: Carlo y yo estudiamos juntos en la universidad. Esto... ¿qué era? Historia Medieval, con Harold Dowling, creo, ¿no?

—Sí. Unas clases interminables, si mal no recuerdo.

Sparrow soltó una risa alegre. Se habían divertido de lo lindo juntos, ¿no?, con Dowling y lo demás.

—Así que te marchaste de Italia.

—Sí, hace unos tres años. No podía seguir allí.

—Ya, lo sé, Mussolini y sus hombrecitos, una vergüenza, de verdad. Veo tu nombre en algún artículo de Reuters, de vez en cuando, sabía que no podía tratarse de otro.

Weisz sonrió amablemente.

—No, soy yo.

—*Vaya*, corresponsal —apuntó Olivia.

—Sí, el muy granuja, mientras yo me paso la vida en un banco —dejó caer Sparrow—. Ahora que lo pienso, tengo un amigo en París que es admirador tuyo. Maldita sea, ¿qué dijo? ¿Un artículo de Varsovia? ¡No, Danzig! Sobre el adiestramiento de la milicia del Volksdeutsche en el bosque. ¿Era tuyo?

—Sí. Me sorprende que te acuerdes.

—Me sorprende que me acuerde de algo, pero mi amigo no paraba de darme la tabarra: unos tipos gordos en pantalón corto, con viejos fusiles, que cantaban alrededor de la hoguera...

Muy a su pesar, Weisz se sentía halagado.

—Aterrador, en cierto modo. Pretenden luchar contra los polacos.

—Sí, y ahora viene Adolf a echarles una mano. Dime, Carlo, ¿tienes planes para esta tarde? Tenemos una cena, maldita sea, pero ¿qué me dices de unas copas? ¿A las seis? Tal vez llame a mi amigo, seguro que querrá conocerte.

—La verdad es que tengo que escribir un artículo. —Señaló la sala, donde una voz de mujer iba *in crescendo*.

—Ah, *eso* no puede tardar mucho —aseguró Olivia, sus ojos clavándose en los suyos.

—Lo intentaré —prometió Weisz—. ¿En qué hotel estáis?

—En el Bristol —repuso Sparrow—. Pero las copas no las tomaremos allí, quizá en el Deux Magots o como se llame, justo al lado. ¡Vamos a beber con el *viejo* Sartre!

—Eso es el Flore —lo corrigió Weisz.

—Por favor, cariño —pidió Olivia—, no más barbas roñosas. ¿Por qué no vamos a Le Petit Bar? No venimos aquí todos los días. —Le Petit Bar era el más elegante de los dos bares del Ritz. Volviéndose a Weisz añadió—: ¡Cócteles del Ritz, Carlo!

«Y cuando estoy achispada me da exactamente igual lo que sucede debajo de la mesa.»

—¡Hecho! —dijo Sparrow—. En el Ritz a las seis. No suena *nada* mal.

—Si no puedo os llamo —contestó Weisz.

—Anda, inténtalo, Carlo —dijo Olivia—. Por favor...

Weisz, tecleando con regularidad en la Olivetti, a las cuatro y media ya había terminado. Tenía tiempo de sobra para llamar al Bristol y anular lo de las copas. Se levantó dispuesto a ir abajo a llamar por teléfono, pero no lo hizo. La idea de pasar una hora con Sparrow, Olivia y su amigo se le antojó atractiva por el cambio que suponía. No sería otra lúgubre tarde de política con otros emigrados. Sabía de sobra que la novia de Sparrow sólo estaba flirteando, pero en el flirteo no había nada malo, y Sparrow era inteligente y podía ser gracioso. «No seas tan ermitaño», se dijo. Y si el amigo pensaba que él era un buen periodista, en fin, ¿por qué no? No se podía decir que escuchara muchos cumplidos, quitando las retorcidas ironías de Delahanty, así que tampoco pasaba nada por oír unas palabras amables de un lector. De manera que se puso la camisa más limpia y la mejor corbata, la de seda a rayas rojas, se peinó el cabello con agua, dejó las gafas en la mesa, bajó a las 17:45 y tuvo el nada desdeñable placer de decirle a un taxista:

—*Le Ritz, s'il vous plaît.*

Nada de estampado floral esa noche para Olivia, sino un vestido de cóctel. Sus pequeños y perfectos pechos abultándose justo por encima del escote. Y lucía un elegante sombrero bien sujeto a sus cabellos dorados. Sacó un

Players de una cajetilla que llevaba en el bolsito de noche y le dio a Weisz un encendedor de oro. «Gracias, Carlo.» Entretanto un espléndido Sparrow con un traje a medida de lo mejorcito de Londres hablaba ingeniosamente de nada, pero no había nadie más, aún no. Charlaban mientras esperaban en el oscuro bar revestido de madera con mobiliario de salón: Sparrow y Olivia en un diván, Weisz en una silla tapizada, junto a la cristalera adornada con cortinajes que conducía a la terraza. Ah, a Weisz le sentaba muy bien todo aquello después de monasterios abandonados y salas llenas de humo, muy bien, sí, cada vez mejor a medida que bajaba el Ritz 75, que básicamente era un French 75, ginebra y champán, llamado así por el cañón francés de 75 mm de la Gran Guerra. Con el tiempo fue un clásico del Stork Club. Bertin, el famoso barman del Ritz, añadía zumo de limón y azúcar y, *voilà*, el Ritz 75. *Voilà*, sí. Weisz adoraba al género humano, y su ingenio no tenía límites: sonrisas de alegría de Olivia, jua-juás dentudos de Sparrow.

A los veinte minutos apareció el amigo. Weisz esperaba que un amigo de Sparrow estuviese cortado por el mismo patrón, pero no era el caso. El aura del amigo decía «negocios», alto y claro, mientras él echaba un vistazo, localizaba su mesa y se dirigía a ellos con parsimonia. Era al menos diez años mayor que Sparrow, tirando a gordo y con aire benevolente, entre los dientes una pipa, y vestía lo que parecía un cómodo terno.

—Siento llegar tarde —se excusó nada más acercarse—. Vaya descaro el del taxista, me ha dado una vuelta por todo París.

—Edwin Brown, éste es Carlo Weisz —dijo Sparrow con orgullo cuando se pusieron en pie para saludar al amigo.

A todas luces Brown estaba encantado de conocerlo, su placer expresado mediante un enérgico «Mmm», que pronunció con pipa y todo mientras se daban la mano. Después de acomodarse en su silla comentó:

—Creo que es usted un escritor muy bueno, señor Weisz. ¿Se lo ha dicho Sparrow?

—Me lo ha dicho, y es muy amable por su parte.

—Lo que soy es justo, nada de «amable». Siempre busco su firma, cuando le dejan ponerla.

—Gracias —contestó Weisz.

Se vieron obligados a pedir una tercera ronda de cócteles, ahora que había llegado el señor Brown. En Weisz el manantial de la vida burbujeaba cada vez más alegremente. Olivia tenía cierto rubor en las mejillas y empezaba a estar algo más que *achispada*, reía con facilidad y, de vez en cuando, miraba a Weisz a los ojos. Entusiasmada, presentía él, más con la elegancia de Le Petit Bar, la velada, París, que con lo que quiera que pudiese ver en él. Cuando reía echaba la cabeza hacia atrás, y la tenue luz se reflejaba en su collar de perlas.

La conversación desembocó en la conferencia de esa misma tarde. El desdén de conservador de Sparrow casaba bien con el liberalismo afable de Weisz. En el caso de Olivia todo empezaba y acababa con las barbas. El señor Brown se mostró bastante más opaco, se guardaba sus opiniones políticas, aunque era decididamente partidario de Churchill. Incluso citó el discurso que pronunció éste ante Chamberlain y sus colegas con motivo de la cobarde capitulación de Munich.

—«Se os dio a elegir entre la vergüenza y la guerra. Habéis escogido la vergüenza y tendréis la guerra.» —Y añadió—: Y estoy seguro de que estará de acuerdo, señor Weisz.

—No cabe duda de que por ahí van los tiros —convino Weisz. En el breve silencio que siguió, dijo—: Perdóneme una pregunta de periodista, señor Brown, pero ¿le importaría decirme a qué clase de negocios se dedica?

—Naturalmente que no me importa, pero, como se suele decir, «no es para publicar».

La pipa despidió una gran bocanada de humo dulzón como para subrayar el impedimento.

—Esta noche está a salvo —prometió Weisz—. Será confidencial —dijo en son de broma. Era imposible que Brown pensara que lo estaba entrevistando.

—Poseo una pequeña empresa que controla un puñado de almacenes en el puerto de Estambul —repuso—. Comercio a la vieja usanza, me temo, y sólo estoy allí parte del tiempo. —Sacó una tarjeta y se la ofreció a Weisz.

—Y es de suponer que esperará que los turcos no se alíen con Alemania.

—Eso es —contestó Brown—. Pero creo que permanecerán neutrales. Ya tuvieron guerra para dar y tomar en el dieciocho.

—Como todos —terció Sparrow—. Ojalá no se repita, ¿verdad?

—Una vez que ha empezado no hay quien lo pare —opinó Brown—. Mira España.

—Creo que deberíamos haberlos ayudado —dijo Olivia.

—Supongo que sí —contestó Brown—. Pero nos vino a la cabeza lo del catorce. —Luego le preguntó a Weisz—: ¿No ha hecho usted nada relacionado con España, señor Weisz?

—Algo, de higos a brevas.

Brown lo miró un instante.

—¿Qué fue lo que leí? ¿Cuánto hará? Estaba en Birmingham, algo en el periódico local, ¿la campaña de Cataluña?

—Quizá. Estuve allí hace unas semanas, a finales de diciembre.

Brown se terminó la copa.

—Muy buena, ¿tomamos otra? ¿Tenéis tiempo, Geoffrey? A ésta invito yo.

Sparrow le hizo señas al camarero.

—Dios mío —dijo Olivia—. Y vino en la cena.

—Ya me acuerdo —saltó Brown—. Era sobre un italiano que luchaba contra los italianos de Mussolini. ¿Era suyo?

—Es probable. En Birmingham están suscritos a Reuters.

—Un coronel. El coronel algo.

—Coronel Ferrara.

«¡Toma ya!»

—Con una gorra no sé cómo.

—Tiene buena memoria, señor Brown.

—Es una lástima pero no, la verdad; lo que pasa es que, por algún motivo, se me quedó grabado.

—Un hombre valiente —lo elogió Weisz. Y acto seguido les explicó a Sparrow y Olivia—: Luchó con las Brigadas Internacionales y se quedó cuando las disolvieron.

—No creo que vaya a servirle de mucho ahora —comentó Sparrow.

—¿Qué será de él? —se interesó Brown—. Cuando los republicanos se rindan, quiero decir.

Weisz meneó la cabeza despacio.

—Tiene que ser extraño —dijo Brown—. Entrevistar a alguien, oír su *historia* y que luego se esfume. ¿Les sigue alguna vez la pista, señor Weisz?

—Es difícil, tal como anda el mundo. La gente desaparece o piensa que ha de desaparecer, mañana, el próximo mes...

—Sí, lo entiendo. Con todo, seguro que le impresionó. Es bastante fuera de lo común, a su manera, un oficial del ejército que combate por la causa de otra nación.

—Creo que para él se trataba de una única causa, señor Brown. ¿Conoce la frase de Rosselli? Él y su hermano fundaron una organización de emigrados en los años veinte y a él lo asesinaron en París en el treinta y siete.

—Conozco la historia de Rosselli, pero no la frase.

—«Hoy en España, mañana en Italia.»

—¿Que significa...?

—La lucha es por la libertad en Europa: democracia contra fascismo.

—¿No era comunismo contra fascismo?

—Para Rosselli, no.

—¿Para el coronel Ferrara, tal vez?

—No, no. Para él tampoco. Es un idealista.

—Qué romántico —intervino Olivia—. Como una película.

—Sí —aseguró Brown.

Casi eran las ocho cuando Weisz salió del hotel, pasó ante la hilera de taxis que aguardaban junto al bordillo y se encaminó hacia el río. Que el tiempo, frío y húmedo, le despejara la cabeza, ya encontraría un taxi después. A menudo se decía eso mismo y luego se despreocupaba, escogiendo las calles por el placer de caminar por ellas. Dio la vuelta a la plaza Vendôme, los escaparates de los joyeros a la espera de la clientela del Ritz, y a continuación tomó la rue St. Honoré, dejando atrás lujosas tiendas, ahora cerradas, y algún que otro restaurante, el letrero dorado sobre verde, un refugio secreto, el aroma de exquisitas viandas flotando en la brisa nocturna...

El señor Brown le había propuesto cenar juntos, pero él había declinado el ofrecimiento. Ya había tenido bastante interrogatorio por esa noche. «Continental Trading Ltd.», rezaba la tarjeta, con números de teléfono en Estambul y Londres, pero Weisz tenía una idea bastante clara de a qué se dedicaba en realidad el señor Brown. El espionaje. Probablemente el Servicio Secreto de Inteligencia británico. Nada nuevo ni sorprendente, la verdad. Espías y periodistas estaban destinados a recorrer la vida juntos, y en ocasiones costaba distinguir al uno del otro. Sus cometidos no eran tan diferentes: hablaban con políticos, se procuraban contactos en departamentos gubernamentales y hurgaban en busca de secretos. A veces hablaban y comerciaban entre sí. Y de cuando en cuando un periodista trabajaba directamente para los servicios secretos.

Weisz sonrió al recordar la velada: habían hecho un buen trabajo con él. ¡Mira, tu viejo amigo de la universidad! Y su atractiva novia, que cree que eres un encanto. ¡Tómate una copa! ¡Seis! Anda, mira, pero si es nuestro amigo, el señor Brown. El señor Green. El señor Jones. A su entender, era probable que Sparrow y Olivia fueran civiles —últimamente la vida de muchas naciones peligraba, así que uno echaba una mano si se lo pedían—, pero el señor Brown era harina de otro costal. ¿Qué había de particular en esa meada concreta en esa farola concreta que tanto interés suscitaba en ese sabueso concreto?, se dijo Weisz. ¿Era Ferrara sospechoso de algo? ¿Lo habrían incluido en alguna lista? Weisz esperaba que no. Pero, si no era así, ¿qué? Porque Brown quería saber quién era y quería dar con él. Se había tomado algunas molestias para conseguirlo. Maldita sea, se lo había *olido* cuando se planteó la posibilidad de escribir acerca de Ferrara, ¿por qué no se hizo caso?

«Tranquilízate.» Los espías siempre iban tras algo. Si eras periodista, de repente aparecía el más afable de los rusos, el más culto de los alemanes, la francesa más refinada del mundo. El preferido de Weisz en París era el magnífico conde Polanyi, de la legación húngara: exquisitos modales de la vieja Europa, franqueza extrema y sentido del humor. Muy interesante, muy peligroso. Un error acercarse a esas personas, pero a veces la gente se equivocaba. Y no cabía duda de que Weisz se había equivocado. Con, por ejemplo, lady Angela Hope, espía, no lo ocultaba. El recuerdo hizo que prorrumpiera en una ebria carcajada. Se había equivocado con lady Angela dos veces, en su apartamento de Passy, y ella había hecho de aquello una ruidosa y elaborada ópera; él tenía que ser por lo menos Casanova para provocar esos chillidos: por el amor de Dios, había *doncellas* en el apartamento. Qué importaban las doncellas, los vecinos. «Cielo santo, han asesinado a lady Angela. Otra vez.» La interpretación vino seguida de un interrogatorio de alcoba de considerable duración, sobre la información no publicada en la entrevista que le hizo a Gafencu, el ministro de Asuntos Exteriores rumano. Pero lady Angela no le sacó nada, igual que Brown tampoco había averiguado dónde se escondía el coronel Ferrara.

Weisz estaba de vuelta en su habitación antes de las nueve. Para cuando llegó al sexto distrito le habían entrado ganas de cenar, pero no le apetecía ir a Chez no sé qué o Mère no sé cuántos con un periódico por toda compañía, de modo que se detuvo en su local de costumbre y tomó un bocadillo de jamón, café y una manzana. Ya en casa, pensó en ponerse a escribir, escribir desde el corazón, para él mismo, y se habría puesto a trabajar en la novela del cajón del escritorio de no ser porque no había ninguna novela en el cajón. Así que se tumbó en la cama, escuchó una sinfonía, fumó unos cigarrillos y leyó *La Condition humaine*, de Malraux, por segunda vez. Shanghai en 1927. El levantamiento comunista, campesinos terroristas, agentes soviéticos conspirando contra las fuerzas nacionalistas de Chiang Kai Chek, policía secreta, espías, aristócratas europeos. Todo ello aderezado con el gusto francés por la filosofía. Aquello no era ningún refugio de la vida profesional de Weisz. Él no buscaba, se negaba a buscar, ningún refugio.

Con todo, gracias a Dios había una excepción a la regla. Dejaba el libro de vez en cuando y pensaba en Olivia, en cómo habría sido hacerle el amor, en Véronique, en su caótica vida amorosa, que si ésta y que si aquélla, dondequiera que fuera esa noche. Pero, sobre todo, en, bueno, tal vez no el amor de su vida, pero sí la mujer en la que nunca dejaba de pensar, ya que las horas que habían pasado juntos siempre fueron excitantes e intensas. «Es que estábamos hechos el uno para el otro», diría ella, en su voz un suspiro de melancolía. «A veces pienso que por qué no podemos seguir sin más.» Seguir significaba, suponía él, una vida de tardes en camas de hotel, cenas esporádicas en restaurantes apartados. Su deseo por ella no tenía fin, y ella le confesó que le ocurría lo mismo. *Pero*. Lo suyo no se traduciría en matrimonio, hijos, vida doméstica. Era una aventura. Y los dos lo sabían. Ella se había casado tres años antes en Alemania, un matrimonio por dinero, posición social, un matrimonio, creía él, aguijoneado por la barrera de los cuarenta y el hastío de los líos amorosos, incluso del suyo. Sin embargo, cuando se sentía solo pensaba en ella. Y ahora se sentía muy solo.

Jamás imaginó que las cosas serían así, pero la vorágine política de cuando ella tenía entre veinte y treinta años, el desvarío del mundo, el latido del mal y la interminable huida de él habían torcido las cosas. Al menos él le echaba la culpa a todo eso por dejarlo solo en la habitación de un hotel de una ciudad extranjera. Entremedias se quedó dormido dos veces. A eso de las 23:30 dio por finalizado el día, se metió bajo la manta y apagó la luz.

28 de enero, Barcelona.

«S. Kolb.»

Así se llamaba en el pasaporte actual, un nombre ficticio que le daban cuando les convenía. Su verdadero nombre había desaparecido, hacía mucho, y ahora era el señor Nadie, del país de ninguna parte, y lo parecía: calvo, con una franja de pelo moreno, gafas, un bigote ralo... un hombre bajo y sin importancia con un traje raído, en ese instante encadenado a dos anarquistas y una tubería del cuarto de baño de un café situado en el bombardeado puerto de una ciudad abandonada. Condenado a morir de un tiro. A su debido tiempo. Había cola. Todos tenían que esperar su turno, y era posible que los verdugos no volvieran al trabajo hasta después de almorzar.

Tremendamente injusto, se le antojaba a S. Kolb.

Sus papeles aseguraban que era representante de una empresa de ingeniería de Zurich, y una carta que llevaba en el maletín escrita en papel del gobierno republicano, con fecha de hacía dos semanas, confirmaba su cita en la jefatura de Intendencia del Ejército. Una ficción. La carta era falsa; a esas alturas la jefatura de Intendencia del Ejército no eran más que unas dependencias vacías con el suelo sembrado de importantes documentos. El nombre era un alias. Y Kolb no era un viajante.

Pero, así y todo, injusto. Porque la gente que iba a pegarle un tiro no sabía nada de eso. Había intentado entrar en unos establos, el alojamiento provisional de varias compañías del 5.º Cuerpo del Ejército Popular, y un centinela lo había arrestado y llevado a una checa que se hallaba emplazada en un café del puerto. El oficial que estaba al mando, sentado a una mesa junto a la barra, era un toro con la cara de pan cubierta por la sombra de la barba. Escuchó con impaciencia el relato del centinela, apoyó el peso en una nalga, frunció el ceño y dijo:

—Es un espía, pegadle un tiro.

No estaba equivocado. Kolb era un agente del Servicio Secreto de Inteligencia británico, un agente secreto, sí, un espía. De todas formas, era tremendamente injusto. Y es que, en ese momento, no estaba espiando: ni robando documentos ni sobornando a funcionarios ni sacando fotografías. Ése era principalmente su trabajo, incluido algún que otro asesinato cuando Londres lo pedía. Pero esa semana no había hecho nada de eso. Esa semana, siguiendo instrucciones de su jefe, un tipo glacial conocido como señor Brown, S. Kolb había abandonado un cómodo burdel en Marsella —una operación relacionada con la marina mercante francesa— y había ido corriendo a España a buscar a un italiano llamado coronel Ferrara, que se creía se había retirado a Barcelona con elementos del 5.º Cuerpo del Ejército Popular.

Pero Barcelona era una pesadilla, cosa que al señor Brown le daba igual, naturalmente. El gobierno había recogido sus archivos y había huido al norte, a Gerona, seguido por miles de refugiados que se dirigían a Francia, y la ciudad había quedado a merced del avance de las columnas nacionalistas. Reinaba la anarquía, los barrenderos habían dejado la escoba y se habían ido a casa. Grandes montones de basura custodiados por nubes de moscas se apilaban en las aceras. Los refugiados entraban a robar en los desiertos ultramarinos. La ciudad se encontraba en manos de borrachos armados que recorrían las calles en el techo de taxis.

No obstante aquel caos, Kolb había tratado de hacer su trabajo. «A ojos del mundo —le dijo Brown en su día— puede que usted sea un tipo bajo y flacucho, pero, si me permite la expresión, tiene los huevos de un gorila.» ¿Un cumplido? Dios lo había hecho flacucho, el destino le había arruinado la vida cuando lo acusaron de desfalco, de joven, cuando trabajaba en un banco en Austria, y el SSI británico se había encargado del resto. De serlo, no era un cumplido muy bueno. De todos modos sí que era un hombre perseverante: había dado con lo que quedaba del 5.º Cuerpo del Ejército Popular, y ¿cuál era su recompensa?

Encadenado a unos anarquistas, en el cuello un pañuelo negro, y a una cañería. Fuera, en el callejón contiguo, se oyeron unos disparos. Bueno, al menos la cola avanzaba. ¿A qué hora se comía? «¿*Hora de...?*»,* le preguntó al anarquista que tenía más cerca al tiempo que hacía con la mano libre el gesto de llevarse una cuchara a la boca. El anarquista lo miró con cierta admiración: aquel hombre se encontraba a las puertas de la muerte y quería comer.

De pronto la puerta se abrió de golpe y dos milicianos, pistola en mano, entraron tranquilamente en el cuarto de baño. Mientras uno de ellos se desabrochaba

---

* Las palabras en cursiva de este párrafo y los siguientes están en español en el original. *(N. de los trads.)*

la bragueta y utilizaba el orificio del aseo turco, el otro se puso a soltar la cadena de la tubería. «Oficial —dijo Kolb, sin obtener respuesta alguna del miliciano—. *Comandante* —probó. El otro lo miró—. *Por favor* —pidió educadamente Kolb—. *Importante.*»

El miliciano le dijo algo a su compañero, que se encogió de hombros y comenzó a abrocharse la bragueta. Luego agarró a Kolb por el hombro y sacó a los tres encadenados de allí y los metió en el café. El oficial de la checa tenía delante, en pie y con la cabeza gacha, a un hombre bien vestido que recalcaba algo dando golpecitos con el dedo en la mesa.

—¡Señor! —exclamó Kolb cuando iban hacia la puerta—. *¡Señor comandante!*

El oficial alzó la vista. Kolb tenía una oportunidad.

—*Oro* —dijo—. *Oro para vida.*

Kolb lo había preparado mientras estaba en el cuarto de baño, intentando desesperadamente reunir unas cuantas palabras en español. ¿Cómo se decía «oro»? ¿Y «vida»? El resultado —«*oro para vida*»— fue escueto, pero eficaz. A un gesto del oficial, acercaron a la mesa a Kolb y a los anarquistas. Se impuso el lenguaje de las señas. Kolb señaló con insistencia la costura de la pernera del pantalón y repitió:

—Oro.

El oficial siguió la pantomima con atención y extendió la mano. Cuando Kolb se quedó como un pasmarote, el oficial chasqueó los dedos dos veces y abrió de nuevo la mano. Un gesto universal: «Dame el oro.» Kolb se aflojó el cinturón a toda prisa, se desabrochó el botón y consiguió, con una mano, quitarse los pantalones y entregárselos al oficial, que pasó un pulgar por la costura. Aquello era obra de un sastre muy bueno, y el oficial tuvo que apretar con firmeza para dar con las monedas que habían cosido a la tela. Cuando el pulgar encontró un redondel duro, el hombre miró a Kolb con interés. «¿Quién eres tú para organizar algo así?» Pero Kolb siguió como un pasmarote, ahora en holgados calzoncillos de algodón, grises debido al paso del tiempo, un atuendo que lo hacía aún menos imponente, si cabe, que de costumbre. El oficial se sacó una navaja automática del bolsillo y, con un movimiento de muñeca, dejó al descubierto una brillante hoja de acero. Cortó la costura y aparecieron veinte monedas de oro. Florines holandeses. Una pequeña fortuna. Sus ojos se abrieron de par en par mientras los miraba fijamente, luego se entornaron. «Hombrecillo listo, ¿qué más tienes?»

Cortó la otra costura, la bragueta, la cinturilla, los bajos y las solapas de los bolsillos traseros... hizo trizas los pantalones. Los arrojó a un rincón y, acto seguido, le hizo a Kolb una pregunta que éste no entendió. Más bien que casi no entendió, pues desentrañó que significaba «*para todos*». ¿Quería Kolb pagar el rescate por su persona únicamente o también por los dos anarquistas?

Kolb presintió el peligro, y su cerebro sopesó las posibilidades a toda velocidad. ¿Qué hacer? ¿Qué decir? Mientras vacilaba el oficial se impacientó, desechó el asunto con un movimiento displicente de la mano y le dijo algo al miliciano, que empezó a soltar a Kolb y a los anarquistas. Éstos se miraron entre sí y luego se encaminaron a la puerta. Kolb vio su pasaporte en la mesa: el maletín, el dinero y el reloj habían desaparecido, pero necesitaba el pasaporte para salir de aquel maldito país. Mansamente, con la mayor calma de que fue capaz, Kolb se adelantó, agarró el pasaporte e inclinó la cabeza con humildad ante el oficial a medida que retrocedía. Éste, que recogía las monedas de la mesa, lo miró, pero no dijo nada. Con el corazón desbocado, Kolb salió del café.

Y salió al puerto. Almacenes calcinados, cráteres de bomba en los adoquines, una gabarra medio hundida amarrada a un muelle. La calle estaba abarrotada: soldados, refugiados sentados entre el equipaje, a la espera de un barco que nunca llegaría, vecinos del lugar sin nada que hacer ni sitio adonde ir. Uno de los pequeños coches de punto tirados por caballos de Barcelona, con dos hombres elegantemente vestidos en la caja abierta, se abría paso despacio entre la multitud. Uno de los hombres miró a Kolb un instante y luego apartó la cara.

Normal. Un oficinista anodino en calzoncillos. Algunos se lo quedaban mirando, otros no. Kolb no era lo más raro que habían visto ese día en Barcelona, ni por asomo. Entretanto S. Kolb sentía frío en las piernas debido a la brisa. ¿Y si se ataba la chaqueta a la cintura? Quizá lo hiciera, dentro de un minuto, pero por el momento lo único que quería era alejarse todo lo posible del café. «Dinero», pensó, y luego un billete de tren. Echó a andar a buen paso, hacia la esquina. ¿Y si intentaba volver a los establos? Se lo pensó mientras avanzaba con premura por el muelle.

3 de febrero, París.

El tiempo cambió, dando paso a una falsa primavera nublada, y la ciudad regresó a su habitual *grisaille*: piedra gris, cielo gris. Carlo Weisz salió del Hotel Dauphine a las once de la mañana, rumbo a una reunión del comité del *Liberazione* en el Café Europa. Estaba seguro de que lo habían seguido una vez, quizá dos.

De camino a la Gare du Nord, pasó por la boca de metro de St. Germain-des-Prés, donde se detuvo a mirar un escaparate que le gustaba, viejos mapas y cartas de navegación. De pronto, por el rabillo del ojo, se percató de que un tipo también se había parado hacia la mitad de la manzana para mirar, al parecer, el escaparate de un *tabac*. No había nada extraño en él: treinta y tantos, una gorra gris con visera y las manos en los bolsillos de una chaqueta de cheviot. Weisz terminó de mirar *Madagascar, 1856*, reanudó su camino, entró en el metro y bajó las escaleras que conducían al andén que lo llevaría a la Porte de Clignancourt. Mientras bajaba oyó unos pasos presurosos a sus espaldas y miró de reojo. En ese instante los pasos cesaron. Luego Weisz se giró en redondo y vislumbró una chaqueta de cheviot cuando quienquiera que fuese daba la vuelta y desaparecía por la escalera. ¿Era la misma chaqueta? ¿El mismo hombre? ¿Quién demonios bajaba las escaleras del metro para luego subirlas? Alguien que había olvidado algo. Alguien que se había dado cuenta de que era la línea equivocada.

Weisz oyó que venía el tren y bajó a toda prisa. Entró en el vagón: a esa hora de la mañana sólo había unos cuantos pasajeros. Cuando iba a tomar asiento, vio otra vez al de la chaqueta de cheviot, que corría para meterse en el vagón más próximo al pie de la escalera. La cosa acabó ahí. Weisz encontró sitio y abrió un ejemplar de *Le Journal*.

Pero la cosa no acabó ahí del todo, porque, cuando el tren paró en Château D'Eau, alguien dijo: «Signor», y, cuando Weisz levantó la cabeza, le entregó un sobre y se bajó aprisa, justo antes de que el tren empezara a moverse. Weisz sólo tuvo tiempo de echarle un vistazo: unos cincuenta años, mal vestido, camisa oscura abotonada hasta el cuello, rostro surcado de arrugas, ojos preocupados. Cuando el tren cobró velocidad, Weisz se acercó a la puerta y vio al hombre alejándose a buen paso por el andén. Volvió a su asiento, miró el sobre —marrón, cerrado— y lo abrió.

Dentro, una única hoja doblada de papel milimetrado amarillo con un cuidadoso bosquejo de un objeto alargado y puntiagudo. La punta estaba sombreada, y en el otro extremo había una hélice y unas aletas. Palabras en italiano describían las piezas. Un torpedo. ¡Era increíble la cantidad de dispositivos que tenía aquello!: válvulas, cables, una turbina, una cámara de aire, timones de dirección, espoleta, eje propulsor y mucho más. Todo ello destinado a explotar. A un lado de la página, una lista de especificaciones: peso: 1.700 kilos; longitud: 7 metros 20 centímetros; carga: 270 kilos; alcance/velocidad: 4.000 metros a 50 nudos, 12.000 metros a 30 nudos; alimentación: propulsión por vaporización, lo cual significaba, tras pararse a pensarlo un instante, que el torpedo avanzaba por el agua gracias al vapor.

¿Por qué le habían dado eso?

El tren aminoró la marcha ante la proximidad de la siguiente parada, Gare du Nord, leyó en los azulejos azules al entrar en la estación. Weisz dobló el plano y lo metió en el sobre. Durante el breve trayecto que lo separaba del Café Europa, hizo todo lo que se le ocurrió para comprobar si alguien lo seguía. Había una mujer con una cesta de la compra, un hombre paseando a un spaniel. ¿Cómo saberlo?

En el Café Europa Weisz cambió unas palabras en voz queda con Salamone. Le contó que un extraño le había entregado un sobre en el metro con un plano. La expresión del rostro de Salamone fue elocuente: «Lo que me faltaba hoy.»

—Le echaremos un vistazo después de la reunión

—propuso—. Si es un plano, será mejor que le pida a Elena que venga.

Elena, la química milanesa, era la asesora del comité en todo lo técnico. El resto apenas era capaz de cambiar una bombilla. Weisz se mostró conforme. Le caía bien Elena. Su rostro anguloso, su cabello largo y cano, que llevaba recogido con una horquilla, y sus sobrios trajes oscuros no dejaban entrever demasiado quién era. Su sonrisa sí: una de las comisuras de su boca se curvaba hacia arriba, la media sonrisa reticente del irónico, testigo de los absurdos de la existencia, mitad divertida, mitad no. Weisz la encontraba atractiva y, lo que era más importante, confiaba en ella.

La reunión no fue bien.

Todos habían tenido tiempo para rumiar el asesinato de Bottini, lo que podría significar para *sus* personas, no como *giellisti*, sino como individuos que intentaban vivir cada día. En el primer arrebato de ira sólo pensaron en contraatacar, pero ahora, tras discutir los artículos del siguiente número del *Liberazione*, querían hablar de cambiar el punto de encuentro, por seguridad. Se consideraban hábiles aficionados para elaborar un periódico, pero la seguridad no era una disciplina para hábiles aficionados, lo sabían, y eso los asustaba.

Cuando todos se hubieron ido, Salamone dijo:

—Está bien, Carlo, supongo que lo mejor será que echemos un vistazo a ese plano.

Weisz lo extendió en la mesa.

—Un torpedo.

Elena estuvo un rato estudiándolo y luego se encogió de hombros.

—Alguien copió este plano porque creyó que era importante. ¿Por qué? Porque es distinto, mejor, quizá experimental, pero sólo Dios sabe en qué, yo no. Esto es para un experto en balística.

—Hay dos posibilidades —dijo Salamone—. Que sea un diseño italiano, en cuyo caso sólo puede ser de Pola, en el Adriático, de lo que era la Whitehead Torpedo Company, creada por los británicos, adquirida por los austrohúngaros y convertida en italiana después de la guerra. Tienes razón, Elena, seguro que es importante, y secreto. Si nos lo encuentran, nos veremos metidos en un asunto de espionaje, lo que significa que el tipo del metro podía ser un agitador, y este papel la prueba incriminatoria. Vamos a quemarlo.

—Y la otra posibilidad —apuntó Weisz— es que se lo haya copiado un *resistente*.

—¿Y qué si es así? —replicó Elena—. Esto sólo le interesa a la Armada, probablemente vaya dirigido a la marina de guerra británica o francesa. Así que, si ese idiota de Roma nos mete en una *guerra* con Francia, o con Gran Bretaña, Dios no lo quiera, esto provocaría la pérdida de barcos italianos, vidas italianas. ¿Cómo? No logro entender los detalles, pero el conocimiento del potencial de un arma secreta siempre es una ventaja.

—Cierto —convino Salamone—. Y, de ser así, no queremos tener nada que ver. Somos una organización de resistencia, y esto es espionaje, traición, no resistencia, aunque en el otro bando hay quienes opinan que es lo mismo. Así que lo vamos a quemar.

—Hay más —añadió Weisz—. Creo que me han seguido esta mañana, cuando fui andando al metro.

Describió brevemente el comportamiento del hombre de la chaqueta de cheviot.

—¿No trabajarían esos dos juntos? —apuntó Elena.

—No lo sé —afirmó Weisz—. Tal vez esté viendo monstruos debajo de la cama.

—Claro —dijo Elena—. *Esos monstruos.*

—Debajo de todas nuestras camas —repuso Salamone con aspereza—, a juzgar por cómo ha ido la reunión de hoy.

—¿Hay algo que podamos hacer? —preguntó Weisz.

—No, que yo sepa, a no ser que dejemos de publicar. Intentamos ser todo lo herméticos que podemos, pero en la comunidad de emigrados la gente habla, y los espías de la OVRA están por todas partes.

—¿En el comité? —planteó Elena.

—Tal vez.

—Menudo mundo —espetó Weisz.

—El que nosotros hemos creado —repuso Salamone—. Pero la prensa clandestina lleva existiendo desde el veinticuatro. En Italia, en París, en Bélgica, allá donde vamos. Y la OVRA no puede pararlo. Puede frenarlo. Detienen a un grupo socialista en Turín, pero los *giellisti* de Florencia sacan una nueva publicación. Y los periódicos más importantes han sobrevivido bastante tiempo: el socialista *Avanti*, el comunista *Unità*, nuestro hermano mayor, el *Giustizia e Libertà*, publicado en París. Los emigrados que editan *Non Mollare!*, tal como su nombre indica, «no se rinden», y los de Acción Católica publican *Il Corriere degli Italiani*. La OVRA no nos puede matar a todos. Le gustaría, pero Mussolini aún aspira a tener legitimidad a ojos del mundo. Y cuando, a pesar de todo, asesinan, como a Matteotti en el veinticuatro, o a los hermanos Rosselli en Francia en el treinta y siete, crean mártires. Mártires de la oposición italiana y mártires en los periódicos del mundo. Esto es la guerra, y en una guerra a veces se pierde y a veces se gana. Y a veces, cuando uno cree haber perdido, ha ganado.

A Elena le gustó la idea.

—Tal vez haga falta decirle esto al comité.

Weisz compartía esa opinión. Los fascistas no siempre se salían con la suya. Cuando Matteotti, el líder del

Partido Socialista Italiano, desapareció tras pronunciar un apasionado discurso antifascista, la reacción en Italia, incluso entre miembros del Partido Fascista, fue tan intensa que Mussolini se vio obligado a respaldar una investigación. Un mes después el cuerpo de Matteotti apareció en una tumba poco profunda a las afueras de Roma, con una lima de carpintero clavada en el pecho. Al año siguiente arrestaron, juzgaron y declararon culpable, más o menos, a un hombre llamado Dumini. Era culpable, aseguró el tribunal, de «homicidio sin premeditación con el atenuante de la escasa resistencia física de Matteotti y de otras circunstancias». De modo que sí, asesinado, pero no mucho.

—Y ¿qué hay del *Liberazione*? —planteó Weisz—. ¿Vamos a sobrevivir, como dices que pasa con los periódicos más importantes?

—Quizá —contestó Salamone—. Y ahora, antes de que la poli entre corriendo aquí... —Hizo una bola con el plano y lo dejó en el cenicero—. ¿Quién va a hacer los honores? ¿Carlo?

Weisz sacó el encendedor de acero y prendió el papel por una esquina.

Fue una fogata pequeña y vigorosa, llamaradas y humo, que Weisz atizó con la punta de un lápiz. Cuando estaba hurgando en las cenizas, llamaron a la puerta y apareció el camarero.

—¿Va todo bien aquí?

Salamone dijo que sí.

—Si van a quemar el local, háganmelo saber primero, ¿eh?

3 de febrero. Weisz se puso cómodo en la silla un instante y contempló cómo iba cayendo la noche en la calle. Luego se obligó a volver al trabajo.

Anatole Deibler, Máximo Verdugo de Francia, murió ayer de un ataque al corazón en la estación de Châtelet del metro de París. Conocido por el tradicional título honorífico de Monsieur de París, Deibler iba de camino a su ejecución número 401: llevaba cuarenta años ocupándose de la guillotina francesa. Deibler era el último heredero del cargo que ostentaba su familia, verdugos desde 1829, y al parecer será sustituido por su ayudante, al que se conoce como «el valet». De ser así, André Obrecht, sobrino de monsieur Deibler, será el nuevo Monsieur de París.

¿Merecía un segundo párrafo? Según su esposa, Deibler había sido un ciclista entusiasta que había competido en representación de su club. Había emparentado con otra familia de verdugos, y su padre, Louis, fue el último en llevar el tradicional sombrero de copa mientras cortaba cabezas. ¿Ponía algo de eso? No, pensó, mejor no. ¿Y si hablaba de «la invención del doctor Joseph Guillotin en la Francia revolucionaria...»? Siempre se veía eso cuando se mencionaba el artilugio, pero ¿le importaba a alguien de Manchester o Montevideo? Lo dudaba. Y era probable que el encargado de editar el texto lo tachara de todas formas. Con todo, a veces resultaba útil darle algo que tachar. No, lo dejaría así. Y, si había suerte, Delahanty le ahorraría pasar una tarde de febrero en un funeral.

FRANCIA APOYA EL NOMBRAMIENTO DE CVETKOVICH

El Quai d'Orsay manifestó hoy su apoyo al nuevo primer ministro de Yugoslavia, el doctor Dragisha Cvetkovich, designado por el regente yugoslavo, el príncipe Pablo, en sustitución del doctor Milan Stoya-dinovich.

Eso era todo lo que tenían del comunicado de prensa, que continuaba con unos cuantos anodinos párrafos diplomáticos. Sin embargo, tenían suficiente peso para enviar a Weisz a ver a su contacto en el ministerio de Asuntos Exteriores en la regia sede del Quai d'Orsay, junto al Palais Bourbon. El edificio era como volver al siglo XVIII: enormes arañas, kilómetros de alfombras de Aubusson, interminables escaleras de mármol, el silencio de Estado.

Devoisin, subsecretario permanente del ministerio, tenía una estupenda sonrisa y un estupendo despacho cuyas ventanas daban a un invernal Sena color pizarra. Le ofreció a Weisz un cigarrillo de una caja de madera que había en el escritorio y dijo:

—Extraoficialmente, nos alegramos de habernos librado de ese cabrón de Stoyadinovich. Era nazi, Weisz, hasta la médula, aunque eso no te sonará a nuevo.

—Cierto, el Vodza —contestó Weisz con sequedad.

—Terrible. Otro *líder*, como todos ésos: el Führer, el Duce y el Caudillo, como gusta de llamarse Franco. Y el viejo Vodza también tenía todo lo demás, la milicia de camisas verdes, el saludo con el brazo en alto, toda esa repugnante parafernalia. Pero bueno, al menos por ahora, *adieu*.

—A propósito de ese *adieu* —quiso saber Weisz—, ¿han tenido algo que ver los tuyos?

Devoisin sonrió.

—A ti te lo voy a contar.

—Hay formas de decirlo.

—En este despacho, no, amigo mío. Sospecho que los británicos han echado una mano, el príncipe Pablo es íntimo suyo.

—Entonces me limitaré a decir que se espera una consolidación de la alianza francoyugoslava.

—Así será. Nuestro amor es más profundo con el tiempo.

Weisz fingió escribir.

—Eso me gusta.

—A decir verdad, a quien amamos es a los serbios. Con los croatas no hay quien haga negocios. Van directos al redil de Mussolini.

—Esos de ahí abajo se caen fatal, lo llevan en la sangre.

—Vaya que sí. Y, a propósito, si llega a tus oídos algo de eso, de la independencia croata, agradeceríamos mucho tener noticias.

—Serás el primero en saberlo. En cualquier caso, ¿te importaría ampliar el comunicado oficial? Sin atribuírtelo a ti, claro. «Un alto cargo asegura...»

—Weisz, por favor, tengo las manos atadas. Francia apoya el cambio, y cada palabra de ese comunicado ha sido duramente negociada. ¿Te apetece un café? Haré que nos lo traigan.

—No, gracias. Utilizaré los antecedentes nazis sin emplear la palabra.

—Yo no he dicho nada.

—Naturalmente —prometió Weisz.

Devoisin cambió de tema: en breve se iba a St. Moritz una semana a esquiar; ¿había visto Weisz la nueva exposición de Picasso en la galería Rosenberg?; ¿qué opinaba? El reloj interno de Weisz fue eficaz: quince minutos, luego tenía «que volver a la oficina».

—Pásate más a menudo —invitó Devoisin—. Siempre es un placer verte.

Tenía una sonrisa estupenda, pensó Weisz.

12 de febrero. La petición —era una orden, por supuesto— llegó en forma de mensaje telefónico en su casillero de la oficina. La secretaria que lo tomó lo miró con expresión de extrañeza cuando él llegó esa mañana. ¿De qué va todo esto? Él no iba a decírselo, ni era asunto de ella, y no fue más que una mirada momentánea, aunque muy significativa. Y lo estuvo observando mientras él lo leía: se requería su presencia en la sala 10 de la Sûreté Nationale a las ocho de la mañana del día siguiente. ¿Qué pensaba la chica, que se iba a poner a temblar?, ¿que lo empaparía un sudor frío?

No hizo ninguna de las dos cosas, pero sintió que el estómago le daba un vuelco. La Sûreté era la policía de seguridad: ¿qué querían? Se metió el papel en el bolsillo y poco a poco fue pasando el día. Esa misma mañana buscó un motivo para asomarse al despacho de Delahanty. ¿Se lo habría contado la secretaria? Pero Delahanty no dijo nada y actuó como de costumbre. ¿O no? ¿Había algo raro? Salió temprano a almorzar y llamó a Salamone desde el teléfono de un café, pero Salamone se encontraba en el trabajo y aparte de un «Bueno, ten cuidado», no pudo decir gran cosa. Esa noche llevó a Véronique al ballet —en el gallinero, pero se veía— y después a cenar. Véronique era atenta, animada y locuaz, y una chica no le preguntaba a un hombre qué pasaba. No habrían hablado con *ella*, ¿verdad? Weisz se planteó preguntárselo, pero no encontró el momento. De camino a casa la idea lo estuvo martirizando: inventaba preguntas, trataba de responderlas, y luego otra vez.

A las ocho menos diez de la mañana siguiente enfiló la avenida Marignan, camino del ministerio del Interior, que se hallaba en la rue des Saussaies. Enorme y gris, el edificio se extendía hasta el horizonte y se alzaba por encima de él: allí habitaban los diosecillos en pequeñas habitaciones, los dioses que regían el destino de los emigrados, que podían ponerlo a uno en un tren de vuelta a dondequiera que fuese, a lo que quiera que aguardase.

Un empleado lo llevó hasta la sala 10: una mesa alargada, unas cuantas sillas, un radiador que despedía un vapor sibilante, una alta ventana tras una reja. La sala 10 tenía algo: el olor a pintura y humo de cigarrillo rancio, pero, sobre todo, el olor a sudor, como en un gimnasio. Lo hicieron esperar, claro. Cuando aparecieron, expedientes en mano, ya habían dado las nueve y veinte. Había algo en el joven, que rondaría la veintena, pensó Weisz, que sugería la expresión «a prueba». El de mayor edad era un policía, entrecano y encorvado, con ojos de haberlo visto todo.

Formales y correctos, se presentaron y abrieron los expedientes. El inspector Pompon, el más joven, su almidonada camisa blanca resplandeciente como el sol, llevó el interrogatorio y anotó las respuestas de Weisz en un formulario impreso. Tras analizar cuidadosamente los datos personales: fecha de nacimiento, domicilio, ocupación, llegada a Francia —todo ello del expediente—, le preguntó a Weisz si conocía a Enrico Bottini.

—Nos conocíamos, sí.

—¿Eran buenos amigos?

—Amigos, diría yo.

—¿Conocía a su querida, madame LaCroix?

—No.

—¿Hablaba él de ella, quizá?

—Conmigo no.

—Monsieur Weisz, ¿sabe por qué está usted aquí hoy?

—La verdad es que no.

—En condiciones normales esta investigación la

realizaría la Préfecture, pero nosotros nos hemos interesado por ella porque se ha visto involucrada la familia de un individuo que trabaja para nuestro gobierno. Así que nos preocupan las repercusiones políticas. Del asesinato y el suicidio. ¿Está claro?

Weisz dijo que sí. Y así era, aunque el francés no era su lengua materna y responder preguntas en la Sûreté no era como charlar con Devoisin o comentarle a Véronique que le gustaba su perfume. Por suerte, a Pompon le encantaba escuchar su propia voz, melodiosa y precisa, lo cual le restaba tanta rapidez que Weisz, haciendo un gran esfuerzo, era capaz de entender prácticamente cada palabra.

Pompon apartó el expediente de Weisz, abrió otro y se puso a buscar lo que quería. Weisz alcanzó a ver un sello oficial estampado en rojo, en la esquina superior de cada página.

—¿Su amigo Bottini era zurdo, monsieur Weisz?

Weisz se lo pensó.

—No lo sé —contestó—. Nunca advertí que lo fuera.

—Y ¿cómo describiría su filiación política?

—Era un refugiado político italiano, así que describiría su filiación como antifascista.

Pompon anotó la respuesta, su primorosa letra era el resultado de un sistema escolar que invertía un sinfín de horas en caligrafía.

—¿De izquierdas, diría usted?

—De centro.

—¿Hablaban de política?

—De un modo general, cuando surgía el tema.

—¿Ha oído hablar de un periódico, una publicación clandestina, llamado *Liberazione*?

—Sí. Un diario de la oposición que se distribuye en Italia.

—¿Lo ha leído?

—No, he visto otros, los que se publican en París.

—Pero no el *Liberazione*.

—No.

—¿Qué relación tenía Bottini con ese periódico?

—No sabría decirle. Él nunca lo mencionó.

—¿Le importaría describir a Bottini? ¿Qué clase de hombre era?

—Muy orgulloso, seguro de sí mismo. Sensible a los desaires, diría yo, y consciente de su *¿posición*, se dice?, de su lugar en el mundo. Había sido un importante abogado en Turín y seguía siendo abogado, aun siendo amigo.

—¿Qué significa eso exactamente?

Weisz se paró a pensar un instante.

—Si se discutía por algo, aunque se tratara de una discusión amistosa, le gustaba ganar.

—¿Diría usted que podía ser violento?

—No, creo que la violencia, en su opinión, equivalía al fracaso, a la pérdida, la pérdida del...

—¿Autocontrol?

—Creía en las palabras, en el diálogo, en la racionalidad. Para él la violencia era, ¿cómo decirlo?, rebajarse a la categoría de los animales.

—Pero mató a su amante. ¿Cree usted que fue la pasión romántica lo que lo impulsó a hacer tal cosa?

—No.

—¿Entonces?

—Sospecho que el crimen fue un doble asesinato, no un asesinato y un suicidio.

—¿Cometido por quién, monsieur Weisz?

—Por agentes del gobierno italiano.

—Un asesinato, entonces.

—Sí.

—Sin importar que una de las víctimas fuera la esposa de un destacado político francés.

—Exacto, no creo que les importara.

—En ese caso, ¿opina usted que Bottini era el objetivo principal?

—Sí, pienso que sí.

—¿Por qué lo piensa?

—Creo que tenía que ver con su relación con la oposición antifascista.

—¿Por qué él, monsieur Weisz? En París hay otros. Bastantes.

—No sé por qué —replicó Weisz.

En la habitación hacía mucho calor; Weisz notó que una gota de sudor le corría desde la axila hasta el borde de la camiseta.

—En su calidad de emigrado, monsieur Weisz, ¿qué opina de Francia?

—Siempre me ha gustado, desde antes que emigrara.

—¿Qué es lo que le gusta exactamente?

—Yo diría —hizo una pausa y continuó— que la tradición de libertad individual siempre ha sido fuerte aquí, y disfruto de la cultura, y París es... es todo lo que se dice de ella. Vivir aquí es un privilegio.

—Como bien sabe, entre nosotros se han suscitado conflictos: Italia reclama Córcega, Túnez y Niza, de modo que si, por desgracia, su tierra natal y su patria adoptiva se declararan la guerra, ¿qué haría usted?

—Bueno, no me iría.

—¿Serviría a un país extranjero, enfrentándose a su tierra natal?

—Ahora mismo no puedo responder a eso —contestó Weisz—. Espero que se produzca un cambio en el gobierno de Italia y que reine la paz entre ambas naciones. Lo cierto es que si alguna vez ha habido dos países que no deberían ir a la guerra, ésos son Italia y Francia.

—Y ¿estaría dispuesto a trabajar en pro de esos ideales? ¿En pro de la armonía que, a su entender, debería existir entre estos dos países?

«Que te jodan.»

—La verdad es que no se me ocurre qué podría hacer para ayudar. Todo eso, esas dificultades, se desarrollan en las alturas. Entre nuestros países.

Pompon casi sonrió, comenzó a hablar, a atacar, pero su colega, con discreción, carraspeó.

—Apreciamos su franqueza, monsieur Weisz. Esto de la política no es tan sencillo. Tal vez sea usted uno de esos que piensan de corazón que las guerras deberían resolverlas los diplomáticos en ropa interior, luchando con escobas.

Weisz sonrió con profunda gratitud.

—Pagaría por verlo, sí.

—Por desgracia las cosas no son así. Una lástima, ¿eh? Por cierto, hablando de diplomáticos, me pregunto si se ha enterado, al ser periodista, de que han enviado a un funcionario italiano, de la embajada parisina, a casa. *Persona non grata*, creo que se dice.

—No tenía noticia.

—¿No? ¿Está seguro? Bueno, quizá no se emitiera un comunicado. Eso no es asunto nuestro, aquí trabajamos en las trincheras, pero sé de buena tinta que ha ocurrido.

—No lo sabía —dijo Weisz—. A Reuters no ha llegado nada.

El policía se encogió de hombros.

—Entonces será mejor que no diga ni pío, ¿eh?

—Claro —convino Weisz.

—Muy agradecido —replicó el otro.

Pompon cerró la carpeta.

—Creo que eso es todo por hoy —anunció—. Naturalmente volveremos a hablar.

Weisz salió del ministerio, una figura solitaria entre un tropel de hombres con maletín, dio la vuelta al edificio —cosa que le llevó bastante tiempo—, dejó atrás por fin su sombra y se dirigió a la oficina de Reuters. Al repasar la entrevista la cabeza le daba vueltas, pero al cabo se centró en el funcionario que habían enviado de vuelta a Italia. ¿Por qué le habían contado eso? ¿Qué querían de él? Tenía el presentimiento de que sabían que era el nuevo editor del *Liberazione*. Se esperaban la mentira de rigor y luego lo habían tentado con una historia interesante. Oficialmente la prensa clandestina no existía, pero eso podía llegar a ser útil. ¿De qué manera? Porque puede que el gobierno francés quisiera hacer saber, tanto a aliados como a enemigos en Italia, que había tomado medidas en el caso Bottini. No habían emitido un comunicado, no querían que el gobierno de Mussolini replicara con el envío a casa de un funcionario francés, el clásico sacrificio del peón en el ajedrez de la diplomacia. Por otra parte, no podían quedarse de brazos cruzados, tenían que vengar el daño causado a LaCroix, un político de renombre.

¿Era así? Si no lo era, y la noticia aparecía en el *Liberazione*, se enfadarían de lo lindo con él. «No diga ni pío, ¿eh?» Mejor hacer eso, si apreciaba en algo su pellejo. «No —pensó—, déjalo estar, que encuentren otro periódico, no muerdas el anzuelo.» Los franceses permitían que existieran el *Liberazione* y los demás diarios porque Francia se oponía públicamente al gobierno fascista. Hoy. Pero mañana eso podía cambiar. En toda Europa la posibilidad de que estallara otra guerra obligaba a establecer alianzas regidas por la Realpolitik: Inglaterra y Francia necesitaban a Italia para enfrentarse a Alemania, no podían contar con Rusia y no contarían con Estados Unidos, así que tenían que combatir a Mussolini con una mano y acariciarlo con la otra. El vals de la diplomacia. Y ahora sacaban a bailar a Weisz.

Pero él declinaría la invitación dando la callada por respuesta. Lo habían llamado para que acudiera a esa reunión, decidió, por ser el editor del *Liberazione*: un trabajito para el inspector Pompon, que era nuevo. ¿Espiaría para ellos? ¿Sería discreto en lo tocante a la política francesa? Y «volveremos a vernos» quería decir «te estamos vigilando». Pues que vigilaran. Pero las respuestas, «no» y «sí», no cambiarían.

Weisz se sentía mejor. No era un día tan malo, pensó, el sol salía y se ocultaba, grandes nubes de caprichosas formas se aproximaban desde el Canal y se desplazaban por la ciudad en dirección este. De camino al barrio de la Ópera, Weisz había abandonado la zona de los ministerios. Dos dependientas con guardapolvos grises en bicicleta, un anciano en un café leyendo *Le Figaro*, su terrier aovillado bajo la mesa, un músico en la esquina tocando el clarinete, en el sombrero boca arriba algunos céntimos. Todos ellos, pensó tras echar un franco en el sombrero, con expedientes. Le había impresionado un poco ver el suyo, pero así era la vida. De todas formas resultaba triste, en cierto modo. Aunque en Italia era lo mismo. Allí los expedientes se llamaban *schedatura* —al que se suponía que tenía una ficha policial se le denominaba *schedata*— y habían sido recopilados por la Policía Nacional durante más de una década, con opiniones políticas, costumbres cotidianas, pecados graves y veniales. Todo estaba registrado.

Antes de las diez y cuarto Weisz ya estaba de vuelta en la oficina, donde la secretaria volvió a mirarlo raro:

«¿Cómo? ¿No te han enchironado?» Tal como él se temía, le había contado a Delahanty lo del mensaje, ya que éste, cuando Weisz fue a verlo a su despacho, dijo: «¿Va todo bien, muchacho?» Weisz miró al techo y extendió las manos, Delahanty sonrió: policía y emigrados, nada nuevo. En opinión de Delahanty, uno podía ser un asesino a sueldo siempre y cuando la frase del ministro de Asuntos Exteriores estuviera bien transcrita.

Con la entrevista superada, Weisz se permitió el lujo de disfrutar de una jornada apacible en la oficina. Pospuso llamar a Salamone, bebió un café y, siendo como era un *cruciverbiste*, como decían los franceses, se entretuvo con el crucigrama del *Paris-Soir*. Dados sus escasos progresos al respecto, empezó otro pasatiempo, donde encontró tres de los cinco animales, y después se dirigió a las páginas de espectáculos, consultó la cartelera y descubrió que en los confines del undécimo distrito echaban *L'albergo del bosco*, de 1932. ¿Qué pintaba *eso* ahí? El undécimo apenas era francés, un barrio pobre, hogar de refugiados, en cuyas oscuras calles se oía más yiddish, polaco y ruso que francés. ¿E italiano? Quizá. Había miles de italianos en París, trabajando en lo que podían, viviendo allí donde el alquiler fuera bajo y la comida barata. Weisz anotó la dirección del cine, tal vez fuera.

Levantó la vista y vio que Delahanty venía hacia su escritorio, las manos en los bolsillos. En el trabajo, el jefe de la agencia parecía un obrero, un obrero sumamente desaliñado: sin chaqueta, las mangas subidas, las puntas de los cuellos de la camisa dobladas, los pantalones anchos y caídos debido a la enorme barriga. Se sentó a medias en el borde de la mesa de Weisz y le dijo:

—Carlo, mi querido y viejo amigo...

—¿Sí?

—Te encantará saber que Eric Wolf se va a casar.

—¿Ah, sí? Qué bien.

—Muy bien, sí. Se vuelve a Londres, para casarse con su mujercita y llevársela de luna de miel a Cornualles.

—¿Una luna de miel larga?

—Dos semanas. Lo cual nos deja sin cobertura en Berlín.

—¿Cuándo me quiere allí?

—El tres de marzo.

Weisz asintió.

—Allí estaré.

Delahanty se puso en pie.

—Te estamos agradecidos, muchacho. Después de Eric, tú eres quien mejor habla alemán. Ya sabes lo que hay que hacer: te invitarán a comer, te alimentarán a base de propaganda, tú informarás, nosotros no publicaremos, etc., pero si no proporciono cobertura esa comadreja de Hitler desencadenará una guerra contra mí, por puro rencor. Y nosotros no queremos que eso ocurra, ¿verdad?

El Cinéma Desargues no se encontraba en la rue Desargues, no del todo. Estaba al final de un callejón, en lo que en su día fuera un taller: veinte sillas de madera plegables y una pantalla similar a una sábana colgada del techo. El dueño, un gnomo con cara avinagrada tocado con una kipá, cogió el dinero y pasó la película desde una silla apoyada en la pared. Vio la película en una especie de trance, el humo de su cigarrillo entremezclándose con la luz azulada que se dirigía hacia la pantalla, mientras el diálogo chisporroteaba por encima del siseo de la banda sonora y el runrún del proyector.

En 1932 Italia sigue paralizada por la Depresión, así

que nadie se hospeda en L'Albergo del Bosco —la posada del bosque—, próximo a una aldea situada a las afueras de Nápoles. Al posadero, que tiene cinco hijas, lo acosan los acreedores, de manera que entrega los ahorros que le quedan al *marchese* del lugar para que los ponga a buen recaudo. Sin embargo, debido a un malentendido, el *marchese*, un noble venido a menos y no más acaudalado que el posadero, dona el dinero a la beneficencia. Tras enterarse de su error por casualidad —el posadero es un tipo orgulloso y finge que quería regalar el dinero—, el *marchese* vende los dos últimos retratos de la familia y paga al posadero para que dé un gran banquete a los pobres del pueblo.

No estaba mal, había captado el interés de Weisz. El cámara era bueno, muy bueno, incluso en blanco y negro, de modo que las lomas y los prados, la alta hierba meciéndose con el viento, el caminito blanco festoneado de chopos, el precioso cielo napolitano se le antojaron muy reales. Weisz conocía ese lugar, o lugares parecidos. Conocía la aldea —la fuente seca con el borde medio derruido, las casas oscureciendo la estrecha calle— y a sus gentes: el cartero, las mujeres con sus pañoletas. Conocía la villa del *marchese*, con las tejas que se habían desprendido del tejado apiladas junto a la puerta, a la espera; la vieja criada, a la que no se pagaba desde hacía años. Una Italia sentimental, pensó Weisz, en cada fotograma. Y la música también era muy buena: un tanto operística, lírica, dulce. Realmente sentimental, pensó Weisz, la Italia de los sueños o de los poemas. Con todo, le rompió el corazón. Mientras subía por el pasillo en dirección a la puerta, el dueño se lo quedó mirando un instante, un hombre con un buen abrigo oscuro, gafas en una mano, el índice de la otra en las comisuras de los ojos.

CIUDADANO
DE LAS SOMBRAS

3 de marzo de 1939.

Weisz tomó un compartimento en un coche cama del tren nocturno a Berlín que salía a las siete de la Gare du Nord y llegaba a Berlín a mediodía. Dado que, por lo común, le costaba conciliar el sueño, pasó las horas despertándose y dormitando, mirando por la ventanilla cuando el tren se detenía en las estaciones del trayecto: Dortmund, Bielefeld. Pasada la medianoche, los iluminados andenes estaban silenciosos y desiertos, con tan sólo algún que otro pasajero o mozo, de vez en cuando un policía con un pastor alemán de la correa, sus alientos humeando en el glacial aire alemán.

La noche que tomó copas con el señor Brown pensó mucho en Christa Zameny, su antigua amante. Se había casado hacía tres años en Alemania y ahora estaba fuera de su alcance, sus afanosas tardes juntos eran ya sólo una memorable aventura. Así y todo, cuando Delahanty le ordenó ir a Berlín, la buscó en su agenda y se planteó escribirle una nota. Ella le había enviado su dirección en una carta de despedida en que le decía lo de su matrimonio con Von Schirren, y que, en ese momento de su vida, era lo mejor. «No volveremos a vernos», quería decir. Después, en el último párrafo, su nueva dirección, donde él no volvería a verla. Algunas aventuras mueren, pensó, otras se interrumpen.

En el Adlon dormiría una hora o dos. Se preparó para el descanso: deshizo la maleta, se quedó en ropa interior, tras colgar el traje y la camisa en el armario, dobló la colcha y abrió la carpeta con el papel y los sobres del Adlon sobre la mesa de caoba. El Adlon era un hotel espléndido, el mejor de Berlín. El papel y los sobres se veían magníficos, con el nombre y la dirección del hotel en elegantes caracteres dorados. Les hacían la vida fácil a los huéspedes: uno podía escribir una nota a un conocido, meterla en un sobre grueso de color crema y llamar al botones, ellos se encargarían de ponerle el sello y echarla. Muy cómodo, ciertamente. Y el correo berlinés era rápido y eficaz. Antes de las diez del día siguiente el teléfono emitió un delicado y discretísimo tintineo. Weisz pegó un salto gatuno. No habría una segunda llamada.

A las cuatro y media de la tarde el bar del Adlon estaba casi vacío. Oscuro y lujoso, no muy distinto del Ritz: sillas tapizadas, mesitas bajas. Un gordo con una insignia del partido nazi en la solapa interpretaba a Cole Porter en un piano blanco. Weisz pidió un coñac y luego otro. Tal vez ella no acudiera, tal vez, en el último minuto, no pudiera. Su voz había sido fría y educada al teléfono. A Weisz se le pasó por la cabeza que no estaba sola cuando hizo la llamada. Qué atento por su parte escribir. ¿Estaba bien? ¿Ah, una copa? ¿En el hotel? Bueno, no sabía, a las cuatro y media quizá, la verdad es que no estaba segura, tenía un día muy ajetreado, pero lo intentaría, qué atento por su parte escribir.

Ésa era la voz, y los modales, de una aristócrata. La niña mimada de un padre cariñoso —un noble húngaro— y una madre distante —hija de un banquero alemán—, criada por institutrices en el barrio berlinés de Charlottenburg, educada en internados ingleses y suizos, después en la Universidad de Jena. Escribía poesía imaginista, a menudo en francés, que publicaba por su cuenta. Y, después de graduarse, halló formas de vivir al margen de la riqueza: durante un tiempo fue representante de un cuarteto de cuerda y miembro del consejo de una escuela para niños sordos.

Se conocieron en Trieste en el verano de 1933, en una fiesta muy etílica y ruidosa. Ella iba con unos amigos en un yate, navegando por el Adriático. Cuando empezaron su romance tenía treinta y siete años y un estilo propio de los años veinte berlineses. Era una mujer muy erótica vestida como un hombre muy austero. Traje negro de raya diplomática, camisa blanca, sobria corbata, cabello castaño corto salvo por delante, donde caía al bies, asimétrico. A veces, llevando ese estilo al extremo, se engominaba el pelo y se lo peinaba hacia atrás. Tenía una tez suave y blanca, la frente alta, no se maquillaba, salvo por un leve toque de carmín aparentemente incoloro. Un rostro más atractivo que bello, con toda la personalidad en los ojos: verdes y pensativos, concentrados, valientes y penetrantes.

Al Adlon se entraba salvando tres escalones de mármol, por unas puertas revestidas de cuero con ojos de buey; cuando éstas se abrieron y Weisz se volvió para ver quién entraba, el corazón estuvo a punto de salírsele por la boca. No mucho después, unos quince minutos quizá, un camarero se acercó a la mesa y recogió una generosa propina, medio coñac y medio cóctel de champán.

No era sólo el corazón el que se había encariñado más de ella con la ausencia.

Al otro lado de la ventana, Berlín en la penumbra del crepúsculo invernal. En la habitación, entre el revoltijo de la ropa de cama, Weisz y Christa yacían recostados en las almohadas, recuperando el aliento. Él se incorporó, apoyándose en un codo, puso tres dedos en el hoyuelo de la base del cuello de ella y, acto seguido, siguió bajando hasta recorrer todo su cuerpo. Por un momento ella cerró los ojos, en los labios una levísima sonrisa.

—Tienes las rodillas rojas —le dijo.

Ella se las miró.

—Pues sí. ¿Te sorprende?

—La verdad es que no.

Weisz movió la mano un tanto y luego la dejó descansar.

Ella puso su mano sobre la de él, y Weisz se quedó mirándola un buen rato.

—Y bien, ¿qué ves?

—Lo mejor que he visto en mi vida.

Christa esbozó una sonrisa dubitativa.

—Que no, que te lo digo de verdad.

—Son tus ojos, cariño. Pero me encanta ser eso que ves.

Él se tumbó, las manos entrelazadas tras la cabeza, y Christa se tendió de costado y le puso un brazo y una pierna por encima, el rostro acomodado en el pecho de Weisz. Permanecieron algún tiempo en silencio, y luego él se percató de que su piel, allí donde descansaba el rostro de ella, estaba húmeda y le escocía. Comenzó a hablar, a preguntar, pero ella posó suavemente un dedo en sus labios.

Delante de la mesa, de espaldas a él, Christa esperó a que la operadora del hotel cogiera el teléfono y le dio un número. Sin ropa era más delgada de lo que él creía —eso siempre le había llamado la atención— y enigmáticamente atractiva. ¿Qué tenía esa mujer que tan honda impresión le causaba? El misterio, el misterio del amante, un campo magnético para el que no había palabras. Esperó mientras sonaba el teléfono, apoyándose ora en un pie, ora en el otro, alisándose el pelo de manera inconsciente con una mano. Contemplarla lo excitaba. Su nuca, con el cabello corto y abultado, la larga y firme espalda, la suave curva de la cadera, la profunda hendidura, las torneadas piernas, las rozaduras de los talones.

—¿Helma? —dijo—. Soy yo. ¿Querría decirle a Herr Von Schirren que llegaré tarde? Ah, que no está en casa. Bueno, pues cuando llegue dígaselo. Sí, eso es. Adiós.

Dejó el teléfono en la horquilla superior, se volvió, leyó sus ojos, se puso de puntillas sobre un pie, las manos en alto, los dedos como si estuviera tocando unas castañuelas, y dio una vuelta propia de una bailaora.

—¡Olé! —exclamó él.

Ella regresó a la cama, cogió una punta de la colcha y echó ésta sobre ambos. Weisz estiró el brazo por encima de ella y apagó la lamparita, dejando la habitación sumida en la oscuridad. Durante una hora fingieron pasar la noche juntos.

Después ella se vistió con la luz de la farola que entraba por la ventana y fue al cuarto de baño a peinarse. Weisz la siguió y permaneció en la puerta.

—¿Cuánto vas a quedarte? —quiso saber ella.

—Dos semanas.

—Te llamaré —prometió Christa.

—¿Mañana?

—Sí, mañana. —Mirándose en el espejo, volvió la cabeza a un lado y luego al otro—. Puedo llamarte a la hora de comer.

—¿Trabajas?

—En este Reich milenario todos tenemos que trabajar. Soy una especie de directiva de la Bund Deutscher Mädchen, la Asociación de Muchachas Alemanas, la sección femenina de las Juventudes Hitlerianas. Un amigo de Von Schirren me consiguió el puesto.

Weisz asintió.

—En Italia los cogen a los seis años, se trata de hacer niños fascistas, de cogerlos cuando aún son pequeños. Es horrible.

—Sí. Pero yo me refería a que hay que *participar*, de lo contrario van por ti.

—¿Qué haces?

—Organizar cosas, planificarlas: desfiles o exhibiciones gimnásticas multitudinarias o lo que toque esa semana. A veces tengo que llevarme treinta adolescentes al campo, durante la cosecha, o simplemente a respirar el aire de los bosques alemanes. Encendemos una hoguera y cantamos, luego algunas se internan en el bosque cogidas de la mano. Todo muy ario.

—¿Ario?

Ella se echó a reír.

—Eso creen ellos. Salud, fortaleza física y *Freiheit*, libertad del cuerpo. Se supone que debemos alentarlo, porque los nazis quieren que se reproduzcan. Si no desean casarse, deberían buscarse un soldado solitario y quedarse embarazadas. Para hacer más soldados. Herr Hitler necesitará al mayor número posible cuando entremos en guerra.

—Y ¿cuándo va a ser eso?

—Bueno, eso no nos lo dicen. Pronto, diría yo. Si un hombre busca pelea, antes o después la encuentra. Creíamos que serían los checos, pero a Hitler le entregaron lo que quería, así que ahora tal vez sean los polacos. Últimamente les lanza diatribas por la radio, y el ministerio de Propaganda incluye artículos en los periódicos, ya sabes: los pobres alemanes de Danzig, apaleados por bandas polacas. No es muy sutil.

—Si va por ellos, los británicos y los franceses le declararán la guerra.

—Sí, eso me temo.

—Cerrarán la frontera, Christa.

Ella se volvió y, por un instante, lo miró a los ojos. Al cabo dijo:

—Sí, lo sé. —Tras mirarse por última vez en el espejo, se metió el peine en el bolso, se puso a rebuscar y sacó una joya que sostuvo en alto para que Weisz la viera—. Mi *Hakenkreuz*, donde vivo todas las mujeres la llevan.

Una esvástica de plata vieja con un diamante en cada uno de los cuatros brazos, en una cadena de plata.

—Muy bonita —observó Weisz.

—Me la dio Von Schirren.

—¿Está en el Partido?

—¡Cielo santo, no! Es de la vieja y rica Prusia, ¡odian a Hitler!

—Pero sigue aquí.

—Pues claro que sigue, Carlo. Podría haberse marchado hace tres años, pero aún había la esperanza de que alguien viera la luz y se deshiciera de los nazis. Desde el principio, en el treinta y tres, nadie aquí podía creer lo que estaban haciendo, que se salieran con la suya. Pero ahora cruzar la frontera significaría perderlo todo: casas, cuentas bancarias, caballos, criados. Mis *perros*. Todo. Madre, padre, familia. ¿Para hacer qué? ¿Planchar pantalones en Londres? Mientras tanto la vida continúa, y dentro de poco Hitler irá demasiado lejos y el ejército intervendrá. Tal vez mañana. O al día siguiente. Eso es lo que dice Von Schirren, y él está enterado.

—¿Lo amas, Christa?

—Le tengo mucho cariño, es un buen hombre, un caballero de la vieja Europa, y me ha proporcionado un lugar en el mundo. No podía continuar viviendo como vivía.

—A pesar de todo, temo por ti.

Ella sacudió la cabeza, se metió la *Hakenkreuz* en el bolso, echó la solapa y lo cerró.

—No, no, Carlo, no temas. Esta pesadilla acabará, el gobierno caerá y cada cual será libre de hacer lo que quiera.

—No estoy tan seguro de que vaya a caer.

—Caerá. —Bajó la voz y se inclinó hacia él—. Y, supongo que puedo decirlo, en esta ciudad hay quienes incluso estamos dispuestos a darle un empujoncito.

Weisz se encontraba en la oficina de Reuters, al final de la Wilhelmstrasse, a las ocho y media de la mañana siguiente. Los otros dos reporteros aún no habían llegado, pero lo recibieron las dos secretarias, las cuales tendrían veintitantos años y, según Delahanty, hablaban inglés y francés perfectamente y podían apañarse en otros idiomas si tenían que hacerlo.

«Nos alegramos tanto por Herr Wolf, ¿volverá con su mujer?» Weisz lo desconocía; dudaba que Wolf fuera a hacerlo, pero no podía decirlo. Se sentó en la silla de Wolf y se puso a leer las noticias de la mañana en los periódicos de la gente que piensa, el berlinés *Deutsche Allgemeine Zeitung* y *Das Reich*, de Goebbels. No había gran cosa: el doctor Goebbels opinando sobre la posible sustitución de Chamberlain por Churchill, diciendo que «cambiar de caballo a mitad de camino ya era lo bastante malo, pero cambiar un asno por un toro sería funesto». Lo demás era lo que el ministerio de Propaganda quería decir ese día. De modo que el gobierno controlaba los diarios. Nada nuevo.

Sin embargo el control de la prensa podía tener consecuencias inesperadas: Weisz recordó el clásico ejemplo, el final de la Gran Guerra. La rendición de 1918 suscitó una oleada de conmoción e ira entre los alemanes. Después de todo habían leído día tras día que sus ejércitos salían victoriosos en el campo de batalla y luego, de pronto, el gobierno capitulaba. ¿Cómo era posible? La infame *Dolchstoss*, la puñalada trapera, *ésa* era la razón: la manipulación política ejercida en la patria había minado a sus valientes soldados y deshonrado su sacrificio. Los responsables de la derrota eran los judíos y los comunistas, esos astutos granujas políticos. Y los alemanes se lo creyeron. Y Hitler llegó con la mesa puesta.

Una vez leídos los periódicos, Weisz se puso con los comunicados de prensa que se amontonaban en la mesa de Wolf. Intentó concentrarse, pero no fue capaz. ¿Qué *estaría haciendo* Christa? Su tenue voz no se le iba de la cabeza: «darle un empujoncito». Eso significaba asuntos clandestinos, conspiración, resistencia. Bajo el dominio de los nazis y su policía secreta, Alemania se había convertido en un Estado de contraespionaje, de soplones entusiastas y agitadores por todas partes, ¿sabía ella lo que podía *pasarle*? Sí, lo sabía, malditos ojos aristocráticos, pero *esa gente* no iba a decirle a Christa Zameny von Schirren lo que podía o no podía hacer. Hablaba la sangre, pensó él, y lo hacía alto y claro. Pero ¿acaso era tan distinto de lo que él estaba haciendo? «Lo es», pensó. Pero no lo era, y lo sabía.

La puerta del despacho estaba abierta, pero una de las secretarias apareció en el umbral y llamó educadamente en el marco.

—¿Herr Weisz?

—Sí, ¿eh...?

—Soy Gerda, Herr Weisz. Tiene una reunión en el Club de Prensa del ministerio de Propaganda a las once de la mañana, con Herr Doktor Martz.

—Gracias, Gerda.

Salió con tiempo para ir sin prisas y bajó por la Leipzigerstrasse en dirección al nuevo Club de Prensa. Al pasar por Wertheim's, los grandes almacenes que ocupaban todo un edificio, se detuvo un instante a observar a un escaparatista que retiraba libros y carteles antisoviéticos —los títulos de los libros envueltos en llamas, los carteles con llamativos matones bolcheviques de enorme nariz ganchuda— y los apilaba con sumo cuidado en una carretilla. Cuando el escaparatista le devolvió la mirada, Weisz siguió su camino.

Hacía tres años que no iba a Berlín, ¿había cambiado? La gente de la calle parecía próspera, bien alimentada, bien vestida, pero percibía algo flotando en el aire, no exactamente miedo. Era como si todos guardaran un secreto, el mismo secreto. Pero de algún modo no resultaba aconsejable que otros supieran que uno lo guardaba. Berlín siempre había tenido un aspecto oficial —varios tipos de policía, cobradores de tranvía, guardas del zoológico—, pero ahora era una ciudad vestida para la guerra. Uniformes por doquier: las SS de negro con la reluciente insignia, el Ejército, la Kriegsmarine, la Luftwaffe, otros que no reconoció. Cuando una pareja de miembros de las secciones de asalto de las SA, con guerrera y pantalones pardos y gorra con barboquejo, se aproximó a él, nadie pareció cambiar de dirección, pero en la abarrotada acera se le abrió paso casi por arte de magia.

Se paró en un quiosco en el que unas hileras de revistas llamaron su atención. *Fe y Belleza*, *La Danza*, *Fotografía Moderna*: en todas las portadas mujeres desnudas desempeñando alguna actividad saludable. El gobierno nazi, al hacerse con el poder en 1933, había prohibido de inmediato la pornografía, pero aquello de allí era su versión, destinada a alentar a la población masculina, tal y como había sugerido Christa, a subirse encima de la primera Fräulein que pasara para engendrar un soldado.

En el Club de Prensa —el que fuera el Club de Extranjeros de la Leipzigerplatz— el doctor Martz era el más alegre de los mortales, gordo y chispeante, moreno, con un bigote de cepillo y manos activas y rechonchas.

—Venga, deje que le enseñe esto —gorjeó.

Aquello era el paraíso de los periodistas, con un restaurante lujoso, altavoces para avisar a los reporteros, salas de lectura con diarios de las principales ciudades, salas de trabajo con largas filas de mesas sobre las que había máquinas de escribir y teléfonos.

—Tenemos de todo para usted.

Se acomodaron en unas butacas de cuero rojo en un salón del restaurante y les sirvieron de inmediato café y una fuente de bollitos vieneses, *Babka*, un pastel esponjoso, con sabor a mantequilla, relleno de nueces molidas y espolvoreado con canela y azúcar o cubierto de una pequeña y densa pasta de almendras. «Me sorprende, Weisz, que te hayas vuelto un nazi.» «Bueno, es una larga historia.»

—Tome otro, vamos, quién va a enterarse.

Bueno, tal vez uno más.

Y eso sólo para empezar. Martz le dio su tarjeta de identificación, roja.

—Si tiene algún problema con la policía, Dios no lo quiera, enséñele esto. —¿Quería entradas para la ópera? ¿Para el cine? ¿Para cualquier otra cosa?—. No tiene más que pedirlo.

Además, enviar sus artículos era facilísimo: había un mostrador en el ministerio de Propaganda, «no tiene más que dejar su artículo allí y lo telegrafiarán, sin censura, a su oficina».

—Naturalmente —puntualizó Martz—, leeremos lo que escriba en los periódicos, y esperamos que sea justo. En toda historia siempre hay dos caras, ¿entiende?

Entendido.

Era evidente que Martz disfrutaba con su trabajo. Había sido actor, le contó a Weisz, había pasado cinco años en Hollywood, haciendo de alemán, de francés, cualquier papel que requiriera un acento europeo. Luego, cuando volvió a Alemania, su inglés idiomático le facilitó su empleo actual.

—Sobre todo para los americanos, Herr Weisz, debo admitirlo. Queremos hacerles la vida más fácil. —Finalmente fue al grano y sacó del maletín un grueso dossier de informes grapados—. Me he tomado la libertad de recabar este material para usted —anunció—. Datos y cifras relativos a Polonia. Por si quiere echarle un vistazo cuando tenga un momento.

Tras limpiarse los dedos en una servilleta de hilo blanca, Weisz hojeó el dossier.

—Trata del corredor que necesitamos a través de Polonia, desde Alemania hasta Prusia Oriental. También de la situación en Danzig. El trato que recibe la minoría alemana allí es espantoso, cada día peor. Los polacos se niegan a dar su brazo a torcer, y nadie cuenta nuestra versión de la historia. Nuestras preocupaciones están justificadas, nadie puede decir lo contrario, tienen que dejarnos proteger nuestros intereses nacionales, ¿no?

Sí, naturalmente.

—Eso es lo único que pedimos, Herr Weisz, juego limpio. Y queremos ayudarle: cualquier noticia que desee cubrir, no tiene más que decirlo y le proporcionaremos los datos, las publicaciones periódicas pertinentes, un listado de fuentes, y organizaremos las entrevistas, los viajes, lo que quiera. Recorra Alemania, compruebe por sí mismo lo que hemos logrado a base de trabajo duro e ingenio.

El camarero se aproximó para ofrecer más café, una jarrita de plata con crema de leche, azucarero de plata... Martz sacó del maletín una última hoja de papel: la programación de las conferencias de prensa, dos cada día, una en el ministerio de Propaganda y la otra en el ministerio de Asuntos Exteriores.

—Y ahora —añadió—, déjeme que le comente lo de los cócteles.

Weisz soportaba a duras penas las horas del día, deseoso de que anocheciera.

Christa se las arreglaba para acudir al hotel casi todas las tardes, a veces a las cuatro, cuando podía, o como muy tarde a las seis. Con la espera, a Weisz los días se le hacían muy largos, se los pasaba soñando despierto, pensando en esto o aquello, faltando a cócteles oficiales, haciendo planes, planes detallados para más tarde.

Ella hacía lo mismo. No lo decía, pero él lo sabía. Dos golpecitos a la puerta. Era Christa. Tranquila y educada, sin melodramas. Tan sólo un beso fugaz y se sentaba en una silla como si pasara por el barrio por casualidad y se hubiera dejado caer, y quizá en esa ocasión se limitaban a conversar. Luego, más tarde, él se sorprendía dejándose llevar por la imaginación de ella hasta algo novedoso, una variante. La elegancia de sus modales permanecía intacta, pero hacer lo que ella quería la excitaba, transformaba su voz, le agilizaba las manos, y a él se le aceleraba el pulso. Luego le tocaba a Weisz. Nada del otro jueves, claro, pero para ellos el jueves daba mucho de sí. Una noche Von Schirren se fue a una propiedad que la familia tenía en el Báltico, y Christa se quedó a pasar la noche. Se metieron juntos en la bañera con despreocupación, sus pechos mojados brillantes bajo la luz, y charlaron de todo y nada. Luego él alargó la mano por debajo del agua hasta que ella cerró los ojos, se mordió el labio con delicadeza y se recostó en la superficie de porcelana.

El trabajo se hacía cada día más duro. Weisz era de lo más cumplidor: informaba tal como Delahanty le había indicado y planteaba preguntas en las conferencias de prensa a coroneles y funcionarios. Vaya matraca. Los alemanes sólo deseaban el progreso económico —«no tiene más que ver lo que ha ocurrido en nuestras lecherías de Pomerania»— y justicia y seguridad en Europa. «Les ruego que tomen nota, señoras y señores, está en nuestro comunicado, del caso de Hermann Zimmer, un librero de la ciudad de Danzig que fue apaleado por unos matones polacos en plena calle, justo delante de su casa, mientras su esposa, que estaba mirando por la ventana, pedía ayuda a gritos. Y luego mataron a su perrito.»

Entretanto, en los pequeños restaurantes de los alrededores de Berlín uno abría la carta y encontraba un papelito rojo con una inscripción en negro: «*Juden unerwünscht.*» «Prohibida la entrada a los judíos.» Weisz lo veía en escaparates, pegado en los espejos de los barberos, clavado en las puertas. No se acostumbraba. Muchos judíos se habían afiliado al Partido Fascista italiano en los años veinte. Luego, en 1938, se impuso la presión que los alemanes ejercieron sobre Mussolini. En los periódicos aparecieron artículos que sugerían que los italianos en realidad eran una raza nórdica, y los judíos fueron anatematizados. Algo nuevo en Italia que se granjeó una desaprobación generalizada. Ellos no eran así. Weisz dejó de ir a los restaurantes.

12 de marzo. El martes por la mañana, a las 11:20, llamada telefónica en Reuters.

—¿Herr Weisz? —llamó Gerda desde recepción—. Es para usted, Fräulein Schmidt.

—¿Hola?

—Hola, soy yo. Tengo que verte, amor mío.

—¿Ocurre algo?

—Nada, una tontería familiar, pero tenemos que hablar.

Pausa.

—Lo siento —se lamentó él.

—No es culpa tuya, no lo sientas.

—¿Dónde estás? ¿Hay por ahí algún bar? ¿Un café?

—Estoy en Eberswald, por trabajo.

—Ya...

—Hay un parque, en el centro de la ciudad. Tal vez puedas coger el tren; son unos cuarenta y cinco minutos.

—Puedo coger un taxi.

—No. Perdóname, es mejor el tren. La verdad es que

es más fácil, salen a todas horas desde la Nordbahnhof.

—De acuerdo. Iré ahora mismo.

—En el parque hay unas atracciones. Ya te buscaré yo.

—Allí estaré.

—Tengo que hablar contigo, solucionar esto. Juntos, tal vez sea lo mejor, no sé, ya veremos.

¿Qué era aquello? Sonaba a crisis de amante, pero él presentía que era teatro.

—Sea lo que sea, juntos... —repuso, metido en su papel.

—Sí, lo sé. Yo también lo creo.

—Salgo para allá.

—No tardes, amor mío, estoy impaciente por verte.

Estaba en Eberswald antes de las 13:30. En el parque había varias atracciones, y por un altavoz con ruido de parásitos sonaba música de gramola. Fue hasta el tiovivo y se plantó allí, las manos en los bolsillos, hasta que a los cinco minutos apareció ella. Debía de haber estado observando desde algún lugar estratégico. El día era gélido, con un viento cortante, y ella vestía una boina y un elegante abrigo gris hasta los tobillos con un cuello alto abotonado en la garganta. De una larga correa llevaba a dos lebreles, en torno al fino cuello un ancho collar de piel.

Le dio un beso en la mejilla.

—Siento hacerte esto.

—¿Qué pasa? ¿Von Schirren?

—No, no tiene nada que ver. Los teléfonos no son seguros, así que esto tenía que ser una... una cita.

—Ah. —Se sintió aliviado, luego no.

—Quiero que conozcas a alguien. Sólo será un momento. No hace falta decir nombres.

—De acuerdo. —Sus ojos se movieron en busca de posibles observadores.

—No actúes de manera furtiva —aconsejó ella—. Sólo somos una pareja de amantes desventurados.

Lo agarró del brazo y echaron a andar, los perros tirando de la correa.

—Son preciosos —alabó él.

Lo eran: color canela, esbeltos y de pelo suave, el vientre metido y el pecho fuerte, hechos para correr.

—*Hortense* y *Magda* —dijo con cariño—. Vengo de casa —explicó—. Las metí en el coche y conté que iba a sacarlas para hacerlas correr un poco.

Uno de los perros volvió la cabeza al oír la palabra «correr».

Dejaron atrás el tiovivo y se dirigieron a una atracción sobre cuya taquilla había un letrero pintado con vivos colores: «El *Landt Stunter*. ¡Aprenda a bombardear en picado!» Unida a un pesado eje de acero se veía una barra con un avión en miniatura, adornado con una cruz de Malta negra en el fuselaje, que volaba en círculos, rozando la hierba, ascendiendo alrededor de seis metros en el aire para a continuación lanzarse de nuevo al suelo. Un muchacho de unos diez años pilotaba el aparato. En la cabina abierta se distinguía un rostro plenamente concentrado y unas manos blancas de apretar con tanta fuerza los mandos. Cuando el aeroplano bajaba en picado, unas ametralladoras de juguete situadas en las alas tableteaban y las bocas de los cañones centelleaban como cohetes. Una larga cola de niños con ojos de envidia, algunos con el uniforme de las Juventudes Hitlerianas, algunos de la mano de su madre, esperaban su turno, contemplando el avión mientras abría fuego con las ametralladoras y hacía una nueva pasada para lanzar otro ataque.

Un hombre de mediana edad con un abrigo marrón y un sombrero avanzaba despacio entre el gentío.

—Ahí está —informó Christa. Tenía cara de intelectual, pensó Weisz: surcada de arrugas, los ojos hundidos. Un rostro que había leído demasiado y que rumiaba lo que leía. Saludó con un movimiento de cabeza a Christa, que dijo—: Éste es mi amigo. De París.

—Buenas tardes.

Weisz devolvió el saludo.

—¿Es usted el periodista?

—Así es.

—Christa cree que tal vez pueda ayudarnos.

—Si está en mi mano...

—Llevo un sobre en el bolsillo. Dentro de un minuto los tres nos alejaremos de la multitud y, cuando nos aproximemos a los árboles, se lo entregaré.

Se quedaron mirando la atracción y luego echaron a andar; Christa se inclinaba hacia atrás para contrarrestar la fuerza de los perros.

—Christa me ha dicho que es usted italiano.

—Lo soy, sí.

—Esta información concierne a Italia, a Alemania e Italia. No podemos mandarla por correo, ya que las fuerzas de seguridad lo leen, pero creemos que la gente debería conocerla. Quizá a través de un periódico francés, aunque dudamos que vayan a publicarla, o de un diario de la resistencia italiana. ¿Conoce a esa gente?

—Sí.

—Y ¿está dispuesto a aceptar esta información?

—¿Cómo ha llegado a sus manos?

—Uno de nuestros amigos la copió de unos documentos del departamento financiero del ministerio del Interior. Es una lista de agentes alemanes que operan en Italia con el consentimiento del gobierno. En Berlín hay amigos a los que les gustaría verla, pero esta información no le concierne de manera directa, así que debería estar en poder de alguien que comprenda que es preciso que salga a la luz en lugar de quedar archivada.

—En París esos periódicos los publican distintas facciones. ¿Tiene alguna preferencia?

—No, eso nos da igual, aunque es probable que los partidos centristas gocen de mayor credibilidad.

—Eso es cierto —convino Weisz—. Se sabe que la extrema izquierda inventa.

Christa dejó que los perros la obligaran a girar en redondo, situándose así frente a los dos hombres.

—Ahora —anunció.

El hombre metió la mano en el bolsillo y le dio a Weisz un sobre.

Weisz esperó hasta estar de vuelta en la oficina y luego se aseguró de que no lo observaban mientras abría el sobre. Dentro encontró seis páginas a espacio sencillo: un listado de nombres mecanografiado en papel fino, como de correo aéreo, con una máquina que utilizaba un tipo de imprenta alemán. Los nombres eran fundamentalmente alemanes, pero no del todo, con una numeración que abarcaba del R100 al V718; seiscientas dieciocho entradas pues, precedidas por diversas letras, «R», «M», «T» y «N» en su mayor parte, pero también otras. Cada nombre iba seguido de una ubicación, oficinas o asociaciones, en varias ciudades —«R» de Roma, «M» de Milán, «T» de Turín, «N» de Nápoles y demás— y de un pago en liras italianas. El encabezamiento rezaba: «Desembolsos: enero, 1939.» La copia se había realizado apresuradamente, pensó, así lo decían las tachaduras, la letra o el número correcto escrito a mano.

«Agentes», los había llamado el tipo del parque. Eso era muy amplio. ¿Serían espías? Weisz creía que no. Puede que los nombres fueran alias, pero no eran nombres en clave —CURA, LEOPARDO— y, tras analizar los lugares, no descubrió fábricas de armamento ni bases aéreas o navales ni laboratorios ni empresas de ingeniería. Lo que sí encontró fue un organismo policial adscrito al ministerio del Interior italiano, la Direzione della Pubblica Sicurezza, Departamento de Seguridad Pública, con las correspondientes comisarías, llamadas *questura*, presentes en cada ciudad y pueblo de Italia. Esos agentes también estaban adscritos a la Auslandsorganisation y el Arbeitsfront de diversas localidades. La primera investigaba a profesionales y hombres de negocios alemanes en Italia, y el segundo se ocupaba de los asalariados alemanes en el país transalpino.

¿Qué hacían? Vigilar a los alemanes en el extranjero oficialmente desde la Pubblica Sicurezza y cada *questura*, y clandestinamente desde las asociaciones; dicho de otro modo, manejando dossieres o asistiendo a cenas. Un cuerpo de los servicios de inteligencia alemanes destacado en Italia oficialmente conseguiría un verdadero dominio del idioma y un profundo conocimiento de las estructuras del gobierno de Roma. Aquello había comenzado —y los *giellisti* de París lo sabían— con la creación de una comisión racial alemana en el ministerio del Interior italiano, enviada por los nazis para *ayudar* a Italia a organizar operaciones antisemitas. Luego había crecido, sus hombres habían pasado de una docena a seiscientos, y constituía una fuerza *in situ* en caso de que algún día Alemania estimase necesario ocupar su antigua aliada. A Weisz se le ocurrió que esa organización que estaba atenta a posibles deslealtades entre los alemanes afincados en el extranjero también podía vigilar a italianos antinazis, así como a otros ciudadanos extranjeros —británicos, americanos— residentes en Italia.

Al leer la lista, el pulgar bajando por el margen, se preguntó quiénes serían esas personas. G455, A. M. Kruger, de la Auslandsorganisation en Génova. ¿Un ferviente miembro del partido? ¿Ambicioso? ¿Consistiría su trabajo en trabar amistades e informar acerca de ellas? «¿Conozco a alguien que pudiera hacer algo así?», pensó Weisz. O J. H. Horst, R140, de la Pubblica Sicurezza en Roma. ¿Un miembro de la Gestapo? ¿Obedecería órdenes? ¿Por qué le costaba creer en la existencia de esa gente?, se preguntó Weisz. ¿Cómo se volvían unos...?

—¿Herr Weisz? Herr Doktor Martz, señor. Una llamada urgente, para usted.

Weisz pegó un salto. Gerda se encontraba en el umbral, al parecer lo había avisado y no había recibido respuesta. ¿Habría visto la lista? Seguro que sí, y lo único que pudo hacer Weisz fue no taparla con la mano como un niño en la escuela.

¡Aficionado! Enfadado consigo mismo, le dio las gracias a Gerda y cogió el teléfono. La conferencia de prensa de la tarde en el ministerio de Asuntos Exteriores se había adelantado a las cuatro. Avances significativos, noticias importantes, se rogaba encarecidamente la asistencia de Herr Weisz.

La conferencia de prensa la dio el todopoderoso Von Ribbentrop en persona. Antiguo vendedor de champán, el ahora ministro de Asuntos Exteriores se había crecido hasta adquirir una importancia pasmosa, su risueño rostro todo pomposidad y arrogancia. Sin embargo, el 12 de marzo se mostraba visiblemente enojado, el semblante un tanto enrojecido, el manojo de papeles de su mano golpeando con energía el atril. Unidades del ejército checo habían entrado en Bratislava, depuesto al sacerdote fascista, el padre Tiso, de su cargo de primer ministro de Eslovaquia y destituido al gabinete. Habían declarado la ley marcial. La conducta de Von Ribbentrop desvelaba lo que no decían sus palabras: «¿Cómo se atreven?»

Weisz tomó notas como un poseso y corrió a telegrafiar nada más finalizar la conferencia.

REUTERS PARÍS FECHA DOCE MARZO BERLÍN WEISZ VON RIBBENTROP AMENAZA CON REPRESALIAS CONTRA CHECOS POR DEPONER PADRE TISO COMO PRIMER MINISTRO ESLOVAQUIA Y DECLARAR LEY MARCIAL FIN.

Después se fue a toda prisa a la oficina y escribió su artículo mientras Gerda llamaba a la operadora internacional y mantenía la línea abierta charlando con su homóloga en París.

Cuando terminó de dictar eran más de las seis. Regresó al Adlon, se quitó la ropa sudada y se dio un baño rápido. Christa llegó a las siete y veinte.

—Vine antes —comentó—, pero en recepción me dijeron que no estabas.

—Lo siento. Los checos han echado a los nazis de Eslovaquia.

—Sí, lo he oído en la radio. ¿Qué pasará ahora?

—Alemania enviará tropas, y Francia e Inglaterra declararán la guerra. A mí me internarán y pasaré los próximos diez años leyendo a Tolstoi y jugando al bridge.

—¿Tú juegas al bridge?

—Aprenderé.

—Pensaba que estabas enfadado.

Suspiró.

—No.

La boca de Christa era severa. Su mirada, resuelta, casi desafiante.

—Espero que no. —Era evidente que había pasado algún tiempo, dondequiera que hubiese ido antes, preparándose para responder al enfado de Weisz con el suyo, y no estaba del todo dispuesta a darse por vencida—. ¿Prefieres que me vaya?

—Christa.

—¿Lo prefieres?

—No. Quiero que te quedes. Por favor.

Se sentó en el borde de una *chaise longue* que se hallaba en un rincón.

—Te pedí que nos ayudaras porque estabas aquí. Y porque pensé que lo harías. Que querrías hacerlo.

—Es verdad. He echado una ojeada a los papeles y son importantes.

—Y sospecho, cariño, que tú no eres ningún angelito en París.

Él rompió a reír.

—Bueno, igual un ángel caído, pero París no es Berlín, todavía no, y no hablo de ello porque es mejor no hacerlo. ¿No te parece?

—Sí, supongo que sí.

—Es lo mejor, créeme.

Ella se relajó; una nube cruzó su rostro y meneó la cabeza. «Qué mundo éste.»

Él entendió el gesto.

—A mí me pasa lo mismo, cariño —dijo en alemán, a excepción de la última palabra: «*carissima*».

—¿Qué te pareció mi amigo?

Weisz hizo una pausa y repuso:

—Un idealista, sin duda.

—Un santo.

—Casi. Lleva a cabo aquello en lo que cree.

—Sólo los mejores pasan a la acción, aquí, en esta monstruosidad.

—Me preocupa, las vidas de los santos por lo general acaban en martirio. Y tú me preocupas más, Christa.

—Sí —contestó ella—. Lo sé. —Y añadió con suavidad—: A mí me ocurre lo mismo. Tú me preocupas más.

—Y creo que debería mencionar que las habitaciones de hotel donde se hospedan periodistas a veces son... —Ahuecó la mano tras la oreja—. ¿No?

Aquello la turbó un tanto.

—No había pensado en ello —replicó.

—Ni yo, en un primer momento.

Guardaron silencio un rato. Ninguno de los dos consultó el reloj, pero Christa dijo:

—Pase lo que pase en esta habitación, hace mucho calor.

Se puso en pie y se quitó la chaqueta y la falda, luego la blusa, las medias y el liguero; lo dobló todo y lo dejó encima de la *chaise longue*. Por lo general llevaba ropa interior de algodón cara, blanca o color marfil, y suave al tacto, pero esa noche lucía seda color ciruela, el sostén con puntilla y las braguitas de cintura baja, pierna subida y ceñidas, un estilo llamado, según le dijo Véronique en su día, corte francés. Él sospechaba que el conjunto era nuevo y lo había comprado para él, tal vez esa tarde.

—Muy tentador —elogió, en los ojos una mirada especial.

—¿Te gusta? —Se volvió a un lado y a otro.

—Mucho.

Fue hasta la mesa, abrió el bolso y sacó un cigarrillo. Su caminar era el de siempre, como ella, calmo y directo, sólo una forma de trasladarse de un lado a otro, pero, así y todo, las braguitas color ciruela cambiaban la cosa, y quizá en ese instante tardara un poco más en ir de un lado a otro. Cuando volvió a la *chaise longue*, Weisz dejó la silla y, cenicero en mano, se acomodó en la cama.

—Ven a sentarte conmigo —pidió.

—Prefiero quedarme aquí —repuso ella—. Este mueble invita a la languidez. —Se recostó, cruzó los pies, se agarró un codo con una mano mientras la otra, con el cigarrillo, se le quedó a la altura de la oreja: la pose de una sirena de película—. ¿Qué te parece si vienes tú? —añadió con una voz y una sonrisa acordes con la pose.

Al día siguiente, 13 de marzo, la situación en Checoslovaquia empeoró. Llamaron al padre Tiso a Berlín para que se reuniera personalmente con Hitler y, antes de las doce, Eslovaquia se disponía a declarar su independencia. Así pues la nación, creada en Versalles y disgregada en Munich, apuraba sus últimas horas. En la oficina de Reuters Carlo Weisz estaba muy ocupado: los teléfonos no paraban de sonar y el pitido del teletipo no dejaba de anunciar comunicados de los ministerios del Reich. Una vez más, Europa central estaba a punto de explotar.

En medio de todo ello Gerda, con cierta ternura cómplice, anunció:

—Herr Weisz, es Fräulein Schmidt.

La conversación con Christa tuvo otro cariz, estuvo ensombrecida por la separación. El domingo, día diecisiete, era el último día de Weisz en Berlín. Eric Wolf estaría de vuelta en la oficina el lunes, y a él lo esperaban en París, lo cual significaba que el viernes quince sería el último día que pasarían juntos.

—Puedo verte esta tarde —propuso ella—. Mañana no puedo, y el viernes no sé, no quiero pensar en ello, quizá podamos vernos, pero no quiero, no quiero decirte adiós. ¿Carlo? ¿Hola? ¿Estás ahí?

—Sí. Las líneas llevan mal todo el día —aclaró. Y añadió—: Nos veremos a las cuatro, ¿puedes a las cuatro?

Ella contestó afirmativamente.

Weisz salió del despacho a las tres y media. Fuera, la sombra de la guerra se cernía sobre la ciudad: la gente caminaba deprisa, el rostro reservado, la mirada baja, mientras los coches del Estado Mayor de la Wehrmacht pasaban a toda velocidad y Grosser Mercedes con banderines ondeantes en el parachoques delantero se alineaban a la puerta del Adlon. Al pasar junto a los corrillos de huéspedes que se habían formado en el vestíbulo, volvió a oír la palabra dos veces. Y, a los pocos minutos, la sombra se hallaba en su habitación.

—Esto se nos viene encima —dijo Christa.

—Eso creo. —Estaban sentados en el borde de la cama—. Christa.

—¿Sí?

—Cuando me vaya el domingo quiero que vengas conmigo. Coge lo que puedas, tráete a los perros, en París hay perros, y reúnete conmigo en el expreso de las 22:40, en el andén, junto a los coches cama de primera.

—No puedo —rehusó ella—. Ahora no. No puedo marcharme. —Echó un vistazo a la habitación como si hubiera alguien escondido allí, como si hubiera algo que ella pudiera ver—. No es por Von Schirren —explicó—. Son mis amigos, no puedo abandonarlos. —Sus ojos se clavaron en los de él, asegurándose de que la entendía—. Me necesitan.

Weisz titubeó y repuso:

—Perdóname, Christa, pero lo que haces, lo que hacéis tú y tus amigos, ¿realmente cambiará algo?

—¿Quién sabe? Pero lo que sí sé es que si no hago algo seré yo quien cambie.

Él empezó a rebatir su justificación, pero se dio cuenta de que daba igual, de que no había modo de convencerla. Cuanto más acechara el peligro, comprendió, menos escaparía ella de él.

—Vale —admitió, dándose por vencido—, nos veremos el viernes.

—Sí —convino ella—, pero no para decirnos adiós, sino para hacer planes, porque iré a París, si tú quieres. Tal vez dentro de unos meses, sólo es cuestión de tiempo. Esto no puede seguir así.

Weisz asintió. Sí. No podía.

—No me gusta decir esto, pero si por algún motivo no estoy aquí el viernes, pásate por recepción. Te dejaré una carta.

—¿Crees que no estarás?

—Es posible. Si sucede algo importante, puede que me envíen Dios sabe dónde.

No había más que decir. Ella se apoyó en él, le cogió la mano y la apretó.

La mañana del día catorce la temperatura bajó a diez grados y comenzó a nevar. Era una fuerte nevada primaveral, densa y pesada. Quizá eso cambiara las cosas, quizá calmara los ánimos de una ciudad apagada y silente. Los teléfonos sólo sonaban de vez en cuando —eran informadores que propalaban un mismo rumor: los diplomáticos apaciguarían la crisis—, y el teletipo había enmudecido. De la oficina londinense llegaban cables exigiendo noticias, pero las únicas noticias estaban en Londres, donde, a última hora de la mañana, Chamberlain había hecho una declaración: cuando Gran Bretaña y Francia se comprometieron a proteger Checoslovaquia de las agresiones, se referían a las agresiones *militares*, y esa crisis era diplomática. Weisz regresó al hotel después de las siete, cansado y solo.

A las cuatro y media de la mañana sonó el teléfono.

Weisz se levantó de la cama, se acercó a la mesa tambaleándose y cogió el auricular.

—¿Sí?

La conexión era horrible. Entre el chisporroteo de las interferencias, la voz de Delahanty se oía lo justo.

—Hola, Carlo, soy yo. ¿Qué tal todo ahí?

—Está nevando, con ganas.

—Ya puedes ir haciendo la maleta, muchacho. Nos hemos enterado de que las tropas alemanas están saliendo de sus cuarteles en los Sudetes, lo que quiere decir que Hitler ya no tiene nada más que hablar con los checos y que tú te subes al primer tren que salga para Praga. Nuestro hombre en la oficina de Praga ha ido a Eslovaquia (la Eslovaquia independiente, esta mañana), donde han cerrado la frontera. Tengo delante un horario y hay un tren a las 5:25. Hemos enviado un cable a la oficina de Praga, te esperan, y tienes reservada una habitación en el Zlata Husa. ¿Necesitas algo más?

—No, salgo para allá.

—Llama o manda un cable cuando llegues.

Weisz entró en el cuarto de baño, abrió el grifo del agua fría y se lavó la cara. ¿Cómo sabía Delahanty en París lo de los movimientos de tropas? Bueno, tenía sus fuentes. Muy buenas fuentes. Fuentes oscuras, tal vez. Weisz hizo el equipaje deprisa, encendió un cigarrillo y, después, del bolsillo del abrigo, sacó el listado que le había dado el amigo de Christa, se paró a pensar un instante y rebuscó en el maletín hasta dar con un comunicado de prensa de doce páginas: «Producción de acero en el valle del Sarre, 1936-1939», retiró la grapa con sumo cuidado, insertó la lista de nombres entre las páginas diez y once, volvió a poner la grapa e introdujo el documento modificado en medio de un montón de papeles similares. A no ser que llamara a un sastre de confianza, a las cuatro de la mañana, para que le hiciera un falso bolsillo, eso era lo mejor que podía hacer.

A continuación, en una hoja de papel del Adlon, escribió: «Amor mío, me han enviado a Praga, y es probable que cuando termine vuelva a París. Te escribiré desde allí, te esperaré allí. Te quiero, Carlo.»

Metió la carta en un sobre dirigido a Frau Von S., lo cerró y lo dejó en recepción cuando se fue.

En el expreso de las 5:25, Berlín-Dresde-Praga, Weisz coincidió con otros dos periodistas en un compartimento de primera clase: Simard, una pequeña comadreja muy bien vestida de Havas, la agencia de noticias francesa, e Ian Hamilton, con un sombrero de piel con orejeras, del *Times* de Londres.

—Supongo que habéis oído lo mismo que yo —dijo Weisz mientras dejaba la maleta sobre la rejilla.

—Esos pobres hijos de puta no han tenido suerte —contestó Hamilton—. Ahora Adolf les va a echar el guante.

Simard se encogió de hombros.

—Sí, pobres checos, pero siempre podrán agradecérselo a París y a Londres.

Se acomodaron para el viaje de cuatro horas por lo menos, tal vez más con la nieve. Simard se quedó dormido y Hamilton se puso a leer el *Deutsche Allgemeine Zeitung*.

—Hay un artículo sobre Italia —le dijo a Weisz—. ¿Lo has visto?

—No. ¿De qué va?

—De la situación de la política italiana, la lucha contra las fuerzas antifascistas. Todas ellas influidas por los bolcheviques, o eso quieren que creas.

Weisz se encogió de hombros. Vaya una novedad.

Hamilton le echó un vistazo a la página y leyó:

—«... frustrado por las patrióticas fuerzas de la OVRA...» Dime, Weisz, ¿qué significa? Aparece de vez en cuando, pero sólo suelen usar las iniciales.

—Dicen que significa Operazione di Vigilanza per la Repressione dell' Antifascismo, que sería la organización de vigilancia para la represión del antifascismo. Pero hay otra versión: he oído que procede de una nota que escribió Mussolini en la que decía que quería una organización policial de ámbito nacional cuyos tentáculos se introdujeran en la vida italiana como una *piovra*, que es un mítico pulpo gigante. Pero mecanografiaron mal la palabra y escribieron *ovra*, y a Mussolini le gustó cómo sonaba, pensó que era aterradora, y OVRA pasó a ser el nombre oficial.

—¿En serio? —repuso Hamilton—. Es bueno saberlo. —Sacó libreta y lápiz y anotó la historia—. ¡Cuidado, que viene la *piovra*!

Weisz esbozó una agria sonrisa.

—No tiene tanta gracia en la vida real —espetó.

—No, supongo que no. De todas formas cuesta tomarse a ese fulano en serio.

—Lo sé —reconoció Weisz.

Mussolini el Bufón, una opinión compartida por muchos, pero lo que había hecho no era nada divertido.

Hamilton dejó el periódico alemán.

—¿Quieres echarle un vistazo?

—No, gracias.

Hamilton metió una mano en su maleta y sacó un libro, *El sueño eterno*, de Raymond Chandler, que abrió por una página con la esquina doblada.

—Es la mejor para los viajes en tren —comentó.

Weisz se puso a mirar por la ventana, hipnotizado con la nieve, pensando sobre todo en Christa, en que iría a París. Luego cogió la novela de Malraux y comenzó a leer, pero a las tres o cuatro páginas se durmió.

Lo despertó la voz de Hamilton.

—Vaya, vaya —dijo—, mirad a quién tenemos aquí.

Las vías férreas, que seguían el río Elba, ahora discurrían paralelas a la carretera, donde, apenas visible a través de la copiosa nevada, una columna de la Wehrmacht avanzaba hacia el sur, hacia Praga. Camiones llenos de soldados de infantería apiñados bajo las lonas, motocicletas que patinaban, ambulancias, algún que otro coche del Estado Mayor. Los tres periodistas estuvieron observando en silencio y después, al cabo de unos minutos, trabaron conversación. Pero la columna no tenía fin y, una hora después, cuando las vías cruzaron al otro lado del río, aún se desplazaba con lentitud por la carretera cubierta de nieve. En la siguiente estación el expreso entró en un apartadero para dejar paso a un tren militar. Tirado por dos locomotoras, ante ellos desfiló un sinfín de vagones plataforma con piezas de artillería y carros de combate, sus largos cañones sobresaliendo por debajo de las lonas afianzadas.

—Igual que *la dernière* —observó Simard: «la última», como la llamaban los franceses.

—Y la siguiente —apuntó Hamilton—. Y la que venga después.

«Y la de España», pensó Weisz. Y él volvería a escribir sobre ella. Se quedó mirando el convoy hasta que finalizó, con un furgón de cola en cuyo techo había una ametralladora; la protectora barrera de sacos terreros y los cascos de los soldados estaban blancos por la nieve.

En la siguiente parada prevista, la localidad checa de Kralupy, el tren permaneció en la estación largo tiempo, la locomotora dando resoplidos de vapor de vez en cuando. Cuando Hamilton se levantó para «ver qué pasa», el revisor de primera apareció en la puerta de su compartimento.

—Caballeros, les pido disculpas, pero el tren no puede continuar.

—¿Por qué no? —quiso saber Weisz.

—No hemos sido informados —contestó el revisor—. Lamentamos causarles molestias, caballeros, tal vez más tarde podamos reanudar la marcha.

—¿Es por la nieve? —terció Hamilton.

—Se lo ruego —replicó el revisor—. Lamentamos seriamente causarles molestias.

—Muy bien —dijo Hamilton tomándoselo con filosofía—, pues al carajo. —Se puso en pie y bajó su maleta de un tirón de la rejilla—. ¿Dónde *está* la maldita Praga?

—A unos treinta kilómetros de aquí —informó Weisz.

Se bajaron del tren y echaron a andar con dificultad por el andén, rumbo a la cafetería de la estación, situada al otro lado de la calle. Allí el dueño llamó por teléfono y, veinte minutos más tarde, se presentaron el taxi de Kralupy y el hosco gigante que lo conducía.

—¡Praga! —exclamó—. ¿Praga?

¿Cómo se atrevían a apartarlo de la chimenea y del hogar con semejante tiempo?

Weisz empezó a retirar marcos del Reich del fajo que tenía en el bolsillo.

—Yo también pongo —ofreció Hamilton en voz queda, leyendo los ojos del conductor.

—Yo sólo puedo ayudar un poco —dijo Simard—. En Havas...

Weisz y Hamilton le restaron importancia al hecho con la mano. Les daba igual, pertenecían a una clase de viajeros que se valía tradicionalmente de carros de bueyes o elefantes o palanquines con porteadores indígenas, el sobreprecio del taxi de Kralupy apenas merecía comentario.

El vehículo era un Tatra con una parte trasera que describía una larga curva descendente, la carrocería bulbosa y un faro de más, como el ojo de un cíclope, entre los dos de costumbre. Weisz y Simard se sentaron en el amplio asiento posterior, mientras que Hamilton se acomodó junto al taxista, que no paraba de refunfuñar mientras amusgaba los ojos debido a la nieve y empujaba el volante a medida que se abrían paso derrapando entre los ventisqueros más altos. Lo de empujar el volante debía deberse a que en su opinión el motor no era fundamental para la locomoción. Los invasores alemanes habían cerrado la carretera de Praga, así como la vía férrea. En un momento dado tropezaron con un control militar alemán y un soldado mandó parar al taxi. Eran dos motocicletas con sidecar que bloqueaban el camino. Sin embargo un resuelto despliegue de carnets de prensa rojos surtió efecto, y les indicaron que podían seguir con un saludo informal con el brazo estirado y un afable: «*Heil Hitler.*»

—Praga, ya hemos llegado —anunció el conductor, deteniendo el taxi en una calle sin nombre a las afueras de la ciudad.

Weisz empezó a discutir en esloveno, distinto del checo, pero de la misma familia.

—Pero no conozco este sitio —arguyó el taxista.

—¡Vaya por ahí! —ordenó Hamilton en alemán, señalando vagamente el sur.

—¿Es usted alemán? —se interesó el conductor.

—No, británico.

A juzgar por la mirada del taxista eso era peor, pero metió una marcha a lo bruto y siguió adelante.

—Vamos a la plaza Wenceslao —informó Weisz—, en el casco antiguo.

Hamilton también se hospedaba en el Zlata Husa —El Ganso Dorado—, mientras que Simard estaba en el Ambassador. Una vez más, al cruzar un puente sobre el Moldava, los detuvo otro control del ejército alemán y pasaron gracias a sus carnets de prensa. En los barrios del centro, al sur del río, apenas se veía un alma: si tu país está siendo invadido, mejor quédate en casa. Cuando el taxi entró en la parte antigua y empezó a abrirse camino por las viejas y sinuosas calles, Simard dijo a voz en grito:

—Acabamos de pasar Bilkova, ya casi hemos llegado.

Tenía en las rodillas una *Guide Bleu* abierta por un mapa.

Cuando el taxista redujo a primera, al tratar de doblar una esquina que no estaba hecha para los automóviles, un muchacho se plantó delante del coche moviendo los brazos. A Weisz le dio la impresión de que era *estudiante*: unos dieciocho años, con el rubio cabello alborotado y una ajada chaqueta de lana. El conductor soltó un juramento, y el coche se caló al pisar a fondo el freno. Luego la puerta de atrás se abrió de golpe y otro chico, parecido al primero, se tiró de cabeza a los pies de Weisz. Respiraba con dificultad y reía, en la mano una bandera con la esvástica.

El muchacho que estaba ante el coche se metió con su amigo dentro y se tiraron al suelo, con el rostro encendido.

—¡Vamos! ¡Arranca, deprisa! —gritó el primer muchacho.

El conductor, renegando, arrancó el taxi, pero cuando empezaron a moverse les golpearon por detrás. Weisz, al que casi sacan del asiento, se volvió y vio, por la luneta moteada de nieve, un Opel negro que no había podido parar en los resbaladizos adoquines y los había embestido. La parrilla de su radiador despedía una nube de vapor.

El conductor fue a darle a la llave de contacto, pero Weisz chilló:

—¡No se detenga!

No lo hizo. Las ruedas se ladearon, y el coche recuperó tracción y se alejó. Tras ellos dos hombres con abrigo salieron del Opel y echaron a correr gritando en alemán:

—¡Alto! ¡Policía!

—¿Qué policía? —preguntó Hamilton, que observaba desde el asiento de delante—. ¿La Gestapo?

De pronto un hombre con un abrigo de cuero negro salió a la carrera de un callejón, en la mano una pistola Luger. Todos se agacharon, en el parabrisas se abrió un agujero y una segunda bala se incrustó en el panel de la puerta trasera. El chaval de la chaqueta de lana chilló: «¡Sal de aquí a toda leche!», y el conductor hundió el pie en el acelerador. El de la pistola, que se había situado delante del taxi, trató de hacerse a un lado, resbaló y se cayó. Se oyó un crujido bajo las ruedas, acompañado de un rabioso chillido. El taxi rozó una pared y, con el conductor pegando volantazos como un loco, doblaron una esquina, viraron bruscamente y enfilaron una calle.

Justo antes de girar Weisz vio al tipo de la pistola, a todas luces dolorido, intentando alejarse a rastras.

—Creo que le hemos pillado un pie.

—Se lo merece —aseguró Hamilton. Y luego, a los muchachos del suelo, en alemán—: ¿Quiénes sois? —Pregunta de reportero, Weisz se lo notó en la voz.

—Eso da igual —contestó el de la chaqueta de lana, que ahora estaba apoyado en la puerta—. Les hemos quitado la puta bandera.

—¿Sois estudiantes?

Ambos se miraron y, por último, el de la chaqueta de lana respondió:

—Sí. Lo éramos.

—*Merde* —dijo Simard ligeramente irritado, como si hubiera perdido un botón. Se subió con cautela la vuelta de la pernera y dejó al descubierto una herida roja, la sangre corriéndole por la espinilla y metiéndosele en el calcetín—. Me han dado —anunció con incredulidad. Sacó un pañuelo del bolsillo superior de la chaqueta y se puso a darle toquecitos a la herida.

—No hagas eso —aconsejó Hamilton—. Tapónala.

—No me digas lo que tengo que hacer —espetó Simard—. Ya me han disparado antes.

—Y a mí también —aseguró Hamilton.

—Ejerce presión —terció Weisz—. Para que deje de sangrar. —Encontró su pañuelo, lo agarró por los extremos y lo retorció para hacer un torniquete.

—Ya lo hago yo —dijo Simard, cogiendo el pañuelo. Tenía el rostro muy pálido, y Weisz pensó que tal vez estuviera en estado de shock.

En el asiento delantero, cuando el taxi bajaba a toda velocidad una calle amplia y desierta, el conductor volvió la cabeza para ver qué pasaba atrás. Empezó a hablar, se calló y se llevó una mano a la frente. Normal que le doliera la cabeza: un agujero de bala en el parabrisas, las puertas arañadas, el maletero abollado y ahora, encima, sangre en la tapicería. Detrás de ellos, a lo lejos, las notas graves y agudas de una sirena.

El estudiante que sostenía la bandera se arrodilló y miró por la ventanilla.

—Será mejor que escondas el taxi —le aconsejó al taxista.

—¿*Esconderlo*? ¿Debajo de la cama?

—Quizá Pavel... —apuntó el otro estudiante.

Su amigo le dijo:

—Sí, claro. —Y al conductor—: Un amigo nuestro vive en un edificio que tiene una cuadra en la parte de atrás, podemos esconderlo allí. No puedes seguir circulando.

El conductor exhaló un profundo suspiro.

—¿Una cuadra? ¿Con caballos?

—Sigue dos calles más y luego frena y gira a la derecha. Es una calleja, pero cabe un coche.

—¿Qué ocurre? —quiso saber Hamilton.

—Hay que esconder el coche —explicó Weisz—. Simard, ¿quieres ir al hospital?

—¿*Esta mañana*? No, un médico privado, el hotel sabrá.

Weisz agarró la *Guide Bleu* y miró el nombre de una calle.

—¿Puedes andar?

Simard hizo una mueca y después asintió. Si era necesario...

—Podemos bajarnos cuando gire. Los hoteles no quedan lejos.

Desde una ventana de un salón barroco del Zlata Husa, Carlo Weisz veía desfilar a las tropas nazis por el amplio bulevar que había frente al hotel, las banderas con la esvástica rojas y negras recortándose contra la blanca nieve. Ese mismo día, más tarde, los periodistas se reunieron en el bar para intercambiar noticias. El primer ministro, Emil Hacha, anciano y enfermo, había sido citado en Berlín, donde Hitler y Göring estuvieron horas chillándole, jurando que bombardearían Praga hasta dejarla reducida a cenizas, hasta que el viejo se desmayó. Se decía que Hitler temía que lo hubieran matado, pero lo reanimaron y lo obligaron a firmar unos documentos que legitimaban todo el tinglado: ¡crisis diplomática resuelta! El ejército se quedó en los cuarteles, ya que las defensas checas, en el norte, en los Sudetes, habían sido traicionadas en Munich. Entretanto, los periódicos de todo el continente habían llamado a la tormenta de nieve «El Castigo Divino».

En Berlín, a última hora de la tarde, Christa von Schirren telefoneó a la oficina de Reuters. Las noticias de la radio presagiaban que Weisz no se encontraría en el Adlon ese día, pero quería asegurarse. La secretaria se mostró amable. No, Herr Weisz no podía ponerse al teléfono, había abandonado la ciudad. De todas formas se suponía que habría una carta, un hecho que la inquietó, pero al final fue al Adlon y preguntó si había algún mensaje para ella. En recepción el subdirector parecía preocupado, y no respondió de inmediato, como si, a pesar de las numerosas formas, innatas en su oficio, de decir las cosas sin decirlas, en la actualidad hubiese cosas que no pudieran decirse de modo alguno. «Lo lamento, señora, pero no hay ningún mensaje.»

«No —pensó ella—, él no haría eso.» Algo pasaba.

En Praga Weisz escribió el cable en mayúsculas. «HOY LA VETUSTA CIUDAD DE PRAGA HA SIDO OCUPADA POR LOS ALEMANES Y LA RESISTENCIA HA DADO COMIENZO. EN EL CASCO ANTIGUO, DOS ESTUDIANTES...»

La contestación que recibió rezaba: «BUEN TRABAJO ENVÍA MÁS DELAHANTY FIN.»

18 de marzo, cerca de la localidad de Tarbes, suroeste de Francia.

A última hora de la mañana S. Kolb escudriñaba un paisaje árido, rocas y maleza, y se enjugaba las gotas de sudor de la frente. El hombre del que un día aseguraron que tenía «los huevos de un gorila» estaba sentado tieso como un palo, paralizado de miedo. Sí, podía vivir una vida clandestina, perseguido por la policía y los agentes secretos, y sí, podía sobrevivir entre las viviendas y los callejones de ciudades peligrosas, pero ahora realizaba una tarea que le infundía pavor: conducía un automóvil.

Peor, un automóvil precioso, de lujo, alquilado en un taller de las afueras de Tarbes. «Es mucho dinero», le dijo el *garagiste* con voz melancólica, una mano apoyada en el bruñido capó del coche. «He de aceptar. Pero, monsieur, yo suplico mucho cuidado, por favor.»

Kolb lo intentaba. Cual rayo, iba a treinta kilómetros por hora, las manos blancas sobre el volante. Un movimiento inconsciente de su pie cansado, y se oyó un horrible rugido al que siguió un vertiginoso acelerón. De pronto, detrás, un claxon atronador. Kolb echó un vistazo por el retrovisor, cuyo espejo llenaba un coche gigantesco. Cerca, más cerca, la parrilla cromada del radiador lo miraba con malicia. Kolb pegó un volantazo y pisó a fondo el freno, deteniéndose en el arcén en un extraño ángulo. Cuando el torturador lo adelantó a toda pastilla, hizo sonar el claxon por segunda vez. «¡Aprende a conducir, tortuga!»

Una hora más tarde Kolb encontró el pueblo al sur de Toulouse. A partir de allí necesitaba instrucciones. Le habían dicho que el escurridizo coronel Ferrara había pasado a Francia escabulléndose por la frontera española, donde, al igual que a otros miles de refugiados, lo habían internado. A los franceses les desagradaba lo de «campo de concentración», así que, para ellos, un recinto vigilado y rodeado de alambradas era un «centro de reunión». Y así lo llamó Kolb, primero en la *boulangerie* del pueblo. No, no habían oído hablar de ese lugar. ¿No? Bueno, de todas formas tomaría una de aquellas estupendas *baguettes*. Mmm, mejor dos; no, tres. Después entró en la *crémerie*: una tajada de ese queso duro de color amarillo, *s'il vous plaît*. Y ese redondo, ¿de cabra? No, de oveja. Que se lo pusiera también. Ah, por cierto... Pero, en respuesta, sólo unos elocuentes hombros encogidos: por allí no había de eso. En el ultramarinos, después de comprar dos botellas de vino tinto que salió del pitorro de una cuba de madera, lo mismo. Finalmente, en el *tabac*, la mujer de detrás del mostrador desvió la mirada y meneó la cabeza, pero cuando Kolb salió, una muchacha, probablemente la hija, fue tras él y le dibujó un plano en un papel. De regreso al coche, Kolb oyó el inicio de una buena pelea familiar en la tienda.

En marcha de nuevo, Kolb intentó seguir el plano. Pero no había carreteras, eso eran *caminos* de tierra entre matojos. ¿Sería el de la izquierda? No, finalizaba de repente en una pared de roca. Así que a retroceder. El coche se quejaba lastimeramente, las piedras destrozando los bonitos neumáticos. Al cabo, tras una hora espantosa, dio con él. Alambrada alta, centinelas senegaleses, docenas de hombres arrastrando los pies lentamente hasta la cerca para ver quién llegaba en el imponente automóvil.

Tras intercambiar unas palabras, Kolb cruzó la puerta y encontró a un oficial en una oficina, con la nariz cárdena de los borrachos y los ojos inyectados en sangre, que lo miraba con hostilidad y recelo desde el otro lado de una mesa improvisada con tablones. El oficial consultó una manoseada lista escrita a máquina y finalmente dijo sí, tenemos a ese individuo aquí, ¿qué quiere de él? «El SSI tiene mérito», pensó Kolb. Alguien se había adentrado en las catacumbas de la burocracia francesa y se las había arreglado, milagrosamente, para hallar justo el hueso que él necesitaba.

Una tragedia familiar, explicó Kolb. El hermano de su mujer, ese soñador imprudente, se había ido a España a luchar y ahora se hallaba internado. ¿Qué se podía hacer? Al pobre diablo se le necesitaba en Italia para llevar el negocio de la familia, un negocio próspero, una bodega en Nápoles. Y, lo que era aún peor, la mujer estaba embarazada y desnutrida. ¡Cuánto lo necesitaba ella! ¡Todos! Naturalmente estaban los gastos, eso se sobreentendía: habría que abonar el alojamiento, la manutención y los cuidados, tan generosamente provistos por la administración del campo. Ellos se encargarían de hacerlo. Surgió un abultado sobre que acabó en la mesa. Los ojos inyectados en sangre se desorbitaron, y el sobre se abrió, revelando un grueso fajo de billetes de cien francos. Kolb, haciendo gala de toda la timidez de que fue capaz, dijo que esperaba que fuera bastante.

Cuando el sobre desapareció en un bolsillo, el oficial preguntó: «¿Quiere que lo traigan aquí?» Kolb repuso que prefería ir él mismo en su busca, de manera que llamaron a un sargento. Les llevó un buen rato dar con Ferrara. El campo se extendía interminablemente por un pedregal arcilloso a merced de un viento cortante. No se veía a ninguna mujer, a todas luces las retenían en otra parte. Había prisioneros de todas las edades, las mejillas hundidas, obviamente mal alimentados, sin afeitar, la ropa hecha jirones. Algunos llevaban mantas para protegerse del frío, otros formaban grupos, los de más allá jugaban a las cartas en el suelo, utilizando tiras de papel de periódico marcadas con lápiz. Detrás de uno de los barracones, una red floja atada a dos postes y colgada a medio camino del suelo. Quizá tuvieran un balón y jugaran al voleibol meses atrás, cuando llegaron aquí, pensó Kolb.

Al pasar entre los grupos de internados Kolb oyó sobre todo español, pero también alemán, serbocroata y húngaro. De vez en cuando uno de los hombres le pedía un cigarrillo, y Kolb repartía lo que había comprado en el *tabac*; después se limitó a enseñar las manos abiertas: «Lo siento, no me quedan.» El sargento era insistente. «¿Habéis visto a un hombre llamado Ferrara? ¡Italiano?» De ese modo acabaron encontrándolo, sentado con un amigo, apoyado en la pared de un barracón. Kolb le dio las gracias al sargento, que respondió con el saludo militar y volvió a la oficina.

Ferrara iba vestido de civil: una chaqueta sucia y pantalones con los bajos deshilachados, el cabello y la barba como si se los hubiera cortado él mismo. Sin embargo se veía que era *alguien*, destacaba entre la multitud: cicatriz curva, pómulos pronunciados, ojos de halcón. A Kolb le habían dicho que siempre llevaba guantes negros, pero Ferrara tenía las manos desnudas, la izquierda desfigurada por la piel arrugada, rosada y brillante, de una quemadura mal curada.

—Coronel Ferrara —dijo Kolb, y acto seguido le dio los buenos días en francés.

Ambos hombres se lo quedaron mirando, luego Ferrara repuso:

—¿Y usted es? —Su francés era muy lento, pero correcto.

—Me llaman Kolb.

Ferrara esperó a saber más. ¿Y?

—Me preguntaba si podríamos hablar un momento. Los dos, a solas.

Ferrara le dijo algo a su amigo en un italiano apresurado y se puso en pie. Echaron a andar juntos, pasando ante corrillos de hombres que miraban a Kolb y luego apartaban la cara. Una vez solos, Ferrara se volvió, encarándose con el otro, y le dijo:

—En primer lugar, monsieur Kolb, dígame quién lo envía.

—Amigos suyos, de París.

—No tengo amigos en París.

—Carlo Weisz, el periodista de Reuters, se considera amigo suyo.

Ferrara se paró a pensar un rato.

—Bueno, tal vez —admitió.

—He organizado su liberación —contó Kolb—. Puede volver a París conmigo si lo desea.

—¿Trabaja para Reuters?

—A veces. Mi trabajo consiste en encontrar personas.

—Un agente secreto.

—Algo así.

Al poco Ferrara contestó:

—París. —Y añadió—: Quizá vía Italia. —Su sonrisa era fría como el hielo.

—No, no es eso —le aseguró Kolb—. De ser así aquí habría tres o cuatro de los nuestros, y sólo estoy yo. De aquí iremos a Tarbes, y luego a París en tren. Tengo un coche esperando a la puerta, puede conducir usted si quiere.

—Ha dicho «organizado», ¿a qué se refería?

—Dinero, coronel.

—¿Lo paga Reuters?

—No, Weisz y sus amigos. Los emigrados.

—¿Por qué iban a hacerlo?

—Por cuestiones políticas. Quieren contar su historia, quieren que sea usted un héroe que plante cara a los fascistas.

Ferrara no se rió, pero sí se paró y miró a Kolb a los ojos.

—No es broma, ¿verdad?

—No. Y ellos tampoco bromean. Le han conseguido un sitio donde quedarse en París. ¿Qué documentos tiene?

—Un pasaporte italiano —repuso Ferrara, en la voz aún un deje de ironía.

—Bien. Pues entonces vámonos, estas cosas salen mejor si uno se mueve deprisa.

Ferrara meneó la cabeza. Un repentino giro de la fortuna, sí, pero ¿qué clase de fortuna? ¿Debía quedarse? ¿Irse? Finalmente decidió:

—De acuerdo, sí, ¿por qué no?

Mientras regresaban a los barracones, Ferrara se volvió y le hizo señas a su amigo, que había estado siguiéndolos, y ambos hombres estuvieron hablando algún tiempo, el amigo clavando los ojos en Kolb como para memorizarlo. Ferrara, en italiano atropellado, mencionó el nombre de Kolb, y su amigo lo repitió. Luego Ferrara entró en el barracón y salió con un fardo de ropa atado con una cuerda.

—Hace mucho que no puedo ponérmela —comentó—, pero me sirve de almohada.

Cuando llegaron al coche, Kolb le ofreció la comida que había comprado. Ferrara la cogió casi toda, salvo medio pan, y dijo:

—Sólo será un minuto. —Y volvió a cruzar la puerta del campo.

Al final terminó conduciendo Ferrara, después de hacerse una idea de la habilidad de Kolb al volante, de manera que sólo tardaron veinte minutos en llegar al pueblo y luego, una hora después, dejaron el coche en el taller y tomaron un taxi a Tarbes. Cerca de la estación encontraron una tienda de ropa para caballero donde Ferrara escogió un traje, una camisa, ropa interior, todo excepto zapatos, pues sus botas militares habían sobrevivido dignamente en el campo. Lo pagó todo Kolb. Mientras Ferrara se cambiaba en la trastienda el dueño dijo:

—Estaba en el campo, supongo, a menudo vienen aquí, si tienen la suerte de salir. —Y al momento agregó—: Una vergüenza para Francia.

Por la la tarde se encontraban en el tren camino de París. Con la luz postrera del día, el árido sur fue dando paso lentamente a manchas de nieve en campos arados, a las suaves ondulaciones de la región del Lemosín: árboles desmochados bordeaban caminitos serpenteantes que se perdían en la distancia. «Qué sugerentes», pensó Kolb. Hablaban de cuando en cuando de los tiempos en que vivían. Ferrara le contó que había aprendido francés en el campo, para pasar las horas muertas y con la mira puesta en su nueva vida de emigrado, si es que el gobierno le permitía quedarse. Había estado en París una vez, hacía años, pero Kolb percibió en su voz que la recordaba y que ahora, para él, equivalía a un refugio. En ocasiones sospechaba de Kolb, pero era normal: de algún modo, su trabajo flotaba en el aire, se palpaba la sombra de su vida secreta, se notaba.

—¿De verdad lo envían los, cómo decirlo, lo que llamamos los *fuorusciti*? —preguntó Ferrara. Lo cual quería decir, y a ambos les llevó unos minutos encontrar las palabras, *los que han huido*, como preferían denominarse los emigrados italianos.

—Sí. Lo saben todo de usted, naturalmente. —Seguro que sí, al menos eso era verdad, aunque todo lo demás era mentira pura y dura—. Y eso es lo que quieren, su historia.

«Por lo menos eso es lo que queremos nosotros. Pero no nos preocupemos por esas cosas», pensó Kolb, ya tendrían tiempo de sobra para la verdad. Era mejor contemplar sin más los invernales valles, con sus colores desvaídos, a medida que iban quedando atrás al ritmo de las ruedas del tren.

Cuando llegaron a París despuntaba el nuevo día, vetas de luz roja. Las barrenderas, ancianas en su mayor parte, se afanaban con escobas de ramas y vehículos con agua. En la Gare de Lyon, Kolb encontró un taxi que los llevó al sexto distrito y al Hotel Tournon, en la calle del mismo nombre.

Lo más probable es que el SSI se hubiera pensado mucho dónde hospedar a Ferrara, sospechaba Kolb. ¿En unas habitaciones magníficas? ¿Había que intimidar a ese peón? ¿Aturdirlo a base de lujo? Con la guerra que se avecinaba, el Exchequer tal vez hubiese abierto la mano un tanto, pero el Servicio Secreto de Inteligencia se había pasado los años treinta muerto de hambre, y medían el dinero con cuentagotas. El único que abría el grifo de verdad era Hitler y, bueno, aunque se había hecho con Checoslovaquia, no era para tanto. Así que el Hotel Tournon: «Consíguele una habitación discreta, Harry, nada ostentoso.» Y el barrio también era bastante conveniente para sus fines, ya que el Peón Dos vivía allí y podría ir andando al trabajo que le estaba destinado. «Pónselo fácil, tenlos contentos a los dos. La vida funciona así.»

Con todo, el SSI rico o pobre, a la recepcionista de noche la habían untado bien. Se levantó del sofá del vestíbulo cuando Kolb aporreó la puerta y los recibió con una espantosa bata de andar por casa, el cabello castaño rojizo revuelto y un sobrecogedor aliento.

—Ah, mais oui. *Le nouveau monsieur pour la numéro huit.*

Sí, ése era el nuevo inquilino de la número ocho, qué amigos tan generosos, seguro que él también lo sería.

Tras salvar unas crujientes escaleras de madera llegaron a una habitación espaciosa con una ventana alta. Ferrara se paseó por el cuarto, se sentó en la cama y abrió los postigos para ver el tranquilo patio. No estaba mal, nada mal. Desde luego no era un cuarto minúsculo en el piso de algún *fuorusciti*, ni tampoco un hotel barato lleno de refugiados italianos.

—¿Y los emigrados pagan esto? —preguntó Ferrara con evidente escepticismo.

Kolb se encogió de hombros y esbozó la más angelical de las sonrisas. «Que todos tus secuestros sean tan dulces, corderito.»

—¿Le gusta? —quiso saber Kolb.

—Pues claro que *me gusta.* —Ferrara omitió lo demás.

—Me alegro —contestó Kolb, que no era manco callándose cosas.

Ferrara colgó la chaqueta en una percha del armario y se sacó de los bolsillos el pasaporte, unos papeles y una fotografía en color sepia de su mujer y sus tres hijos con un marco de cartón. En su día la habían doblado y la foto se había roto por una esquina de arriba.

—¿Su familia?

—Sí —replicó Ferrara—. Pero sus vidas siguen un camino muy distinto del mío. Hace más de dos años que no los veo. —Metió el pasaporte en el cajón de abajo del armario, cerró la puerta y colocó la fotografía en el alféizar interior de la ventana—. Es lo que hay —añadió.

Kolb, que sabía de sobra a qué se refería, asintió compasivo.

—Me dejé muchas cosas cuando crucé los Pirineos a pie, de noche, y los que me arrestaron se quedaron con casi todo lo demás. —Se encogió de hombros y continuó—: Así que lo que tengo son cuarenta y siete años.

—Son los tiempos que nos ha tocado vivir, coronel —contestó Kolb—. Ahora creo que deberíamos bajar a la cafetería a tomar un café con leche caliente y una *tartine*. —Que era una barra de pan larga y estrecha, abierta por la mitad y con mucha mantequilla.

19 de marzo.

Los profetas del tiempo auguraban la primavera más lluviosa del siglo, y así era cuando Carlo Weisz regresó a París. El agua le chorreaba por el ala del sombrero, corría por los canalones y no hacía nada por mejorar su estado de ánimo. Del tren al metro y del metro al Hotel Dauphine ideó una docena de planes inútiles para traer a Christa von Schirren a París, ninguno de los cuales valía un pimiento. Pero al menos le escribiría una carta, una carta disimulada, como si fuera de una tía suya, o de una antigua amiga del colegio tal vez, que estuviera viajando por Europa, se hubiese detenido en París y recogiera el correo en la oficina de American Express.

Delahanty se alegró de verlo esa tarde. Se había apuntado un tanto ante la competencia con la noticia sobre la «resistencia en Praga», aunque el *Times* de Londres había publicado su versión al día siguiente. Delahanty lo recibió con un viejo dicho: «Nada como que le disparen a uno si fallan.»

Salamone también se alegró de verlo, aunque no por mucho tiempo. Se reunieron en el bar próximo a su oficina. Gotas de lluvia que el letrero de neón teñía de rojo bajaban despacio por la ventana, y la perra del bar se sacudió y lanzó una generosa cantidad de agua cuando la dejaron entrar.

—Bienvenido a casa —dijo Salamone—. Supongo que te alegrarás de haber salido de allí.

—Fue una pesadilla —replicó Weisz—. Aunque no es de extrañar. Pero, por mucho que se lean los periódicos, nunca se conocen los pequeños detalles, a menos que uno vaya allí: lo que dice la gente cuando no puede decir lo que quiere, cómo te mira, cómo aparta los ojos. Saben cuáles serán las consecuencias de la ocupación para muchos.

—Suicidios —apuntó Salamone—. O eso dicen los periódicos de aquí. Cientos, judíos y no judíos. Los que no consiguieron huir a tiempo.

—Fue terrible —confesó Weisz.

—Bueno, aquí tampoco es mucho mejor. Y he de decirte que hemos perdido a dos mensajeros.

Quería decir *repartidores*: conductores de autobús, camareros, tenderos, conserjes, cualquiera que estuviera en contacto con el público. Se decía que si uno quería saber de verdad qué estaba pasando en el mundo, lo mejor era ir a los aseos del segundo piso de la Galería Nacional de Arte Antiguo, en el Palazzo Barberini de Roma. Allí siempre había algo que leer.

Pero de la distribución se encargaban principalmente muchachas adolescentes que formaban parte de las organizaciones estudiantiles fascistas. Tenían que ingresar en ellas igual que sus padres se afiliaban al Partito Nationale Fascista, el PNF. «*Per necessità familiare*», bromeaban. Pero muchas de las chicas detestaban lo que tenían que hacer —desfilar, cantar, recaudar dinero— y se comprometían a distribuir periódicos. Solían salir airosas porque la gente pensaba que las chicas jamás harían algo parecido, jamás se atreverían. Los *fascisti* estaban un tanto equivocados a ese respecto, pero así y todo de vez en cuando, casi siempre por delación, la policía las pillaba.

—¿Dos? —repitió Weisz—. ¿Arrestadas?

—Sí, en Bolonia. Tenían quince años y eran primas.

—¿Sabemos qué pasó?

—No. Salieron con periódicos en la cartera del colegio, tenían que dejarlos en la estación, pero no volvieron. Luego, al día siguiente, la policía avisó a los padres.

—Y ahora comparecerán ante el tribunal especial.

—Sí, como siempre. Les caerán dos o tres años.

Weisz se preguntó un instante si todo aquello valía la pena: adolescentes encarceladas mientras los *giellisti* conspiraban en París, pero sabía que ésa era una pregunta que carecía de respuesta.

—Quizá logren que las suelten —repuso.

—No creo —lo contradijo Salamone—. Sus familias no tienen dinero.

Permanecieron callados un rato. En el bar reinaba el silencio, salvo por el sonido de la lluvia en la calle. Weisz abrió el maletín y puso en la mesa la lista de agentes alemanes.

—Te he traído un regalo —empezó—. De Berlín.

Salamone se puso manos a la obra. Apoyado en los codos, no tardó en llevarse los dedos a las sienes para luego mover la cabeza despacio de un lado a otro. Cuando levantó la vista, dijo:

—¿Qué pasa contigo? Primero el puto torpedo y ahora esto. ¿Eres una especie de *imán*?

—Eso parece —admitió Weisz.

—¿Cómo lo conseguiste?

—Me lo dio un tipo en un parque. Viene del ministerio de Asuntos Exteriores.

—Un tipo en un parque.

—Déjalo estar, Arturo.

—Vale, pero al menos dime qué significa.

Weisz se lo explicó: los servicios de espionaje alemanes se habían infiltrado en el aparato de seguridad del gobierno italiano.

—*Mannaggia* —contestó Salamone en voz queda, sin dejar de leer el listado—. Menudo regalo, es una sentencia de muerte. La próxima vez que sea un osito de peluche, ¿eh?

—¿Qué vamos a hacer?

Weisz observaba a Salamone mientras éste intentaba dar con algo. Sí, era uno de los *giellisti*, ¿y qué? El que estaba al otro lado de la mesa era un hombre de edad avanzada, antiguo consignatario de buques —su carrera profesional truncada— y actual contable. Nada en la vida lo había preparado para la conspiración, tenía que hallar respuestas sobre la marcha.

—No estoy seguro —respondió Salamone—. Lo que sí sé es que no podemos imprimirlo, porque caerían sobre nosotros como, no sé, como una maldición divina o algo peor. Y además están los alemanes, la Gestapo pondría el ministerio de Asuntos Exteriores patas arriba hasta dar con el tipo que fue al parque.

—Pero no podemos quemarlo, esta vez no.

—No, Carlo, esto les hará daño. Recuerda la norma: queremos todo aquello que obligue a separarse a Alemania e Italia. Y esto lo hará, enloquecerá a algunos *fascisti*: los nuestros ya han enloquecido, algo que no les importa un carajo, pero vuélvelos locos a *ellos*, a los temibles *ellos*, y habremos hecho algo que merezca la pena.

—La cuestión es *cómo* lo haremos.

—Sí, ésa es la cuestión. No podemos ser cobardes y entregárselo a los comunistas, aunque he de admitir que se me ha pasado por la cabeza.

—De ahí es de donde viene, sospecho. No me dijeron gran cosa.

Salamone se encogió de hombros.

—No me sorprende. Para hacer algo así, en Alemania, bajo el régimen nazi, hace falta alguien muy fuerte, muy comprometido, con mucha ideología detrás.

—Tal vez —repuso Weisz—, tal vez simplemente podamos decir que lo sabemos, que hemos oído que está pasando esto. Los fascistas sabrán averiguar lo demás, no tienen más que mirar en su casa. Es una deslealtad a Italia permitir que otro país prepare una ocupación. De ese modo, aunque no les caigamos bien, cuando imprimamos esto seremos patriotas.

—¿Cómo lo dirías?

—Como te acabo de comentar. Un responsable funcionario de un organismo italiano ha informado a *Liberazione*... O una carta anónima que nos merece credibilidad.

—No está mal —aprobó Salamone.

—Pero luego tendremos que ocuparnos del asunto en sí.

—Dárselo a alguien que pueda utilizarlo.

—¿Los franceses? ¿Los británicos? ¿Ambos? ¿Se lo entregamos a un diplomático?

—No hagas eso.

—¿Por qué no?

—Porque volverán dentro de una semana pidiendo más. Y no lo pedirán por favor.

—Entonces por correo. Enviarlo al ministerio de Asuntos Exteriores francés y a la embajada británica. Que traten ellos con la OVRA.

—Yo me encargo —prometió Salamone, deslizando la lista hacia su lado de la mesa.

Weisz se la quitó.

—No, yo soy el responsable, lo haré yo. ¿Te parece que la vuelva a pasar a máquina?

—Entonces llegarán hasta tu máquina de escribir —razonó Salamone—. Pueden averiguar esa clase de cosas. En las novelas policiacas pueden, y yo creo que es cierto.

—Pero si no, darán con la máquina del tipo del parque. Y si lo descubren...

—Pues entonces hazte con otra máquina de escribir.

Weisz sonrió.

—Creo que este juego se llama la *patata caliente*. ¿De dónde demonios voy a sacar otra máquina de escribir?

—Cómprandola. En Clignancourt, en el mercadillo. Luego deshazte de ella. Empéñala, tírala por la ventana o déjala en la calle. Y hazlo antes de entregarle la lista a un correo.

Weisz dobló la lista y la introdujo de nuevo en el sobre.

Esa tarde, a las ocho, Weisz salió a la caza de la cena. ¿Mère no sé qué? ¿Chez no sé cuantos? Había leído *Le Journal* de ese día, de modo que paró en un quiosco a comprar un *Petit Parisien* para que le hiciera compañía mientras cenaba. Era un periodicucho horrible, pero él lo disfrutaba a escondidas, todos esos amoríos y esa ostentación de alto copete de alguna manera pegaba con la cena, sobre todo si uno cenaba solo.

Caminando bajo la lluvia, se metió por una bocacalle y se topó con un pequeño establecimiento llamado Henri. La ventana estaba bastante empañada, pero pudo ver un suelo de baldosas blancas y negras, comensales en la mayoría de las mesas y una pizarra con el menú de esa noche. Cuando entró, el dueño, corpulento y rubicundo, como no podía ser de otra manera, fue a saludarlo, limpiándose las manos en el delantal. ¿Cubierto para uno, monsieur? Sí, por favor. Weisz colgó la gabardina y el sombrero en el perchero que había junto a la puerta. En los restaurantes muy llenos, con mal tiempo, el trasto acababa cargado hasta los topes y, sin ningún género de duda, volcaba al menos una vez durante la velada, cosa que siempre hacía reír a Weisz.

Lo que Henri ofrecía esa noche era un buen plato de puerros al vapor seguido de *rognons de veau*, riñones de ternera, salteados con champiñones y un montón de crujientes *pommes frites*. Leyendo el periódico, poniéndose al día de los prodigiosos líos de faldas de un cantante de *café-concert*, Weisz se terminó casi toda la frasca de tinto, luego rebañó la salsa de los riñones con un pedazo de pan y a continuación decidió tomar el queso, un vacherín.

Estaba sentado en un rincón y, cuando se abrió la puerta, miró de soslayo. El hombre que entró se quitó el sombrero y el abrigo y encontró un gancho libre en el perchero. Era un tipo tirando a gordo, bonachón, una pipa entre los dientes y un chaleco bajo la chaqueta. Echó un vistazo en derredor y, justo cuando Henri se le acercó, divisó a Weisz.

—Vaya, hola —saludó—. El señor Carlo Weisz, menuda suerte.

—Señor Brown. Buenas noches.

—No le importará que me siente con usted, ¿verdad? ¿Está esperando a alguien?

—No, a decir verdad casi he terminado.

—Odio comer solo.

Henri, limpiándose las manos en el delantal, parecía que no siguiera la conversación, pero cuando el señor Brown dio un paso hacia la mesa de Weisz sonrió y retiró una silla.

—Muchas gracias —se lo agradeció Brown. Se acomodó y se puso las gafas para leer la pizarra—. ¿Qué tal la comida?

—Muy buena.

—Riñones —constató—. Estupendo. —Pidió y luego dijo—: Lo cierto es que tenía pensado ponerme en contacto con usted.

—¿Ah, sí? Y ¿por qué?

—Un pequeño proyecto, algo que podría interesarle.

—¿De veras? Le dedico a Reuters casi todo mi tiempo.

—Sí, lo imagino. De todas formas esto se sale un poco de lo habitual y supone una oportunidad para, en fin, cambiar las cosas.

—¿Cambiar las cosas?

—Eso es. Últimamente, en Europa no pinta bien la cosa, con Hitler y Mussolini..., creo que sabe a qué me refiero. Bueno, yo vivo mi vida diaria, pero uno quiere hacer algo más, y me relaciono con un puñado de amigos de igual parecer y, de vez en cuando, intentamos hacer algo que merezca la pena. El grupo es muy informal, entiéndame, pero contribuimos con algunas libras y utilizamos nuestros contactos de negocios y, nunca se sabe, tal vez, como le he dicho, puedan cambiarse las cosas.

Un camarero trajo una frasca de vino y un cestillo de pan. El señor Brown dejó escapar un «Mmm» a modo de gracias, se sirvió un vaso de vino, le dio un sorbo y observó:

—Bueno. Muy bueno, sea lo que sea. Nunca te lo

dicen, ¿verdad? —Bebió otro trago, partió un panecillo en dos y comió—. Veamos —añadió—, ¿por dónde iba? Ah, sí, nuestro pequeño proyecto. A decir verdad comenzó la noche que tomamos aquellas copas en el bar del Ritz, con Geoffrey Sparrow y su amiga, ¿se acuerda?

—Sí, claro que me acuerdo —respondió Weisz con cautela, temeroso de lo que pudiera venir a continuación.

—Bueno, me dio que pensar, ¿sabe? Se me presentó la oportunidad de hacer algo por el lamentable mundo de ahí fuera. Así que le pedí a un amigo que hiciera unas averiguaciones y, por pura casualidad, dimos con ese coronel Ferrara sobre el que usted escribió. Pobre diablo, su unidad se retiró a Barcelona, donde tuvieron que deshacerse de los uniformes y huir, por los Pirineos, de noche, lo cual es realmente peligroso, como usted bien sabe. Una vez en Francia lo arrestaron, claro está, y lo internaron en un espantoso campo de Gascuña. Y allí es donde lo encontramos, por medio de un amigo que trabaja en un ministerio francés.

Aquello cada vez pintaba peor.

—No es fácil hacer algo así.

—No, nada fácil. Pero, maldita sea, mereció la pena, ¿no cree? Es decir, *usted* fue quien escribió el artículo, así que sabe quién es, qué es, debería decir. Es un héroe, una palabra que no acostumbra a verse mucho últimamente, no está de moda, pero ésa es la verdad. En medio de todos estos gimoteos y aspavientos, ahí está ese hombre que defiende aquello en lo que cree y...

El camarero llegó con una generosa porción de vacherín, blando y oloroso. A Weisz ya no le apetecía. Brown y sus amigos de igual parecer, con lo que quiera que tramasen, le habían quitado el apetito y lo habían sustituido por un frío nudo en el estómago.

—Ah, el queso. Rico y en su punto, diría yo.

—Así es —convino Weisz, palpándolo con el pulgar. Cortó un trozo, una loncha como Dios manda, no la punta, y lo pinchó con el tenedor, pero eso fue todo lo que hizo—. ¿Decía?

—Eh, sí, el coronel Ferrara. Un héroe, señor Weisz, del que el mundo debería saber. Seguro que usted piensa igual, y Reuters también, evidentemente. La verdad, ¿podría nombrarme a otro? Ahí fuera hay un montón de víctimas y un montón de odiosos malos, pero ¿dónde están los héroes?

Weisz no tenía que responder, y no lo hizo.

—¿Y bien?

—Pues bien, señor Weisz, pensamos que el coronel Ferrara debería dar a conocer su historia. Con todo detalle, públicamente.

—Y ¿cómo lo haría?

—De la forma habitual. La habitual siempre es la mejor, y en este caso equivaldría a un libro. Su libro. *Soldado de la libertad* o algo por el estilo. *¿La lucha por la libertad?* ¿Le gusta más así?

Weisz no picó. Su expresión decía: «¿Quién sabe?»

—Pero, independientemente del título, es una buena historia. Se empieza por el campo de concentración: ¿saldrá algún día? Luego describimos cómo llegó allí. Crece en el seno de una familia pobre, se alista en el ejército, se hace oficial, lucha con una unidad de elite en el río Piave, en la Gran Guerra, le ordenan ir a Etiopía, para que Mussolini forje un imperio, luego renuncia a su cargo, como protesta, después de que aviones italianos rocíen con gas las aldeas de las tribus, va a España y combate a los fascistas, españoles *e* italianos. Y aquí está, al final, dispuesto a luchar contra el fascismo de nuevo. Es un libro que yo leería, ¿usted no?

—Supongo que sí.

—¡Pues claro que sí! —Brown arqueó el pulgar y el índice y los fue moviendo a medida que decía—: *Mi lucha por la libertad*, por el coronel Ferrara. Esto último entre comillas, naturalmente, y sin nombre de pila, porque es un *nom de guerre*, lo cual nos proporciona una atractiva sobrecubierta, ¿no cree? La gente compra los libros escritos por tipos que deben mantener en secreto su verdadera identidad, que tienen que usar un alias. ¿Por qué? Porque mañana, cuando termine de escribir, volverá a la guerra, contra Mussolini, o Hitler, en Rumanía o Portugal o la pequeña Estonia: ¿quién sabe dónde estallará el siguiente conflicto? Así que mis amigos y yo somos de la opinión de que ese libro debería salir a la luz. Y bien, ¿qué le parece? ¿Podría hacerse?

—Yo diría que sí —afirmó Weisz, la voz todo lo neutral que pudo.

—Por nuestra parte sólo vemos un problema. Este coronel Ferrara es un brillante oficial, capaz de hacer muchas cosas, pero no de escribir libros.

—*Les poireaux* —anunció el camarero, dejando en la mesa un plato de puerros.

No fue más que un parpadeo momentáneo del señor Brown al ver el plato, pero le reveló a Weisz que en realidad al señor Brown no le gustaban los puerros al vapor, probablemente no le gustaran los riñones de ternera, quizá no le gustara la comida francesa ni los franceses, ni Francia.

—Así que lo que pensamos es que tal vez el periodista Carlo Weisz pudiera ayudarnos en eso —concluyó Brown.

—No lo creo posible.

—Pues claro que lo es.

—Tengo demasiado trabajo, señor Brown. De verdad que lo siento, pero no puedo hacerlo.

—Yo apostaría a que sí. Apostaría mil libras.

Era un montón de dinero, pero menudo riesgo.

—Lo siento —se disculpó Weisz.

—¿Está seguro? Porque veo que no lo ha pensado bien, que no ha considerado todas las posibilidades, ni todos los beneficios. Sin duda le daría cierta reputación. Su nombre no aparecerá en el libro, pero llegaría a los oídos de su jefe, cómo se llama, Delahanty. Es probable que considerara patriótico que usted hubiese participado en la lucha contra los enemigos de Gran Bretaña, ¿no? Sé que a sir Roderick se lo parecería.

Un disparo en la misma puerta de casa. «Si no hace lo que queremos se lo contaremos a su jefe.» Sir Roderick Jones era el director ejecutivo de la agencia Reuters: un famoso tirano, el mismísimo demonio. Lucía corbatas de universidades a las que no había ido, insinuaba haber servido en regimientos de los que distaba mucho de haber formado parte. Por la noche, cuando el Rolls-Royce con chófer lo llevaba a casa desde el despacho, mandaban a un empleado a pisar un taco de goma que había en la calle para que, cuando se aproximaba el coche, el semáforo se pusiera en verde. Y decían que había reprendido a un criado por no plancharle los cordones de los zapatos.

—Y ¿cómo sabe usted eso? —se interesó Weisz.

—Ah, es amigo de un amigo —aclaró Brown—. Excéntrico en ocasiones, pero con corazón. Sobre todo en materia de patriotismo.

—No sé —contestó Weisz, buscando el modo de escurrir el bulto—. Si el coronel Ferrara está en Gascuña...

—¡Por Dios, no! No está en Gascuña, sino aquí mismo, en París, en la rue de Tournon. Entonces, ahora que eso no es un obstáculo, ¿se lo pensará al menos?

Weisz asintió.

—Bien —aprobó Brown—. Estas cosas es mejor sopesarlas, darse algo de tiempo, ver por dónde sopla el viento...

—Lo pensaré —aseguró Weisz.

—Hágalo, señor Weisz. Tómese su tiempo. Lo llamaré por la mañana.

A las nueve y media Carlo Weisz no estaba listo para tirarse al Sena, pero sí quería echarle un vistazo. Brown no había tardado en irse del restaurante. Dejó unos francos en la mesa —más que suficiente para pagar ambas cenas—, además de los riñones de ternera y a un Henri asomado a la puerta, que lo vio irse calle abajo con mirada angustiosa. Weisz no se entretuvo. Pagó su cena y salió a los pocos minutos. Para el camarero fue una propina que no olvidaría.

No tenía ganas de volver al Dauphine, aún no. Weisz echó a andar y andar, bajó hasta el río y se detuvo en el Pont d'Arcole, la catedral de Notre Dame imponente a su espalda, una inmensa sombra en medio de la lluvia. Siempre le había gustado contemplar los ríos, del Támesis al Danubio, además del Arno, el Tíber y el Gran Canal de Venecia, pero el Sena era el rey de los ríos poéticos, al menos para Weisz. Inquieto y melancólico o manso y lento, dependiendo del humor del río, o del suyo. Esa noche se veía negro, punteado de lluvia y crecido. «¿Qué hago? —se preguntó apoyándose en el pretil, los ojos clavados en el río, como si fuera a responderle—. ¿Por qué no intento dejarme llevar hasta el mar? Sería perfecto.»

Pero era incapaz. No le gustaba sentirse atrapado, pero lo estaba. Atrapado en París, atrapado en un buen trabajo. ¡Todo el mundo debería estar atrapado así! Pero bastaba con añadir la trampa del señor Brown y la ecuación cambiaba. ¿Qué haría si lo echaban de Reuters?

Tardaría en dar con otro Delahanty, alguien a quien caía bien, que lo protegía, que le dejaba trabajar conforme a sus capacidades. Repasó mentalmente la lista de trabajillos que habían conseguido los *giellisti*. No era una lista muy alentadora, un sitio en que ocupar las mañanas, algo de dinero y poco más. Una cadena perpetua, temía. Hitler no caería en un futuro próximo, la historia era propicia para las dictaduras de cuarenta años, lo cual lo convertiría en un hombre libre a los ochenta y un años. ¡Como para empezar de nuevo!

Quizá pudiera retrasar el proyecto, pensó, decir un «sí» que fuera un «no» y luego zafarse de algún modo inteligente. Pero si Brown tenía el poder de hacer que lo despidieran, probablemente también tuviera el de hacer que lo expulsaran del país. Tenía que admitir esa posibilidad. A la luz de la mañana Zanzíbar no se le antojaba tan lúgubre. Y estaba lo peor, la carta a Christa: «cambio de planes, mi amor». No, no, imposible, tenía que sobrevivir, permanecer donde estaba. Además, pese a la fría e irónica doblez de Brown, era posible que el proyecto fuera realmente bueno para el triste mundo de ahí fuera, que inspirara a otros coroneles Ferraras a alzarse en armas contra el diablo. ¿De verdad era tan distinto de lo que hacía en el *Liberazione*?

Aquello bastó para ponerlo en movimiento: cruzó el puente, pasando ante la consabida pareja de enamorados. Al llegar a la calle de la orilla derecha se puso a caminar hacia el este, alejándose del hotel. Una puta le lanzó un beso, un vagabundo recibió cinco francos, una mujer con un elegante paraguas se lo quedó mirando disimuladamente, y unas cuantas almas solitarias, la cabeza gacha por la lluvia, no se iban a casa, todavía no. Estuvo caminando un buen rato, dejando atrás el Hôtel de Ville, las floristerías del otro lado de la calle, y se descubrió en el canal St. Martin, allí donde confluía con la plaza de la Bastilla.

A unos pasos, por una calle estrecha que salía de la Bastilla, había un restaurante llamado La Brasserie Heininger. A la entrada en la calle, varios mostradores con hielo picado exhibían langostas y demás mariscos, mientras que un camarero, vestido como un pescador bretón, iba abriendo ostras. Weisz había escrito sobre el Heininger en una ocasión, en junio de 1937.

Las intrigas políticas de los emigrados búlgaros en París dieron un violento giro la pasada noche, en la popular Brasserie Heininger, a poca distancia de la plaza de la Bastilla, cerca de las salas de fiesta y los clubes nocturnos de la tristemente célebre rue de Lappe. Justo después de las diez y media de la noche, el conocido jefe de sala del establecimiento, Omaraeff, un refugiado búlgaro, fue abatido a tiros mientras intentaba esconderse en un retrete del aseo de señoras. A continuación, con el objeto de demostrar que hablaban en serio, dos hombres ataviados con sendos abrigos largos y fieltros —unos gángsteres de Clichy, según la policía— arrasaron el elegante comedor con metralletas, perdonándole la vida a los aterrorizados comensales, pero haciendo trizas todos los espejos con marcos dorados, salvo uno, que logró sobrevivir con un único agujero de bala en la esquina inferior. «No voy a cambiarlo —aseguró Maurice, "Papá" Heininger, dueño de la *brasserie*—. Lo dejaré tal cual en recuerdo del pobre Omaraeff.» La policía está investigando el suceso.

Weisz cayó en la cuenta de que no tenía sentido continuar hacia el este, pues en aquella dirección sólo había calles oscuras y desiertas y las tiendas de muebles del faubourg St. Antoine. ¿Cómo evitar ir a casa? Tal vez una copa. O dos. En la Brasserie Heininger. Un refugio. Luces brillantes y gente. Por qué no. Enfiló calle abajo, entró en la *brasserie* y subió la blanca escalera de mármol que conducía al comedor. ¡Estaba abarrotado! La sala estaba llena de cupidos pintados, maderas lustrosas y bancos de felpa roja donde todos los clientes reían, flirteaban y bebían mientras camareros patilludos corrían de un lado a otro llevando fuentes de ostras o *choucroute garni*. El *maître* toqueteó el cordón de terciopelo que barraba la entrada a la sala y dirigió a Weisz una larga mirada no muy cordial. ¿Quién era ese lobo solitario empapado que trataba de acercarse a la hoguera?

—Me temo que será una larga espera, monsieur, esta noche estamos desbordados.

Weisz vaciló un instante, esperando ver a alguien pidiendo la cuenta, y acto seguido dio media vuelta con la intención de marcharse.

—¡Weisz!

El aludido buscó de dónde venía la voz.

—¡Carlo Weisz!

El conde Janos Polanyi, el diplomático húngaro, se abrió paso por la abarrotada sala, alto, corpulento, canoso y, esa noche, no muy estable. Estrechó la mano de Weisz, lo agarró del brazo y lo llevó hasta una mesa situada en un rincón. Pegado a Polanyi, en el angosto paso que quedaba entre los respaldos de los asientos, Weisz percibió un fuerte olor a vino mezclado con aromas de colonia de malagueta y cigarros puros de calidad.

—Se sentará con nosotros —indicó Polanyi al *maître*—. Así que traiga una silla.

En la mesa catorce, justo debajo del espejo con el agujero de bala, se alzaron un montón de rostros. Polanyi presentó a Weisz, añadiendo: «periodista de la agencia Reuters», y a continuación se oyó un coro de saludos, todos en francés, al parecer el idioma de la velada.

—Veamos —le dijo Polanyi a Weisz—, de izquierda a derecha: mi sobrino, Nicholas Morath; su amiga, Cara Dionello; André Szara, corresponsal del *Pravda*. —Szara saludó a Weisz con la cabeza, habían coincidido alguna que otra vez en conferencias de prensa—. Y mademoiselle Allard. —Esta última estaba apoyada en Szara, en el extremo del banco, no dormida, pero sí cada vez más apagada—. Éste es Louis Fischfang, el guionista; junto a él el famoso Voyschinkowsky, al que conocerás como «el genio de la Bolsa»; y a su lado lady Angela Hope.

—Ya nos conocemos —dijo lady Angela con una sonrisa pícara.

—¿Ah, sí? Estupendo.

El *maître* llegó con una silla y todos se estrecharon para hacer sitio.

—Estamos bebiendo Echézeaux —aclaró Polanyi. Era evidente: Weisz contó cinco botellas vacías en la mesa y una sexta a la mitad. Luego Polanyi se dirigió al *maître*—: Necesitaremos una copa y otro Echézeaux. No, mejor que sean dos. —El aludido le hizo una seña a uno de sus subordinados, cogió el abrigo de Weisz y se fue camino del ropero. Al poco se presentó un camarero con una copa y las botellas. Mientras abría una, Polanyi le dijo a Weisz—: ¿Qué te trae por aquí con un tiempo tan infame? ¿No andarás tras un artículo?

—No, no. Esta noche no. Sólo he salido a dar un paseo bajo la lluvia.

—En cualquier caso estábamos en... —terció Fischfang.

—Ah, sí, estábamos a mitad de un chiste —comentó Polanyi.

—Sobre el loro de Hitler —puntualizó Fischfang—. Número no sé cuántos. ¿Lleva alguien la cuenta? —Fischfang era un hombrecillo nervioso con gafas de montura metálica torcidas, lo cual le hacía parecer Leon Trotsky.

—Empieza otra vez, Louis —pidió Voyschinkowsky.

—Esto es que el loro de Hitler está dormido en su percha, y Hitler trabajando en su escritorio. De pronto el loro despierta y chilla: «Aquí viene Hermann Göring, comandante en jefe de la Luftwaffe.» Hitler deja el trabajo. ¿Qué pasa? La puerta se abre y es Göring. Hitler y Göring se ponen a hablar, pero el pájaro los interrumpe: «Aquí viene Joseph Goebbels, ministro de Propaganda.» Y, mira por dónde, un minuto después es así. Hitler les cuenta lo que está pasando, pero Göring y Goebbels creen que bromea. «Venga, Adolf, es un truco, seguro que le haces señas al pájaro.» «Que no, que no», asegura Hitler. «No sé cómo, pero este pájaro sabe quién va a venir, y os lo voy a demostrar. Nos esconderemos en el armario, donde el pájaro no me ve, y esperaremos la siguiente visita.» Cuando están en el armario el loro empieza de nuevo, pero esta vez sólo está tembloroso y mete la cabeza debajo del ala y chilla. —Fischfang se encorvó, escondió la cabeza debajo del brazo y emitió una serie de atemorizados chillidos. En las mesas de al lado algunos volvieron la cabeza—. Al cabo de un minuto la puerta se abre y aparece Heinrich Himmler, jefe de la Gestapo. Echa un vistazo, cree que en el despacho no hay nadie y se marcha. «Está bien, chicos —dice el loro—, ya podéis salir. La Gestapo se ha ido.»

Unas sonrisas y una risa poco entusiasta del educado Voyschinkowsky.

—Los graciosos chistes sobre la Gestapo —dijo Szara.

—No tan graciosos —afirmó Fischfang—. Un amigo mío lo oyó en Berlín. A eso se dedican esos chicos.

—¿Y por qué no se dedican a pegarle un tiro a ese cabrón de Hitler? —apuntó Cara.

—Brindaré por eso —respondió Szara, su francés teñido de un fuerte acento ruso.

Weisz no había probado nunca el Echézeaux: era demasiado caro. El primer sorbo le reveló el motivo.

—Paciencia, niños —medió Polanyi, dejando la copa sobre el mantel—. Ya caerá.

—¡Por nosotros! —exclamó lady Angela, alzando su copa.

Morath, a quien aquello le divertía, le dijo a Weisz:

—Ha caído en las garras de, bueno, no de ladrones, pero sí de, eh... los ciudadanos de las sombras.

Szara rompió a reír y Polanyi sonrió.

—¿No de ladrones, Nicky? Bueno, pero monsieur Weisz es periodista.

A Weisz no le agradó que lo excluyeran.

—Esta noche no —insistió—. Sólo soy un emigrado más.

—¿De dónde? —quiso saber Voyschinkowsky.

—Es de Trieste —replicó lady Angela como si eso fuera otro chiste. Todos rieron.

—Pues entonces es miembro de honor —aseveró Fischfang.

—¿En calidad de qué? —se interesó lady Angela, toda inocencia.

—De eso que Nicky ha dicho. «Ciudadanos de las sombras.»

—Por Trieste, pues —intervino Szara, con la copa en alto.

—Por Trieste y por todas las demás —amplió Polanyi—. Ginebra, pongamos. Y Lugano.

—Lugano, sí, «Espiópolis» —señaló Morath.

—¿Lo habías oído? —le preguntó Voyschinkowsky a Weisz.

Éste sonrió.

—Sí, «Espiópolis». Como cualquier ciudad fronteriza.

—O cualquier ciudad con emigrados rusos —indicó Polanyi.

—Estupendo —intervino lady Angela—. Ahora podemos incluir París.

—Y Shanghai —contestó Fischfang—. Y Harbin, sobre todo Harbin, «donde las mujeres visten a crédito y se desvisten por dinero».

—Por ellas —propuso Cara—. Por las rusas blancas de Harbin.

Brindaron, y Polanyi rellenó las copas.

—Naturalmente deberíamos incluir al resto. Los recepcionistas de hotel, por ejemplo.

A Szara le gustó la idea.

—Pues entonces por los cifradores de los mensajes de las embajadas. Y por las bailarinas de los clubes nocturnos.

—Y por los tenistas profesionales —añadió Cara—. Por sus perfectos modales.

—Sí —aprobó Weisz—. Y por los periodistas.

—¡Eso, eso! —aplaudió lady Angela en inglés.

—¡Larga vida! —exclamó Polanyi alzando la copa.

Todos se echaron a reír, brindaron y bebieron de nuevo. Salvo mademoiselle Allard, cuya cabeza descansaba en el hombro de Szara, los ojos cerrados, la boca ligeramente abierta. Weisz encendió un cigarrillo y recorrió la mesa con los ojos. ¿Serían todos espías? Polanyi lo era, al igual que lady Hope. Morath, el sobrino de Polanyi, probablemente también, y Szara, corresponsal del *Pravda*, tenía que serlo, dado el voraz apetito de la NKVD. Y, a juzgar por lo que decía, Fischfang también. ¿Serían todos del mismo bando? Dos húngaros, una inglesa, un ruso. ¿Qué era Fischfang? Probablemente un judío polaco residente en Francia. ¿Y Voyschinkowsky? Francés, tal vez de ascendencia ucraniana. Cara Dionello, a quien a veces se mencionaba en las columnas de cotilleo, era argentina y muy rica. ¡Menuda pandilla! Aunque al parecer toda ella contraria a los nazis. De un modo u otro. Sin olvidar, pensó, a Carlo Weisz, italiano. No, triestino.

Acababan de dar las dos de la mañana cuando el triestino se bajó de un taxi frente al Hotel Dauphine. A la octava intentona consiguió meter la llave en la cerradura, abrió la puerta, pasó ante el vacío mostrador de recepción y, al cabo, tras perder el equilibrio al menos tres veces, subió las escaleras que conducían a su refugio. Allí se quitó la ropa, quedándose en calzoncillos y camiseta, rebuscó en los bolsillos de la chaqueta hasta dar con las gafas y se sentó delante de la Olivetti. La salva inicial se le antojó ruidosa, pero no hizo caso: a los otros inquilinos parecía no importarles el tableteo nocturno de una máquina de escribir. Y si les importaba nunca decían nada. Teclear a altas horas de la noche se consideraba casi una bendición en la ciudad de París, conocedora de los prodigios que podía estar haciendo la imaginación en ese instante, y a la gente le gustaba la idea de un alma inspirada aporreando aquel cacharro tras recibir la visita a medianoche de la musa.

En todo caso, era un periodista inspirado que escribía un artículo breve y sencillo sobre unos agentes alemanes infiltrados en el aparato de seguridad italiano. Más o menos lo que le había contado a Salamone en el bar ese día. Los editores del *Liberazione* habían oído, por boca de unos amigos de Italia, que los alemanes, en algunos casos de forma oficial, en otros no, trabajaban desde dentro de la policía y los organismos de seguridad. Una verdadera vergüenza, si era cierto, y ellos creían que lo era, que Italia, tantas veces invadida, invitara a agentes extranjeros a franquear sus muros y entrar en su castillo. ¿Un caballo de Troya? ¿Preparativos para otra invasión, alemana esta vez? ¿Una invasión respaldada por los propios fascistas? *Liberazione* esperaba que no. Pero entonces, ¿qué significaba aquello? ¿Cómo acabaría? ¿Era ése el proceder adecuado de quienes se llamaban a sí mismos patriotas? «Nosotros, los *giellisti* —escribió—, siempre hemos compartido una pasión con nuestros opositores: el amor por nuestro país. Así que les rogamos, lectores de la policía y los servicios de seguridad —sabemos que leen nuestro periódico, aunque esté prohibido—, que se paren a pensar con calma en esto, en lo que significa para ustedes, para Italia.»

Al día siguiente recibió una llamada de teléfono en la agencia Reuters. Si el señor Brown se hubiese mostrado frío y duro y se hubiese comportado como un jugador con ventaja, tal vez hubiese escuchado un brusco *va fan culo* y déjame en paz. Pero el del otro extremo de la línea era un señor Brown sensato y afable que tenía una difícil mañana profesional. Esperaba que Weisz se hubiera pensado su proposición, que, dada la situación política del momento, viera la necesidad de *Soldado de la libertad*. En ese caso sus intereses coincidirían. Algo de tiempo, algo de arduo trabajo, y un duro golpe al enemigo común. Y le pagarían sólo si él quería.

—Usted decide, señor Weisz.

Quedaron ese día después del trabajo, en el café de debajo del Hotel Tournon, al que se llegaba bajando tres escalones desde la calle. El señor Brown, el coronel Ferrara y Weisz. Ferrara se alegró de verlo. Weisz tenía sus dudas, ya que él había metido a Ferrara en aquello. Pero había estado hasta hacía poco en un campo, así que Weisz era su salvador, y Ferrara así se lo dijo.

Durante la reunión el señor Brown habló en inglés, y Weisz se ocupó de traducir para Ferrara.

—Naturalmente escribirá usted en italiano —aseguró Brown—. Tenemos a alguien que se encargará de la versión inglesa, poco menos que día a día, porque la primera edición, lo antes posible, la sacaremos en Londres, con Staunton and Weeks. Estuvimos pensando en Chapman & Hall, o en Victor Gollancz, pero nos gusta Staunton. En cuanto a la edición en italiano, tal vez se haga cargo de ella una pequeña editorial francesa, o bien utilizaremos uno de los diarios de emigrados, sólo el nombre, pero introduciremos ejemplares en Italia, no les quepa la menor duda. Y debe llegar a Estados Unidos. Podría ser influyente allí, queremos que los americanos se planteen ir a la guerra, pero Staunton se encargará de eso. ¿Todo bien hasta aquí?

Después de que Weisz le contara lo que había dicho, el coronel asintió. La idea de convertirse en *escritor* empezaba a materializarse.

—Por favor, pregunte qué ocurrirá si al editor de Londres no le gusta —le pidió a Weisz.

—Ah, seguro que le gusta —auguró Brown.

—No se preocupe —tranquilizó Weisz a Ferrara—. Ésta es la mejor de las narraciones, la que se cuenta sola.

No del todo. Weisz se dio cuenta, entre finales de marzo y principios de abril, de que era preciso adornarla considerablemente, pero le salió con más facilidad de lo que habría imaginado: conocía la vida italiana y conocía la historia. Con todo, se ajustaba a los hechos, y Ferrara, con un poco de ayuda, tenía buena memoria.

—Mi padre trabajaba para el ferrocarril, en la ciudad de Ferrara. De guardagujas, en la estación.

—Y tu padre era ¿serio y distante?, ¿cálido y sensible?, ¿malhumorado?, ¿alto?, ¿bajo? La casa, ¿qué aspecto tenía? ¿La familia? ¿Las vacaciones? ¿Una estampa navideña? Eso sería atractivo: nieve, velas en las ventanas. ¿Jugabas a los soldados?

—Si lo hacía no lo recuerdo.

—¿No? ¿Con el palo de una escoba por fusil, a lo mejor?

—Me acuerdo del fútbol, siempre que podía. Pero tampoco jugábamos tanto, tenía cosas que hacer después de la escuela. Acarrear agua de la bomba o ir a buscar carbón para la cocina que teníamos. Vivir día a día requería un montón de trabajo.

—Así que nada militar.

—No, nunca se me pasó por la cabeza. Cuando tenía once años le llevaba la cena a mi padre a la estación y conocí a sus amigos. Se daba por sentado que yo acabaría haciendo lo mismo que él.

—¿Te agradaba la idea?

—Que me agradara o no no dependía de mí..—Se paró a reflexionar un rato—. Lo cierto es que, ahora que lo pienso, el hermano de mi madre era soldado, y me dejaba llevar una especie de cinto de lona que tenía, con una cantimplora. Eso sí que me gustaba. Lo llevaba, llenaba la cantimplora y bebía el agua. Sabía distinta.

—¿Cómo a qué?

—No sé. El agua de las cantimploras tiene cierto regusto. A cerrado, pero no está mal, esa agua no se parece a ninguna otra.

Ahh.

El 10 de abril, contra todos los pronósticos, el nuevo número del *Liberazione* estaba listo para ser publicado. Weisz le dedicaba las noches al libro y los días a Reuters, lo cual dejó a Salamone, y finalmente a Elena, gran parte del trabajo de edición. Weisz se vio obligado a contarle a Salamone lo que estaba haciendo, pero Elena sólo sabía que se encontraba «trabajando en otro proyecto», cosa que ella aceptó diciendo: «No es preciso que sepa los pormenores.»

Para el *Liberazione* del 10 de abril había mucho sobre lo que escribir, y tanto el abogado romano como el historiador del arte de Siena prepararon artículos. Mussolini había enviado un ultimátum al rey Zog de Albania exigiendo, fundamentalmente, que entregara su país a Italia. Se solicitó la intercesión de Gran Bretaña, pero ésta rehusó, y el 7 de abril la Marina italiana bombardeó la costa albanesa y el ejército invadió el país. La invasión violaba el acuerdo angloitaliano firmado un año antes, pero el gobierno de Chamberlain prefirió guardar silencio.

No así el *Liberazione*.

«Una nueva aventura imperial», dijeron. Más muertos y heridos, más dinero, todo por la demencial competencia de Mussolini con Adolf Hitler, quien, el 19 de marzo, tomó el puerto de Memel enviando una carta certificada al gobierno lituano y a continuación entró en él en un buque de guerra alemán, ante los objetivos de las cámaras de los noticiarios y los destellos de los flashes. «Con todo descaro», como gustaba de decir Hitler con esa jactancia que tanto enfurecía a Mussolini.

Pero, por si no se enfurecía, ya se encargaba el *Liberazione* de abril de que fuera así. Si los lameculos de palacio le permitían verlo. Y es que no sólo estaba el editorial sobre los agentes alemanes, sino también una viñeta. Eso sí era *descaro*. Es de noche, y ahí está Mussolini, como siempre, en un balcón. Pero este balcón es el de un dormitorio, la silueta de una cama apenas visible en la oscuridad. El Duce que todos conocemos: la mandíbula prominente, los brazos cruzados, pero tan sólo lleva puesta la chaqueta del pijama —con medallas, naturalmente—, lo cual deja al descubierto unas piernas peludas, huesudas, de dibujo animado, mientras que, tras la cristalera, unos ojos de mujer, muy asustados, escudriñan desde la penumbra, sugiriendo que en la alcoba no todo ha ido como debiera. Una sugerencia que se ve confirmada por el viejo proverbio siciliano que se usa como pie: «*Potere è meglio di fottere.*» Bonita rima, de las que gustan de decir y son fáciles de recordar: «Mandar es mejor que follar.»

Ya hacía tres semanas que Weisz había vuelto de Berlín, y tenía que llamar a Véronique. Por informal que hubiese sido la aventura, no podía desaparecer sin más. Así que un jueves por la tarde la llamó y le pidió que se reuniera con él, después del trabajo, en un café cercano a la galería. Ella lo supo. De alguna manera lo supo. Y, como buena guerrera parisina, nunca la vio tan guapa ni tan dulce. El cabello suave y sencillo, los ojos poco maquillados, la blusa cayendo con delicadeza sobre sus pechos, con un perfume nuevo, agradable, nada sofisticado, aplicado con generosidad. Tres semanas de ausencia y un encuentro en un café tornaban las palabras prácticamente innecesarias, pero la educación exigía una disculpa.

—He conocido a alguien —explicó él—. Creo que va en serio.

No hubo lágrimas, tan sólo que lo echaría de menos, y él se dio cuenta, en ese preciso instante, de lo mucho que ella le gustaba, de lo bien que se lo habían pasado juntos, en la cama y fuera.

—¿Alguien a quien conociste en Berlín, Carlo?

—Alguien a quien conocí hace mucho tiempo.

—¿Una segunda oportunidad? —quiso saber ella.

—Sí.

—Qué extraño, lo de la segunda oportunidad. —«No la esperes en mi caso.»

—Te echaré de menos —aseguró él.

—Qué amable por tu parte.

—Es verdad, no lo digo por decir.

Una sonrisa melancólica, una ceja enarcada.

—¿Puedo llamarte alguna vez para ver cómo te va?

Véronique apoyó una mano, también suave y cálida, en la suya, como diciéndole lo burro que acababa de ser, se puso en pie y preguntó:

—¿Mi abrigo?

Weisz la ayudó a ponerse el abrigo, ella dio media vuelta, se soltó el pelo para que cayera adecuadamente por el cuello de la prenda, se puso de puntillas para darle un beso seco en los labios y, las manos en los bolsillos, salió por la puerta. Cuando, más tarde, él se marchó del café, la mujer que había tras la caja registradora también le lanzó una sonrisa melancólica y enarcó una ceja.

Al día siguiente se obligó a enfrentarse a la lista que había sacado de Berlín. Tras salir de la oficina para almorzar, hizo un interminable viaje en metro que lo llevó hasta la Porte de Clignancourt, deambuló por el mercadillo y compró una maleta: de cuna humilde —cartón forrado de piel sintética—, había llevado una vida larga y dura, tenía en el asa una etiqueta de la consigna de la estación de trenes de Odessa.

Una vez hecho eso, anduvo y anduvo, pasando ante puestos de muebles enormes y percheros de ropa vieja, hasta que, finalmente, encontró a un anciano con barba de chivo y una docena de máquinas de escribir. Las probó todas, incluso la Mignon roja portátil, y terminó escogiendo una Remington con teclado francés, «azerty», regateó un tanto, la metió en la maleta, la dejó en el hotel y volvió a la oficina.

Lo del espionaje requería sus horas. Después de pasar la tarde con Ferrara —el transporte de tropas a Etiopía, los recelos de un oficial compañero suyo—, Weisz regresó al Dauphine, sacó el listado de su escondite, bajo el cajón inferior del armario, y se puso a trabajar. Pasar aquello era un tostón, a la vieja cinta apenas le quedaba tinta, y tenía que hacerlo dos veces. Cogió dos sobres, uno para el ministerio de Asuntos Exteriores francés y el otro para la embajada británica, les puso los sellos y se tumbó en la cama. Sabrían lo que había hecho —teclado francés, diéresis escritas a mano, envío urbano—, pero a Weisz le daba un poco igual, llegados a ese punto, lo que hicieran con ello. Lo que sí le preocupaba era mantener la palabra que le había dado al hombre del parque, si aún seguía vivo y, sobre todo, si no era así.

Cuando acabó era muy tarde, pero quería zanjar de una vez por todas aquel asunto, así que quemó la lista, arrojó las cenizas por el retrete y se dispuso a deshacerse de la máquina de escribir. Maleta en mano, bajó las escaleras y salió a la calle. Librarse de una maleta resultó más complicado de lo que pensaba: había gente por todas partes, y lo último que le apetecía era que algún francés saliera corriendo en pos de él, agitando los brazos y gritando: «¡Monsieur!» Al rato dio con un callejón desierto, dejó la maleta junto a una pared y se alejó.

14 de abril, 3:30. Weisz estaba en la esquina de la rue Dauphine que daba al Sena, esperando a Salamone. Y esperando. Y ahora ¿qué? La culpa era de ese maldito Renault viejo y malo. ¿Por qué nadie en su mundo tenía nunca nada nuevo? En sus vidas todo estaba gastado y estropeado, hacía tiempo que ya nada funcionaba. «Que le den por el culo a todo esto —pensó—, me marcharé a América», donde volvería a ser pobre en medio de la riqueza. Lo de siempre para los inmigrantes italianos: la famosa postal a Italia que decía: «No sólo las calles no están asfaltadas con oro, sino que no están asfaltadas, y se supone que hemos de asfaltarlas nosotros.»

El hilo de sus pensamientos se vio interrumpido por el carraspeo del motor del coche de Salamone. Un faro iluminó la oscuridad. Tras abrir la portezuela empujando con el hombro, Salamone dijo a modo de saludo:

—*Ché palle!* —«Manda huevos», lo que quería decir: ¡Manda huevos que la vida me haga esto! Y a continuación—: ¿Lo tienes?

Sí, lo tenía, el *Liberazione* del 10 de abril. Un fajo de papeles en su maletín. Avanzaron paralelos al Sena, luego giraron y cruzaron el puente. Se fueron metiendo por callejuelas hasta llegar al café próximo a la Gare de Lyon que permanecía abierto toda la noche. El revisor los estaba esperando tomando un aperitivo y leyendo un periódico. Weisz lo condujo al coche, donde se acomodó en el asiento de atrás.

—Y ahora ese *cazzo*, ese capullo, nos tiene en Albania —espetó mientras deslizaba el *Liberazione* en una cartera de cuero de ferroviario que llevaba al hombro—. Y ha enviado allí a mi pobre sobrino. Un niño, diecisiete años, un chaval muy majo, amable, y seguro que lo matan, esos putos ladrones de cabras. ¿Lo has metido? —Dio unos golpecitos en la cartera de cuero.

—Sí —repuso Weisz.

—Lo leeré por el camino.

—Dile a Matteo que no nos olvidamos de él. —Salamone se refería al linotipista de Génova.

—Pobre Matteo.

—¿Qué le ha pasado? —La voz de Salamone era tensa.

—El hombro. Apenas puede mover el brazo.

—¿Se hizo daño?

—No, se está haciendo viejo, y ya sabes cómo es Génova: fría y húmeda, y últimamente no hay quien encuentre carbón, cuesta un ojo de la cara.

14 de abril, 10:40. En el tren de las 7:15 a Génova, el revisor se dirigió al furgón de equipajes y se sentó en un baúl. A solas, sin parada alguna hasta Lyon, se encendió un Panatela y se dispuso a leer el *Liberazione*. En parte ya sabía de qué iba, pero el editorial era desconcertante. ¿Qué estaban haciendo los alemanes? ¿Infiltrándose en la policía italiana? Aunque bueno... Eran iguales que ellos, los italianos. Así ardieran todos ésos en el infierno. Pero la viñeta lo hizo reír a carcajadas, y le gustó el artículo referente a la invasión de Albania. «Sí —pensó—, dadles en toda la cresta.»

15 de abril, 1:20. La imprenta de *Il Secolo*, el diario genovés, no se encontraba lejos de las enormes refinerías, en la carretera del puerto, y se pasaban las noches llevando vagones cisterna de un sitio a otro en la vía férrea que discurría por detrás. En tiempos mejores *Il Secolo* había sido el periódico democrático más antiguo de Italia; luego, en 1923, una venta forzosa lo había hecho caer

en manos de los fascistas, y la política editorial había cambiado. Pero Matteo, y muchos de los que trabajaban con él, no. Cuando terminó una tirada de octavillas para la asociación de farmacéuticos fascistas de Génova, el jefe de los talleres se pasó a dar las buenas noches.

—¿Te falta mucho?

—No.

—Venga, pues hasta mañana.

—Buenas noches.

Matteo esperó unos minutos y, acto seguido, puso en marcha la maquinaria para imprimir una tirada del *Liberazione*. ¿De qué iba esta vez? Albania, sí, todo el mundo coincidía en eso. «¿Por qué? ¿Por aquel pedregal?» Ésa era la última comidilla de la *piazza*, y como allí en todas partes: se escuchaba en el autobús, en los cafés. A Matteo le satisfacía enormemente su labor de impresión nocturna, aun cuando resultara peligrosa, ya que era una de esas personas a las que no les gustaba nada que las mangonearan, y ésa era la especialidad de los fascistas: obligar a uno a hacer lo que ellos querían, con una sonrisa. «Toma —pensó mientras hacía los ajustes y le daba a una palanca para imprimir un ejemplar de prueba—, súbete aquí y pedalea.»

16 de abril, 14:15. Antonio, que conducía su furgoneta de reparto de carbón de Génova a Rapallo, no leía el *Liberazione* porque no sabía leer. Bueno, no exactamente, pero tardaba lo suyo en descifrar cualquier cosa escrita, y en aquel periódico había un montón de palabras que desconocía. Repartir esos paquetes fue idea de su mujer —la hermana de ésta vivía en Rapallo y estaba casada con un judío que había sido propietario de un hotel—, y era evidente que, a sus ojos, ello había incrementado

su valía. Tal vez su esposa había tenido sus dudas cuando afrontó el hecho, a los dos meses de embarazo, de que había llegado la hora de casarse, pero ahora ya no. En casa nadie dijo nada, pero él notaba el cambio. Las mujeres sabían cómo decirle a uno algo sin decirlo.

La carretera de Rapallo discurría en línea recta una vez pasada la localidad de Santa Margherita, pero Antonio aminoró la velocidad e hizo girar el volante para meterse por un camino que subía hacia las colinas, al pueblo de Torriglia. A las afueras del pueblo se alzaba una villa grande y lujosa, la casa de campo de un abogado genovés, cuya hija, Gabriella, iba al instituto en Génova. Uno de los paquetes iba destinado a ella, para que lo repartiera. Tenía sus buenos dieciséis años y estaba para comérsela. No es que él, un hombre casado y simple dueño de una camioneta de reparto de carbón, tuviera ganas de probar nada, pero la chica le gustaba, y ella lo miraba de aquella manera. «Eres un héroe», o algo así. Para un hombre como Antonio, algo muy poco común y muy agradable. Esperaba que la chica tuviera cuidado con ese tejemaneje, porque la policía de Génova era bastante dura. Vale, quizá no todos los polis lo fueran, pero muchos sí.

17 de abril, 15:30. En el Colegio del Sagrado Corazón, sólo para señoritas, ubicado en el mejor barrio de Génova, el hockey sobre hierba era obligatorio, así que Gabriella pasó el final de la tarde correteando en bombachos, atizándole a una pelota con un palo y dando instrucciones a sus compañeras de equipo, instrucciones que rara vez seguían. Al cabo de veinte minutos las chicas tenían la cara roja y estaban sudorosas, y la hermana Perpetua las mandó sentarse para que se calmaran. Gabriella

se sentó en la hierba, junto a su amiga Lucia, y le informó de la llegada del nuevo *Liberazione*, que había escondido en su casa, aunque en la taquilla tenía diez ejemplares para Lucia y su novio secreto, un joven policía.

—Los cogeré más tarde —afirmó ésta.

—Repártelos deprisa —pidió Gabriella.

Lucia podía ser perezosa, y necesitaba que la pincharan de vez en cuando.

—Sí, ya lo sé, deprisa.

Con Gabriella no había nada que hacer, era una fuerza de la naturaleza, mejor no oponer resistencia.

Gabriella era la aspirante a santa del Colegio del Sagrado Corazón. Sabía lo que estaba bien, y cuando uno sabía lo que estaba bien, tenía que hacerlo. Eso era lo más importante en la vida, siempre lo sería. Los fascistas, tal como había visto, eran brutales y malvados. Y la maldad siempre había que vencerla, de lo contrario las cosas buenas del mundo, la belleza, la verdad y el amor, desaparecerían, y nadie querría vivir en él. Después de las clases recorrió en bicicleta el largo trayecto hasta su casa, los periódicos doblados bajo los libros de texto en la cesta, deteniéndose en una *trattoria*, un ultramarinos y una cabina de teléfonos junto a la estafeta de Correos.

19 de abril, 7:10. El teniente DeFranco, un agente de policía de la conflictiva zona portuaria de Génova, entraba en la comisaría del distrito a esa misma hora cada mañana. La garita de madera era una isla en medio del ajetreo generalizado que acompañaba la llegada del turno de día. La comisaría había sido renovada dos años antes —el gobierno fascista velaba por la comodidad de sus policías— y habían instalado retretes nuevos, de los de sentarse, en sustitución de los viejos retretes a la turca. El teniente

DeFranco encendió un cigarrillo y echó mano detrás de la taza para comprobar si había algo que leer esa mañana, y, por suerte, así era: un ejemplar del *Liberazione*.

Como de costumbre, se preguntó distraídamente quién lo habría dejado allí, pero era difícil saberlo. Algunos policías eran comunistas, quizá uno de ellos, aunque podía ser cualquiera que se opusiera al régimen por el motivo que fuese, idealismo o venganza. Últimamente la gente las mataba callando. En la primera página Albania, viñeta, editorial. No iban descaminados, pensó, si bien tampoco se podía hacer gran cosa. Con el tiempo Mussolini vacilaría, y los otros lobos caerían sobre él. Así funcionaban las cosas, siempre habían funcionado así en esa parte del mundo. Bastaba con esperar, pero mientras uno esperaba no estaba mal tener algo para leer con el ritual matutino.

A las diez y media de esa mañana, acudió a un bar del muelle frecuentado por los estibadores para mantener una charla con un ladrón de poca monta que de vez en cuando le pasaba algún que otro chisme. Entrado en años, el ladrón creía que, cuando al final lo cogieran trepando por una ventana, la ley quizá fuese algo más blanda con él, tal vez le cayera un año en lugar de dos, cosa que bien merecía alguna que otra charla con el poli del barrio.

—Ayer estaba en el mercado de verduras —comenzó, inclinándose sobre la mesa—. En el puesto de los hermanos Cuozzo, ¿lo conoce?

—Sí —aseguró DeFranco—. Lo conozco.

—Siguen a lo suyo.

—Eso creo.

—Porque, bueno, se acuerda de lo que le conté, ¿no?

—Que les vendió un fusil, una carabina, que había robado.

—Sí, señor. No mentía.

—¿Y?

—Bueno, que siguen allí. Vendiendo verdura.

—Estamos investigando. ¿No irá a decirme ahora cómo hacer mi trabajo?

—¡Teniente! ¡Jamás! Es sólo que, en fin, me extraña.

—Pues no se extrañe, no es bueno para usted.

El propio DeFranco no estaba seguro de por qué había desdeñado esa información. Si se ponía a ello probablemente diera con el fusil y arrestara a los hermanos Cuozzo, unos hombrecillos avinagrados y pendencieros que trabajaban de sol a sol. Pero no lo había hecho. ¿Por qué no? Porque no estaba seguro de lo que se proponían. Dudaba que pretendieran utilizarlo para saldar alguna disputa latente, dudaba que quisieran revenderlo. Era otra cosa. Tenía entendido que siempre andaban quejándose del gobierno. ¿Serían tan estúpidos como para instigar un levantamiento armado? ¿Podría suceder tal cosa?

Tal vez. Estaba claro que había una oposición feroz. Sólo palabras, por el momento, pero eso podía cambiar. No había más que ver a los del *Liberazione*, ¿qué era lo que decían? «Resistid. No os rindáis.» Y ésos no eran simples verduleros cabreados, antes de Mussolini eran gente importante, respetable. Abogados, profesores, periodistas. Uno no llegaba a esas profesiones pidiendo un deseo a una estrella. Con el tiempo era posible que se impusieran. Ellos sin duda lo creían. ¿Con armas? Tal vez, dependiendo de cómo marchara el mundo. Si Mussolini cambiaba de bando y los alemanes se presentaban en casa, lo mejor sería contar con un fusil. Así que, por el momento, que los hermanos Cuozzo lo conservaran. «Espera a ver —pensó—. Espera a ver.»

EL PACTO
DE ACERO

20 de abril de 1939.

—*Il faut en finir.*

«Esto tiene que terminar.» Eso dijo el cliente que ocupaba la silla contigua a la de Weisz en la barbería de Perini, en la rue Mabillon. No se refería a la lluvia, sino a la política, una opinión generalizada esa primavera. Weisz lo oyó en Mère no sé qué o Chez no sé cuántos, se lo oyó a madame Rigaud, propietaria del Hotel Dauphine, y a una mujer de aspecto digno que hablaba con su compañero en el café de Weisz. A los parisinos se les había agriado el humor. Las noticias nunca eran buenas, Hitler no se detenía. «*Il faut en finir*», cierto, aunque la naturaleza de ese final, algo típicamente galo, era críptica: *Alguien* ha de hacer *algo*, y estaban hartos de esperar.

—Esto no puede seguir así —apuntó el de la silla de al lado. Perini sostuvo en alto un espejo para que el hombre, volviéndose a izquierda y derecha, pudiera verse por detrás la cabeza—. Sí —aseguró—, me gusta.

—Perini le hizo una señal al limpiabotas, que le llevó al hombre el bastón y luego lo ayudó a bajarse trabajosamente del asiento—. La última vez me cogieron —les dijo a los de la barbería—, pero tendremos que pasar por ello otra vez.

Con un susurro compasivo, Perini soltó el batín protector que el cliente llevaba sujeto al cuello, lo retiró con un movimiento preciso, se lo entregó al limpiabotas y, acto seguido, agarró un cepillo y le dio un buen repaso al traje del cliente.

Era el turno de Weisz. Perini reclinó la silla, agarró con destreza una toalla humeante del calentador y envolvió con ella el rostro de Weisz.

—¿Lo de siempre, signor Weisz?

—Sí. Sólo recortar, no demasiado —puntualizó éste, la voz amortiguada por la toalla.

—¿Y un buen afeitado?

—Sí, por favor.

Weisz esperaba que el hombre del bastón estuviese equivocado, pero temía que no fuera así. La última guerra había sido un auténtico infierno para los franceses, carnicería tras carnicería hasta que las tropas no pudieron soportarlo más: se registraron sesenta y ocho amotinamientos en las ciento doce divisiones francesas. Intentó relajarse, el calor húmedo abriéndose paso por su piel. Detrás, en alguna parte, Perini canturreaba una ópera, satisfecho con el mundo de su establecimiento, convencido de que nada lo cambiaría.

El día veintiuno recibió una llamada en Reuters.

—Carlo, soy yo, Véronique.

—Conozco tu voz, cariño —repuso Weisz con dulzura.

Le sorprendía que lo llamase. Hacía unos diez días más o menos que lo habían dejado, y suponía que no volvería a saber de ella.

—Tengo que verte —pidió—. Inmediatamente.

¿De qué iba aquello? ¿Lo quería? ¿No podía soportar que la hubiese dejado? ¿Véronique? No, ésa no era la voz del amor perdido, algo la había asustado.

—¿Qué ocurre? —preguntó él con cautela.

—Por teléfono no, por favor. No me obligues a contártelo.

—¿Estás en la galería?

—Sí. Perdóname por...

—No pasa nada, no te disculpes, estaré ahí en unos minutos.

Al pasar ante el despacho de Delahanty, éste alzó la cabeza, pero no dijo nada.

Cuando Weisz abrió la puerta de la galería oyó un taconeo en el pulido suelo.

—Carlo —dijo ella.

Dudó: ¿le daba un abrazo? No, un leve beso en cada mejilla, luego un paso atrás. Era una Véronique desconocida: tensa, inquieta y un tanto vacilante. No estaba del todo seguro de que se alegrara de verlo.

A un lado, el fantasma de un Montmartre viejo y pasado con barba cana, y traje y corbata de los años veinte.

—Éste es Valkenda —informó ella, su voz traslucía gran fama y renombre.

En las paredes, una maraña de retratos de una muchacha desamparada y disoluta, casi desnuda, tapada aquí y allá por un chal.

—Claro —replicó Weisz—. Encantado de conocerlo.

Al hacer una reverencia, Valkenda cerró los ojos.

—Vamos al despacho —sugirió Véronique.

Se sentaron en sendas sillas doradas, altas y estrechas.

—¿Valkenda? —repitió Weisz, sonriendo a medias.

Véronique se encogió de hombros.

—Me los quitan de las manos —aclaró—. Y pagan el alquiler.

—Véronique, ¿qué ha pasado?

—Uf, me alegro de que hayas venido. —La confesión vino seguida de un escalofrío fingido—. Esta mañana vino a verme la Sûreté. —Recalcó la palabra, *ni más ni menos*—. Un tipejo horrible que se presentó aquí y me *interrogó*.

—¿Acerca de qué?

—De ti.

—¿Qué te preguntó?

—Dónde vivías, con quién andabas. Detalles de tu vida.

—¿Por qué?

—No tengo ni idea, dímelo tú.

—Es decir, ¿te dijo por qué?

—No. Sólo que eras un «sujeto de interés» en una investigación.

Pompon, pensó Weisz. Pero ¿por qué ahora?

—¿Un tipo joven? —quiso saber Weisz—. ¿Muy pulcro y correcto? ¿Llamado inspector Pompon?

—No, no, nada de eso. No era joven, y todo menos pulcro: tenía el cabello grasiento y las uñas negras. Y se llamaba de otra forma.

—¿Me dejas ver su tarjeta?

—No me la dio. ¿Suelen hacerlo?

—Generalmente sí. ¿Y el otro?

—¿Qué otro?

—¿Iba solo? Lo normal es que haya dos.

—No, esta vez no. Sólo el inspector... algo. Empezaba por «D», creo. O por «B».

Weisz se paró a pensar un instante.

—¿Estás segura de que era de la Sûreté?

—Eso dijo. Lo creí. —Al poco añadió—: Más o menos.

—¿Por qué dices eso?

188

—Bueno, no es más que *snobisme*, ya sabes. Pensé: ¿es ésta la clase de hombres que contratan? Había algo, no sé, algo ordinario en él, en su forma de mirarme.

—¿Ordinario?

—En su manera de hablar. Digamos que no era muy educado. Y no era parisino, eso se nota.

—¿Francés?

—Ah, sí, sin duda. De algún lugar del sur. —Hizo una pausa, el rostro se le demudó y dijo—: ¿Crees que era un impostor? ¿Qué está pasando? ¿Le debes dinero a alguien? Y no me refiero a un banco.

—Un gángster.

—No era como los de las películas, pero sus ojos nunca paraban quietos. Arriba y abajo, ¿sabes? Quizá pensara que era seductor, o fino. —A juzgar por la expresión de su cara, el tipo era de todo menos «fino»—. ¿Quién era, Carlo?

—No lo sé.

—Te ruego una explicación. Tú y yo no somos dos extraños. Tú sabes quién era.

¿Qué podía decirle? ¿Cuánto?

—Puede que tenga algo que ver con la política italiana, con los emigrados. Hay gente a la que no le caemos bien.

Los ojos de Véronique se abrieron de par en par.

—Pero ¿ese hombre no debería tener miedo de que averiguaras que era un impostor?

—La verdad es que a esa gente le da igual —contestó Weisz—. Quizá sea mejor así. ¿Te dijo que no contaras nada?

—Sí.

—Pero no lo has hecho.

—Pues claro que no. Tenía que decírtelo.

—No todo el mundo lo haría, ¿sabes? —repuso

Weisz. Guardó silencio un instante. Ella había sido valiente por él, y con su modo de mirarla a los ojos él le demostró que le estaba agradecido—. Verás, esto es un arma de doble filo: alguien sospecha que he cometido un delito y tú dejas de sentir lo mismo por mí o bien me lo cuentas y yo he de preocuparme por que me estén investigando.

Véronique sopesó lo que él acababa de decir, perpleja durante un momento, y luego comprendió:

—Carlo, eso es algo muy feo.

Él sonrió a pesar de todo.

—Sí, ¿no? —dijo.

De camino a la oficina, Weisz se tambaleaba en un abarrotado vagón del metro, los rostros a su alrededor pálidos y ausentes, y reservados. Había un poema sobre eso, escrito por un americano que adoraba a Mussolini. ¿Cómo era? Rostros como... como «pétalos en una rama húmeda y negra». Trató de recordar el resto, pero el tipo que había interrogado a Véronique no lo dejaba en paz. Tal vez fuese quien había dicho que era. Weisz no conocía de la Sûreté más que a los dos inspectores que lo habían interrogado, pero había otros, probablemente toda clase de gente. Así y todo había ido solo y no había dejado su tarjeta ni un número de teléfono. De Sûreté nada, la policía no actuaba así en ninguna parte. Con frecuencia, el mejor modo de recabar información era en privado, posteriormente, y todos los polis del mundo lo sabían.

No tenía ganas de afrontar lo que venía después: que era la OVRA, que operaba desde un puesto clandestino en París, valiéndose de agentes franceses, y lanzaba un nuevo ataque contra los *giellisti*. Deshacerse de

Bottini no había servido de nada, así que probarían con otra cosa. El momento era oportuno, habían visto el nuevo *Liberazione* la semana anterior y ésa era su respuesta. Funcionaba. Desde el instante en que salió de la galería había sentido cierta aprensión, volvía la cabeza literal y metafóricamente hablando. «Bueno —se dijo—, han conseguido lo que buscaban.» Y sabía que la cosa no se detendría ahí.

Salió del trabajo a las seis, vio a Salamone en el bar y le contó lo que había pasado, y a las ocho menos cuarto ya estaba en el Tournon, con Ferrara. Lo único que había tenido que hacer era olvidarse de la cena, pero a juzgar por cómo se sentía al anochecer, tampoco es que tuviera mucha hambre.

Estar con Ferrara lo hizo sentirse mejor. Weisz había empezado a comprender el punto de vista del señor Brown sobre el coronel: las fuerzas antifascistas no se encontraban constituidas únicamente por intelectuales torpes con gafas y demasiados libros, sino que también tenían de su parte a combatientes, auténticos combatientes. Y *Soldado de la libertad* avanzaba con rapidez, ya había llegado a la huida de Ferrara a Marsella.

Weisz se sentó en una silla, con la nueva Remington que le habían comprado en otra, a la altura de las rodillas. Mientras, Ferrara daba vueltas por la habitación, se sentaba en el borde de la cama, volvía a dar vueltas...

—Era extraño estar solo —afirmó—. La vida militar te mantiene ocupado, te dice lo que has de hacer en todo momento. Todo el mundo se queja de eso, se burla, pero tiene sus comodidades. Cuando dejé Etiopía... ya hemos hablado del barco, del buque cisterna griego, ¿no?

—Sí. El capitán Karazenis, alto y gordo, el gran contrabandista.

Ferrara sonrió al recordar.

—No lo hagas parecer demasiado sinvergüenza. Es decir, lo era, pero resultaba un placer estar a su lado, su respuesta al mundo cruel era robarle hasta la camisa.

—Así aparecerá en el libro. Lo llamaremos únicamente «el capitán griego».

Ferrara asintió.

—Bueno, el motor nos dio problemas frente a la costa de Liguria, cerca de Livorno. Fue un mal día. ¿Y si teníamos que entrar en un puerto italiano? ¿Me delataría algún miembro de la tripulación? Y a Karazenis le gustaba jugar conmigo, me dijo que tenía una novia en Livorno. Pero al final lo conseguimos, conseguimos a duras penas llegar a Marsella, y yo me fui a un hotel del puerto.

—¿Qué hotel era?

—No estoy seguro de que tuviera nombre, el letrero decía «Hotel».

—No lo pondré.

—No sabía que uno pudiera quedarse en ninguna parte por tan poco dinero. Chinches y piojos, pero ya conoces el viejo dicho: «La mugre y el hambre sólo importan ocho días.» Y yo pasé allí meses, y luego...

—Espera, espera, no tan deprisa.

Estuvieron dándole duro, Weisz martilleando las teclas, escupiendo páginas y más páginas. A las once y media decidieron dejarlo. El aire de la habitación estaba cargado de humo y en calma, Ferrara abrió los postigos y después la ventana, y entró una ráfaga del frío aire de la noche. Se asomó y miró a un lado y otro de la calle.

—¿Qué es eso tan interesante? —preguntó Weisz al tiempo que se ponía la chaqueta.

—Estas últimas noches he visto a un tipo merodeando por los portales.

—¿Ah, sí?

—Supongo que nos vigilan. O tal vez la palabra sea *custodian*.

—¿Se lo has comentado a alguien?

—No. No sé si tiene que ver conmigo.

—Deberías decírselo.

—Mmm. Puede que lo haga. Tú no crees que sea un... problema, ¿verdad?

—No tengo ni idea.

—Bueno, quizá lo pregunte. —Volvió a la ventana y miró a un lado y otro de la calle—. Ahora no está. Al menos no lo veo.

Las calles estaban desiertas cuando Weisz volvía al Dauphine, pero lo acompañaba una imaginaria Christa. Le habló del día que había tenido, dándole una versión divertida para hacerla reír. Luego, ya en su cuarto, cayó dormido y se reencontró con ella en sus sueños. La primera vez que hicieron el amor, en el yate, en el puerto de Trieste. Esa noche ella vestía un camisón de color perla, muy fresco, transparente, muy adecuado para un fin de semana de verano en el mar. Él percibió que ella sentía cierta afinidad con el camisón, así que no se lo quitó esa primera vez. Sólo desabrochó los botones. Esto los inspiró a ambos. Cuando Weisz despertó de su sueño, volvió a encontrarse inspirado, y entonces, en la oscuridad, revivió esos momentos una vez más.

La reunión de la redacción del *Liberazione* se celebró al mediodía del 29 de abril. Weisz fue corriendo al Europa, pero llegó el último. Salamone había estado esperándolo, y dio comienzo a la reunión en cuanto tomó asiento.

—Antes de que discutamos el siguiente número —dijo—, hemos de hablar un poco de nuestra situación.

—¿Nuestra situación? —repitió el abogado, alerta al percibir cierto dejo en la voz de Salamone.

—Están pasando algunas cosas que hemos de discutir. —Hizo una pausa y añadió—: Por una parte, a una amiga de Carlo la interrogó un hombre que se presentó como inspector de la Sûreté. Tenemos razones para creer que no era quien decía ser. Que era un agente fascista.

Un largo silencio. A continuación el farmacéutico dijo:

—¿Te refieres a la OVRA?

—Es una posibilidad que hemos de considerar. Así que paraos a pensar un minuto en vuestra vida. La vida cotidiana, cualquier cosa que no sea normal.

El abogado soltó una risa forzada:

—¿Normal? ¿Mi vida en la escuela de idiomas?

Pero nadie más lo encontró divertido.

El historiador de arte de Siena aseguró:

—En mi caso todo va como de costumbre.

Salamone, profiriendo un suspiro, confesó:

—Bueno, pues lo que a mí me ha pasado es que he perdido mi empleo. Me han despedido.

Durante un instante reinó un silencio absoluto, roto únicamente por los sordos sonidos de la vida del café al otro lado de la puerta. Al cabo Elena preguntó:

—¿Te dieron algún motivo?

—Mi superior no es que fuera muy claro. Algo de

que no trabajaba bastante, pero era mentira. Tenía otra razón.

—Crees que él también recibió una visita de la Sûreté —intervino el abogado—. Y no de la auténtica.

Salamone extendió las manos y enarcó las cejas. «¿Qué otra cosa voy a pensar?»

No podía ser más personal. Todos ellos trabajaban en lo que podían —el abogado en Berlitz, el profesor sienés de lector de contadores para la compañía del gas, Elena vendiendo calcetería en las Galerías Lafayette—, pero eso era algo habitual en el París de los emigrados, donde oficiales de caballería rusos conducían taxis. En la mesa se produjo la misma reacción: al menos *tenían* un empleo, ¿y si lo perdían? Y mientras Weisz, tal vez el más afortunado de todos, pensaba en Delahanty, el resto pensaba en sus respectivos jefes.

—Hemos sobrevivido al asesinato de Bottini —comentó Elena—. Pero esto... —No fue capaz de expresar en voz alta que era peor. Pero, a su manera, lo era.

Sergio, el empresario milanés que había acudido a París después de que se aprobaran las leyes antisemitas, afirmó:

—Arturo, por el momento no te preocupes por el dinero.

Salamone asintió.

—Te lo agradezco —repuso. Lo dejó ahí, pero lo que no hacía falta decir era que su benefactor no podía mantenerlos a todos—. Puede que haya llegado el momento de que nos planteemos qué queremos hacer ahora —prosiguió—. Es posible que haya quien no desee seguir con esto. Pensadlo detenidamente. Retirarse unos meses no significa que no podáis volver y retirarse unos meses tal vez sea lo que debáis hacer. No digáis nada ahora, llamadme por teléfono a casa o pasaos a verme, quizá sea lo mejor. Pensad en vosotros, en los que dependen de vosotros. No es una cuestión de honor, sino una cuestión práctica.

—¿Es el fin del *Liberazione*? —quiso saber Elena.

—Todavía no —replicó Salamone.

—Nos pueden sustituir —razonó el farmacéutico, más para sí mismo que para los demás.

—Así es —convino Salamone—. Y eso también va por mí. Con el *Giustizia e Libertà* de Turín acabaron en 1937, los arrestaron a todos. Y sin embargo nosotros estamos hoy aquí.

—Arturo —intervino el profesor de Siena--, yo trabajo con un rumano que en su día era profesor de ballet en Bucarest. Lo que quiero decir es... es que creo que se va dentro de unas semanas, a Estados Unidos. En fin, es una posibilidad..., la compañía del las. Tienes que bajar a los sótanos, a veces se ve una rata, pero no está tan mal.

—Estados Unidos —repitió el abogado—. Un tipo con suerte.

—No podemos irnos todos —dijo el profesor veneciano.

¿Por qué no? Pero nadie lo dijo.

Informe del agente 207, entregado en mano el 30 de abril en un puesto clandestino de la OVRA en el décimo distrito:

> El grupo Liberazione se reunió al mediodía del 29 de abril en el Café Europa. Asistieron los mismos sujetos de los anteriores informes. El sujeto SALAMONE informó de su despido de la compañía Assurance du Nord y planteó la posibilidad de que un agente encubierto lo hubiera difamado ante su jefe. SALAMONE insi-

nuó que una amiga del sujeto WEISZ había sido abordada de manera similar y advirtió al grupo de que tal vez deba reconsiderar su participación en la publicación del *Liberazione*. A continuación se celebró una reunión de la redacción en la que se trató la ocupación de Albania y el estado de las relaciones italoalemanas como posibles temas del siguiente número.

A la mañana siguiente, de un vacilante día primaveral, la verdadera Sûreté volvió a entrar en la vida de Weisz. Esa vez el mensaje llegó, gracias a Dios, al Dauphine, y no a Reuters, y decía simplemente: «Por favor, póngase en contacto conmigo inmediatamente»; incluía un número de teléfono y lo firmaba «monsieur», y no el «inspector», Pompon. Al levantar la vista del papel informó a madame Rigaud, que se hallaba al otro lado del mostrador de recepción: «Un amigo», como si sintiera la necesidad de dar una explicación. Ella se encogió de hombros. «La gente tiene amigos que llaman por teléfono. Mientras siga pagando, en el precio de la habitación incluimos la recogida de recados.»

Últimamente lo tenía preocupado. No era que ella hubiese dejado de mostrarse amable con él, sino que no la notaba igual de cálida. ¿Sería tan sólo otro cambio de humor típicamente galo, bastante común en esa ciudad cambiante, o algo más? En su actitud siempre había habido una visita nocturna en perspectiva. Bromeaba, pero ella le había hecho saber que su vestido negro podía llegar a esfumarse y que debajo había una recompensa especial para un buen chico como él. Las primeras semanas que pasó allí eso lo tuvo preocupado: ¿y si algo iba mal? ¿Era el sexo una condición encubierta del alquiler de la habitación?

Pero no era verdad, a ella simplemente le gustaba

flirtear con él, tomarle el pelo con la fantasía de la patrona verde, y con el tiempo empezó a relajarse y disfrutarlo. Tenía la cara y la mente afilada y el cabello teñido con alheña, pero el roce o el choque fortuitos —«*Oh, pardon, monsieur Weisz*»— revelaban a la verdadera madame Rigaud, curvilínea y prieta, y toda para él. Con el tiempo.

En la última semana aproximadamente aquello se había terminado. ¿Qué había pasado?

Camino del metro paró en una estafeta de Correos y llamó a Pompon, que sugirió quedar a las nueve de la mañana del día siguiente en un café que había frente a la ópera —en el vestíbulo del Grand Hotel—, y estaba muy cerca de la oficina de Reuters. Dicha solución era bien considerada y, «por favor», amable, y un día más se vio intentando trabajar mientras reprimía el impulso de hacer conjeturas. «Gran Bretaña y Francia ofrecen garantías a Grecia», lo cual implicaba hacer llamadas a Devoisin al Quai d'Orsay y a otras fuentes, buceando en los subterráneos de la diplomacia francesa, así como ponerse en contacto con la embajada griega y con el director de un periódico griego de emigrados: la versión parisina de la noticia.

Weisz trabajaba duro. Trabajaba por Delahanty, para demostrarle lo absolutamente crucial que era para la labor de Reuters; trabajaba por Christa, para no acabar conduciendo una furgoneta de reparto cuando ella fuera a París; trabajaba por los *giellisti*. El diario agonizaba, y perder su empleo era lo último que le faltaba. Y por su propio orgullo, no por dinero, sino por orgullo.

Fue una noche larga. Por la mañana, la reunión en el café y un asunto que, cayó en la cuenta, debía haber previsto.

—Ha llegado a nuestras manos un documento que fue enviado al ministerio de Asuntos Exteriores —anunció Pompon—. Un documento que debería darse a conocer. No de manera directa, sino encubierta, tal vez en un periódico clandestino.

¿Ah, sí?

—Contiene una información de la que se hizo eco el diario *Liberazione*, un rumor, decía, en su último número, pero aquello era un rumor, y lo que nosotros tenemos ahora es algo concreto. Muy concreto. Naturalmente sabemos que mantiene contacto con esos emigrados y alguien como usted, en su posición, sería una fuente plausible de dicha información.

Tal vez.

—El documento revela la infiltración alemana en el sistema de seguridad italiano, una infiltración a gran escala, por cientos, y darlo a conocer podría fomentar la animadversión hacia Alemania, hacia esa clase de tácticas, que resultan peligrosas para cualquier Estado. El rumor, tal como apareció publicado en el *Liberazione*, era provocador, pero el auténtico *listado* es otra cosa, podría causar verdaderos problemas.

¿Comprendía Weisz adónde quería llegar?

Bueno, lo que los franceses llamaban *un petit oui*, un pequeño *sí*.

—Llevo encima una copia del documento, monsieur Weisz, ¿le importaría echarle un vistazo?

Sí, claro.

Pompon abrió su maletín, sacó las páginas, dobladas de forma que entraran en un sobre, y se las entregó a Weisz. No era la lista que él había mecanografiado, sino una copia exacta. Desdobló las páginas y fingió estudiarlas, en un primer momento perplejo, luego interesado, al final fascinado.

Pompon sonrió. A todas luces la pantomima había funcionado.

—Todo un golpe maestro para el *Liberazione*, ¿no? Publicar la prueba fehaciente.

Él sin duda opinaba lo mismo, pero....

¿Pero?

La situación actual del periódico era incierta. A algunos miembros de la junta de redacción los estaban presionando. Había oído que tal vez el diario no sobreviviera.

¿Presionando?

Empleos perdidos, hostigamiento por parte de agentes fascistas.

Un Pompon silente se lo quedó mirando con fijeza. Las mesas de alrededor estaban ocupadas por parisinos parlanchines que habían ido de compras a las cercanas Galerías Lafayette, huéspedes del hotel guía en mano y una pareja de provincianos recién casados que discutían por dinero. Todo ello envuelto en nubes de humo y perfume. Camareros que pasaban volando. ¿Quién demonios había pedido pastelitos de crema a esa hora de la mañana?

Weisz esperaba, pero Pompon no mordió el anzuelo. O tal vez sí lo hiciera, pero de un modo que Weisz no advirtió. «Agentes fascistas fastidiando a emigrados» no era el tema del día, el tema del día era inducir a una organización de la Resistencia a que hiciera un trabajito por él. O por el ministerio de Asuntos Exteriores, o sólo Dios sabía para quién. De ese otro asunto se ocupaba un departamento distinto, al final del pasillo, un piso más arriba, y no dejarían que metieran sus curiosas narizotas en su cuidado jardín de emigrados. Pompon no, desde luego.

Al cabo, Weisz propuso:

—Hablaré con ellos, con los del *Liberazione*.

—¿Quiere quedarse esta copia? Nosotros tenemos más, aunque ha de tener mucho cuidado con ella.

No, prefería dejar el documento en manos de Pompon.

Tal como le había dicho en su momento a Salamone, era una *patata caliente*.

El taxi recorría a toda velocidad la noche parisina. Una suave noche de mayo, el aire cálido y tentador, media ciudad paseaba por los bulevares. Weisz se sentía perfectamente a gusto en su habitación, pero el encargado nocturno de Reuters lo había mandado, libreta y lápiz en mano, al Hotel Crillon.

—Es el rey Zog —informó por el teléfono del Dauphine—. La comunidad albanesa local lo ha descubierto y se está congregando en la plaza de la Concordia. Ve a echar un vistazo, ¿quieres?

El taxista de Weisz enfiló el Pont Royal, giró en St. Honoré, bajó unos pocos metros por la rue Royale y se detuvo detrás de una hilera de coches que se perdía entre la multitud. Estaban parados, y ahora tocaban el claxon, para que nadie se hiciera el listo. El taxista metió marcha atrás y le hizo señas al coche de atrás para que retrocediera.

—Yo no me quedo aquí —le dijo a Weisz—, esta noche no.

Weisz pagó, apuntó el importe y se bajó.

¿Qué hacía Zog, Ahmed Zogu, antiguo rey de Albania, allí? Expulsado por Mussolini, había ido errante por diversas capitales europeas, la prensa pisándole los talones, y al parecer había ido a parar al Crillon. Pero ¿la comunidad albanesa local? Albania era un montañoso reino perdido de los Balcanes —y eso era estar muy perdido—; independiente desde 1920, había sufrido el acoso, por el norte y por el sur, de Yugoslavia e Italia, hasta que Mussolini había acabado echándole el guante hacía un mes. Sin embargo, por lo que Weisz sabía, en París no existía una comunidad de refugiados políticos albaneses como tal.

En la rue Royale había un gentío, transeúntes curiosos en su mayor parte. Cuando Weisz consiguió abrirse paso y se plantó en la plaza de la Concordia se dio cuenta de que, fueran cuantos fuesen los albaneses que habían logrado llegar a París, estaban todos allí esa noche. Seiscientos o setecientos, calculó, más varios centenares de simpatizantes franceses. No habían ido los comunistas —no había banderas rojas—, lo que había en Albania era un pequeño dictador devorado por un gran dictador, sólo quienes pensaban que no era aceptable que una nación ocupara otra y los que pensaban que, con la buena noche que hacía, ¿por qué no ir dando un paseo hasta el Crillon?

Weisz se dirigió a la fachada del hotel, donde una sábana sujeta a dos postes que se mecían con el vaivén de la multitud decía algo en albanés. Allí además gritaban consignas. Weisz pilló los nombres «Zog» y «Mussolini», nada más. A la entrada del Crillon un montón de porteros y botones formaban una barrera de contención ante la puerta, y mientras Weisz miraba empezaron a aparecer polis, las porras golpeándoles las piernas, dispuestos a entrar en acción. En la fachada del hotel se veían huéspedes asomados, señalando aquí y allá, disfrutando del espectáculo. Luego se abrió una ventana de la última planta, en la habitación se encendió una luz, y un galán de refinado bigote se asomó e hizo el saludo zogista: la mano extendida, con la palma hacia abajo, y luego al corazón. ¡El rey Zog! Por detrás de la cortina alguien alargó una mano, y de pronto el rey lucía una gorra de general, cargada de galones de oro, sobre el batín de Sulka. La multitud prorrumpió en vítores, la reina Geraldine apareció junto al rey, y ambos saludaron con la mano.

Después un idiota —«elementos antizogistas entre la multitud», escribió Weisz— lanzó una botella que se rompió en pedazos delante de un botones, el cual perdió la gorrita al apartarse de un salto. A continuación el rey y la reina se alejaron de la ventana, y la luz se apagó. Al lado de Weisz un gigante barbado hizo bocina con las manos y chilló en francés: «Eso, tú huye, miedica», comentario que arrancó una risita a su menuda amiga y un airado grito en albanés desde algún lugar de la muchedumbre. En la planta superior se abrió otra ventana, y a ella se asomó un oficial con uniforme del ejército.

La policía comenzó a avanzar esgrimiendo las porras y obligando a la gente a despejar la entrada del hotel. La pelea se inició casi de inmediato. En la aglomeración se formaron violentos corrillos, otros empujaban y se abrían paso a empellones con la intención de quitarse de en medio. «*Ah* —dijo el gigante con cierta satisfacción—, *les chevaux.*» Los caballos. Había llegado la caballería; la policía montada, con sus largas porras, bajaba por la rue Gabriel.

—¿No le cae bien el rey? —le preguntó Weisz al gigante.

Necesitaba alguna cita de alguien, anotar unas frases, conseguir un teléfono, enviar la noticia e irse a cenar.

—No le cae bien nadie —contestó la amiga del gigante.

¿Qué sería?, se preguntó Weisz. ¿Comunista? ¿Fascista? ¿Anarquista?

Pero no llegó a saberlo.

Porque lo siguiente que supo fue que estaba en el suelo. Alguien a sus espaldas le había golpeado en la cabeza con algo, desconocía qué, lo bastante fuerte para derribarlo. No había sido una buena idea estar allí. Se le nubló la vista, un bosque de zapatos se apartó, y unas palabrotas indignadas imprecaron a alguien, al agresor, mientras éste sorteaba el gentío.

—Está sangrando —dijo el gigante.

Weisz se tocó el rostro y vio su mano roja. Tal vez se hubiera cortado con la afilada arista de un adoquín. Acto seguido empezó a palpar el suelo en busca de las gafas.

—Tome —ofreció alguien, un cristal roto, una sola patilla.

Otro metió las manos bajo las axilas de Weisz y lo levantó. Fue el gigante, que apuntó:

—Será mejor que nos larguemos de aquí.

Weisz oyó los caballos, trotando veloces hacia él. Sacó un pañuelo del bolsillo de atrás y se lo aplicó a la cabeza, dio un paso y estuvo a punto de caerse. Reparó en que sólo veía bien con un ojo, con el otro lo percibía todo desenfocado. Se apoyó en una rodilla. «Quizá esté herido», pensó.

La muchedumbre se dispersó a su alrededor, corriendo, perseguida por la policía montada y el balanceo de sus porras. Luego un poli parisino, viejo y duro, apareció a su lado. Weisz se había quedado solo.

—¿Puede ponerse en pie? —preguntó el poli.

—Creo que sí.

—Porque, si no puede, tendré que meterlo en una ambulancia.

—No, estoy bien. Soy periodista.

—Intente levantarse.

Le temblaban las piernas, pero lo consiguió.

—Quizá un taxi —sugirió.

—Cuando pasan estas cosas nunca andan cerca. ¿Qué le parece un café?

—Sí, buena idea.

—¿Vio quién lo golpeó?

—No.

—¿Tiene idea de por qué?

—Ni la más mínima.

El poli meneó la cabeza, veía demasiadas manifestaciones de la naturaleza humana y no le gustaba.

—Tal vez por pura diversión. De todas formas vamos a intentar llegar al café.

Sostuvo a Weisz por un lado y lo condujo despacio hasta la rue de Rivoli, donde un café para turistas se había vaciado nada más comenzar la trifulca. Weisz se desplomó en una silla, y un camarero le llevó un vaso de agua y un paño.

—No puede irse a casa así —comentó.

Weisz invitó a Salamone a cenar la noche siguiente con el objeto de animar a un amigo que tenía problemas. Quedaron en un pequeño restaurante italiano del decimotercer distrito, el segundo mejor de París, el primero propiedad de un conocido partidario de Mussolini, razón por la cual no podían ir.

—¿Qué te ha pasado? —preguntó Salamone cuando llegó Weisz.

Éste había ido a ver a su médico esa misma mañana y ahora lucía un vendaje en el lado izquierdo del rostro, que había acabado con serias contusiones al darse contra el áspero adoquín, y una hinchada marca roja bajo la sien del otro lado. Las gafas nuevas estarían listas en un día o dos.

—Una manifestación callejera la otra noche —repuso—. Alguien me golpeó.

—Ya lo creo. ¿Quién fue?

—No tengo ni idea.

—¿No hubo enfrentamiento?

—Estaba detrás de mí, huyó y no llegué a verlo.

—¿Cómo? ¿Que alguien te siguió? ¿Alguien... esto, a quien conozcamos?

—Me pasé la noche entera pensando en ello. Con un pañuelo en la cabeza.

—¿Y?

—Ninguna otra cosa tiene sentido. La gente no hace eso porque sí.

Salamone soltó una imprecación con más pena que enojo. Sirvió vino tinto de una gran frasca en dos vasos y, a continuación, le pasó a Weisz un bastoncillo de pan.

—Esto tiene que terminar —afirmó, el equivalente italiano de *il faut en finir*—. Y podría haber sido peor.

—Sí —convino Weisz—. También pensé en eso.

—¿Qué vamos a hacer, Carlo?

—No lo sé.

Le entregó a Salamone una carta y abrió la suya. Jamón curado, cordero con alcachofas tiernas y patatitas, verduras tempranas (del sur de Francia, supuso) y, para terminar, higos en almíbar.

—Un festín —alabó Salamone.

—Eso pretendía —contestó Weisz—. Para animarnos. —Alzó el vaso—. *Salute.*

Salamone bebió un segundo sorbo.

—Esto no es Chianti —aseguró—. Quizá sea Barolo.

—Es muy bueno —aprobó Weisz.

Miraron al dueño, que se hallaba junto a la caja registradora y cuya inclinación de cabeza, acompañada de una sonrisa, confirmó lo que había hecho: «Disfrutadlo, muchachos, sé quiénes sois.» A modo de agradecimiento, Weisz y Salamone levantaron sus vasos hacia él.

Weisz llamó al camarero y pidió la opípara cena.

—¿Te las arreglas? —le preguntó a Salamone.

—Más o menos. Mi mujer está enfadada conmigo, dice que basta de politiqueo. Y detesta la idea de vivir de la caridad.

—¿Y tus hijas?

—No dicen gran cosa, han crecido y tienen su vida. Tenían veintitantos cuando llegamos aquí, en el treinta y dos, y empiezan a ser más francesas que italianas. —Salamone hizo una pausa y añadió—: Por cierto, nuestro farmacéutico se ha ido. Va a tomarse unos meses libres, según dijo, hasta que las cosas se calmen. Y el ingeniero también. Dejó una nota. Lo lamenta, pero adiós.

—¿Alguien más?

—De momento no, pero perderemos algunos más antes de que esto termine. Con el tiempo podríamos acabar quedando Elena, que es una luchadora, nuestro benefactor, tú y yo, quizá el abogado, que se lo está pensando, y nuestro amigo de Siena.

—El eterno optimista.

—Sí, no hay muchas cosas que le preocupen. El signor Zerba se lo toma todo con calma.

—¿Sabes algo del trabajo en la compañía del gas?

—No, pero puede que tenga otra cosa, de otro amigo, en un almacén de Levallois.

—¡Levallois! Eso está lejos. ¿Llega hasta allí el metro?

—Cerca. Después de la última parada hay que coger un autobús o ir andando.

—¿Puedes usar el coche?

—Ese trasto... no. No creo. La gasolina es cara, y los neumáticos, en fin, ya sabes.

—Arturo, no puedes trabajar en un almacén, tienes cincuenta y... ¿qué? ¿Tres?

—Seis. Pero sólo se trata de verificar las cajas que entran y salen. Un amigo nuestro está más o menos al frente del sindicato, así que es una buena oferta.

El camarero se acercó con unos platos en los que había unas lonchas de un jamón de color ladrillo.

—Basta —dijo Salamone—. Ha llegado la cena, así que charlaremos de la vida y el amor. *Salute*, Carlo.

No hablaron de trabajo mientras duró la cena, que fue excelente: la pierna de cordero asada con ajo, las verduras tempranas frescas y bien escogidas. Cuando se terminaron los higos en almíbar y encendieron sendos cigarrillos para acompañar los expresos, Salamone apuntó:

—Supongo que la verdadera cuestión es que si no podemos protegernos nosotros mismos, ¿quién va a hacerlo? ¿La policía, los de la Préfecture?

—Es poco probable —replicó Weisz—. Verá, agente, estamos metidos en operaciones ilegales contra un país vecino y, como nos están atacando, nos gustaría que nos echara una mano.

—Creo que tienes razón. Técnicamente es ilegal.

—De técnicamente nada. Es ilegal, punto. Los franceses tienen leyes contra todo, sólo es cuestión de escoger una. De momento nos toleran, por conveniencia política, pero no creo que tengamos derecho a pedir protección. Mi inspector de la Sûreté ni siquiera admitirá que soy el director del *Liberazione*, aunque seguramente sepa que lo soy. Soy amigo del director, según él. Un enfoque muy francés.

—Así que estamos solos.

—Eso es.

—Entonces ¿cómo nos defendemos? ¿Qué armas usamos?

—No estarás hablando de armas de fuego, ¿no?

Salamone se encogió de hombros, y su «no» fue vacilante.

—Con influencias, favores, quizá. Eso también es francés.

—Y ¿qué hacemos a cambio? Aquí no se hacen favores por nada.

—No se hacen favores por nada en ninguna parte.

—El inspector de la Sûreté, como te decía, nos pidió que publicáramos la verdadera lista, la de Berlín. ¿Lo hacemos?

—*Mannaggia!* ¡No!

—Entonces ¿qué? —quiso saber Weisz.

—¿Qué tal te llevas con los ingleses últimamente?

—Joder, preferiría publicar la lista.

—Puede que estemos jodidos, Carlo.

—Puede. ¿Qué hay de la siguiente edición? ¿Nos despedimos de ella?

—Me parte el corazón, pero tenemos que sopesarlo.

—Vale —accedió Weisz—. Lo sopesamos.

Después de cenar, cuando iba de la parada de metro de Luxemburgo al Hotel Tournon para la sesión nocturna con Ferrara, Weisz pasó ante un coche que estaba aparcado de cara a él en la rue de Médicis. Era un coche poco común para ese barrio. No habría llamado la atención en el octavo, en los amplios bulevares, o en el pretencioso Passy, pero tal vez se hubiera fijado en él de todas formas. Porque era un coche italiano, un Lancia sedán de color champán, el mejor de la gama, con un chófer, con su gorra y su uniforme, sentado muy tieso al volante.

En la parte de atrás, un hombre con el cabello cano pulcramente peinado, el fijador reluciente, y un bigotito argénteo. En las solapas del traje de seda gris, una Orden de la Corona de Italia y una medalla de plata del Partido Fascista. Weisz conocía muy bien a esa clase de hombres: modales exquisitos, polvos perfumados y cierto desdén altanero hacia cualquiera que estuviera por debajo de él en la escala social, es decir, la mayor parte del mundo. Weisz aminoró el paso un instante, sin detenerse del todo, y continuó. Aquel titubeo momentáneo pareció despertar el interés del hombre de cabellos de plata, cuyos ojos reconocieron su presencia y luego se apartaron intencionadamente, como si la vida de Weisz careciera de importancia.

Cuando llegó a la habitación de Ferrara casi eran las nueve. Seguían en la época que el coronel pasó en Marsella, donde encontró empleo en un puesto de pescado, donde lo descubrió un periodista francés que lo calumnió en la prensa fascista italiana y donde, con el tiempo, entró en contacto con un tipo que reclutaba hombres para las Brigadas Internacionales, más o menos al mes de que Franco se sublevara contra el gobierno electo.

Luego, cuando empezó a preocuparle el número de páginas, Weisz reconduce a Ferrara hasta 1917 y los *Arditi*, la elite de las tropas de asalto, y hasta la fatídica derrota italiana en Caporetto, donde el ejército se dispersó, echando a correr. Una humillación nacional que, cinco años después, tuvo bastante que ver con el nacimiento del fascismo. En vista de los ataques con gas mostaza lanzados por regimientos alemanes y austro-húngaros, numerosos soldados italianos se deshicieron de sus fusiles y se dirigieron al sur gritando: «*Andiamo a casa!*» Vamos a casa.

—Pero nosotros no —dijo Ferrara, la expresión adusta—. Tuvimos nuestras bajas y nos retiramos porque teníamos que hacerlo, pero no dejamos de matarlos.

Mientras Weisz tecleaba llamaron tímidamente a la puerta.

—¿Sí? —dijo Ferrara.

La puerta se abrió y apareció un hombrecillo desastrado que preguntó en francés:

—Y bien ¿cómo va el libro esta noche?

Ferrara lo presentó como monsieur Kolb, uno de sus guardaespaldas y el agente que lo había sacado del campo de internamiento. Kolb repuso que estaba encantado de conocer a Weisz y luego consultó el reloj.

—Son las once y media —anunció—, hora de que los buenos escritores estén en la cama o armándola ahí fuera. Les propongo esto último, si les apetece.

—¿Armándola? —inquirió Ferrara.

—Es una expresión. Significa pasar un buen rato. Pensamos que tal vez le apeteciera ir hasta Pigalle, a algún lugar de mala reputación. Beber, bailar, quién sabe. El señor Brown dice que se lo ha ganado, que no puede pasarse los días encerrado en este hotel.

—Iré si tú quieres —le dijo Ferrara a Weisz.

Este último estaba agotado. Tenía tres ocupaciones, y el esfuerzo comenzaba a afectarlo. Peor aún, el expreso que se había tomado antes no había contrarrestado el Barolo que había compartido con Salamone. Pero todavía tenía en mente la conversación que habían mantenido, y una charla con un secuaz del señor Brown tal vez no fuera mala idea, mejor que abordar directamente al señor Brown.

—Vayamos —propuso Weisz—. Tiene razón, no puedes estar siempre encerrado aquí.

Era evidente que Kolb presentía que accederían, tenía un taxi esperando ante el hotel.

La plaza Pigalle era el corazón de la vida licenciosa de París, pero los clubes nocturnos, iluminados por neones, se sucedían uno tras otro por el bulevar Clichy, sugiriendo pecado en abundancia para todos los gustos. En París no escaseaba el pecado, desplegado en conocidos burdeles. Había salas de sadomaso, harenes de chicas cubiertas con velos y bombachos, erotismo de altos vuelos —en las paredes instructivos grabados japoneses— o del sórdido y asqueroso, pero aquel supuesto núcleo del pecado tenía que ver más bien con la promesa del mismo que se ofrecía a las hordas de turistas, salpicadas de marineros, matones y chulos. El Gay Paree. El famoso Moulin Rouge y las faldas levantadas de sus bailarinas de cancán. La Bohème, en Impasse Blanche. Eros. Enfants de la Chance. El Monico. El Romance Bar. Y Chez les Nudistes, la elección de Kolb, y probablemente la del señor Brown, para esa velada.

El adjetivo nudista del nombre del local describía a las mujeres, vestidas únicamente con tacones de aguja y pulverulenta luz azulada, pero no a los hombres, que bailaban con ellas al lento compás de Momo Tsipler y sus Wienerwald Companions, según decía un letrero situado en el rincón de una plataforma. Eran cinco, incluyendo al violoncelista en activo más anciano del mundo; un violinista menudo, el cigarrillo en la comisura de la boca, ondas de pelo blanco sobre las orejas; Rex, el batería; Hoffy, al clarinete; y el propio Momo, con un esmoquin verde metálico, sobre el taburete del piano. Una orquesta cansina, a la deriva en el mar del club, lejos de su Viena natal, que tocaba una versión sensiblera de *Let's fall in love* mientras las parejas daban vueltas en círculos arrastrando los pies, ejecutando los pasos de baile que los clientes supieran.

Weisz se sentía como un idiota. Ferrara le leyó el pensamiento y miró al techo: «¿Qué hemos hecho?» Los condujeron a una mesa. Kolb pidió champán, la única bebida disponible, que les sirvió una camarera ataviada con una riñonera que pendía de un fajín rojo.

—No querrá el cambio, ¿verdad? —preguntó.

—No —respondió Kolb, aceptando lo inevitable—, supongo que no.

—Muy bien —contestó ella, la retaguardia azul bamboleándose mientras se alejaba parsimoniosa.

—¿Qué será, griega? —aventuró Kolb.

—Por ahí le va —conjeturó Weisz—. Tal vez turca.

—¿Prefieren ir a otro sitio?

—¿Tú qué dices? —le preguntó Weisz a Ferrara.

—Bueno, vamos a bebernos esto, seguro que luego lo vemos con otros ojos.

Les costó lo suyo. El champán era espantoso y apenas estaba frío, pero acabó levantándoles la moral, y evitó que Weisz se quedara dormido sobre la mesa. Momo Tsipler entonaba una canción de amor vienesa, y Kolb se puso a hablar de la Viena de los viejos tiempos, antes de la anexión —de cuando el retaco de Dollfuss, canciller de Austria hasta que los nazis lo mataron en 1934— y de la curiosísima personalidad de la ciudad: la mucha cultura y poca vida amorosa.

—Todas esas Fraus pechugonas en las pastelerías, mirando por encima del hombro, recatadas en todo momento, en fin... Conocí a un tipo llamado Wolfi, vendedor de ropa interior femenina, y me dijo...

Ferrara pidió que lo disculparan y desapareció entre la multitud. Kolb siguió contando su historia durante un rato y guardó silencio cuando el coronel apareció con una pareja de baile. Kolb se los quedó mirando un instante y dijo:

—Esto dice mucho de él: sin duda ha elegido la mejor.

Era cierto. Tenía el cabello rubio dorado recogido a

la francesa y unos morritos acentuados por el grueso labio inferior, y un cuerpo ágil y excesivo a un tiempo que a todas luces gustaba de exhibir, todo él vivo y animado cuando bailaba. A decir verdad hacían buena pareja. Momo Tsipler, los dedos corriendo por el teclado, volvió la cabeza en el taburete para ver mejor y después les hizo un grandilocuente guiño, cargado de intención.

—Me gustaría preguntarle algo —comenzó Weisz.

Kolb no estaba muy seguro de querer que le preguntaran nada. Había percibido sin lugar a dudas cierto tonillo en la voz de Weisz, lo había oído antes, y siempre precedía a preguntas que tenían que ver con su profesión.

—¿Ah, sí? ¿De qué se trata?

Weisz le expuso una versión reducida del ataque de la OVRA al comité del *Liberazione*: el asesinato de Bottini, el interrogatorio a Véronique, la pérdida del empleo de Salamone, su propia experiencia en la plaza de la Concordia.

Kolb sabía de sobra de qué le estaba hablando.

—¿Qué quiere? —repuso.

—¿Puede ayudarnos?

—Yo no —negó Kolb—. No tomo esa clase de decisiones, tendría que preguntárselo al señor Brown, que a su vez tendría que preguntárselo a otro, y creo que la respuesta final sería «no».

—¿Está seguro?

—Bastante. Nuestro cometido siempre se lleva a cabo discretamente, uno hace lo que tiene que hacer y luego se desvanece en la noche. No estamos en París para enzarzarnos en una pelea con otro servicio. Mal asunto, Weisz, no es la forma de hacer este trabajo.

—Pero ustedes luchan contra Mussolini. Sin duda el gobierno británico está en contra de él.

—¿Qué le hace suponer eso?

—Por ustedes se está escribiendo un libro antifascista. Han creado un héroe de la oposición, y eso no va a desvanecerse en la noche.

A Kolb le divertía aquello.

—Escrito, sí. Publicado, ya veremos. No poseo información detallada, pero le apostaría diez francos a que los diplomáticos se están esforzando por poner de nuestro lado a Mussolini, como la última vez, como en 1915. Si eso no funciona, tal vez lo ataquemos, y ése será el momento en que aparecerá el libro.

—De todas formas, pase lo que pase políticamente, querrán contar con el apoyo de los emigrados.

—Siempre es bueno tener amigos, pero no constituyen el elemento crucial, ni por asomo. El nuestro es un servicio tradicional, y operamos basándonos en supuestos clásicos, lo que quiere decir que nos centramos en las tres «ces»: corona, capital y clero. Ahí es donde reside la influencia. Un Estado cambia de bando cuando el dirigente, el rey, el primer ministro, o comoquiera que guste de llamarse, lo decide. Cuando el dinero, los magnates de la industria y los líderes religiosos —independientemente del dios al que recen— quieren una política nueva, es cuando cambian las cosas. Los emigrados pueden echar una mano, pero es sabido que son un coñazo, cada día causan un problema distinto. Perdóneme, Weisz, por ser franco, pero lo mismo ocurre con los periodistas. Los periodistas trabajan para otros, para el capital, que es quien les dicta lo que tienen que escribir. Las naciones están gobernadas por oligarquías, por quienquiera que sea poderoso, y ahí es donde volcará sus recursos cualquier servicio, y eso es lo que estamos haciendo en Italia.

A Weisz no se le daba muy bien ocultar sus reacciones, y Kolb vio lo que sentía.

—¿Acaso le estoy contando algo que no supiera ya?

—No, todo tiene sentido, pero no sabemos adónde acudir, y vamos a perder el periódico.

La música cesó, era hora de que los Wienerwald Companions se tomaran un respiro. El batería se enjugó el rostro con un pañuelo, el violinista encendió otro cigarrillo. Ferrara y su pareja se dirigieron al bar y esperaron a que les sirvieran.

—Mire —repuso Kolb—, está trabajando de firme para nosotros, despreocúpese del dinero. Brown aprecia lo que está haciendo, por eso se le ha invitado a pasar una noche en grande. Naturalmente esto no significa que vaya a meternos en una guerra con los italianos, por cierto, esta conversación nunca ha tenido lugar, pero tal vez, si nos ofrece algo a cambio, podamos hablar con alguno de los servicios franceses.

Ferrara y su nueva amiga se acercaron a la mesa, en la mano un cóctel de champán. Weisz se puso en pie para ofrecerle su silla, pero ella rehusó y se sentó en las rodillas de Ferrara.

—Hola a todos —saludó—. Soy Irina. —Tenía un fuerte acento ruso.

Después hizo caso omiso de ellos y empezó a moverse en el regazo de Ferrara, jugueteando con su cabello, soltando risitas y dando la nota, susurrándole al oído en respuesta a lo que quiera que él le estuviese diciendo. Al cabo Ferrara le dijo a Kolb:

—No se preocupe por mí. —Y a Weisz—: Te veo mañana por la noche.

—Podemos llevarlo en taxi donde nos diga —ofreció Kolb.

Ferrara sonrió.

—No se preocupe. Sabré llegar solo a casa.

A los pocos minutos se fueron, Irina colgada de su

brazo. Kolb les dio las buenas noches y les concedió unos minutos, los suficientes para que ella se vistiera. Consultó el reloj y se levantó dispuesto a marcharse.

—Hay noches que... —observó, lanzando un suspiro, y se detuvo ahí.

Weisz se percató de que aquello no le agradaba: ahora tendría que pasarse horas, probablemente hasta el alba, sentado en el asiento trasero del taxi vigilando un portal sólo Dios sabía dónde.

11 de mayo. Salamone convocó una reunión del comité de redacción a mediodía. Cuando Weisz llegó, subiendo la calle a la carrera, vio a Salamone y a otros cuantos *giellisti* en silencio ante el Café Europa. ¿Por qué? ¿Estaba cerrado? Cuando se acercó a ellos vio la razón. Unas tablas claveteadas en la puerta obstruían la entrada. Dentro, estantes de botellas rotas se alzaban por encima de la barra, frente a una pared carbonizada. El techo estaba negro, al igual que las mesas y las sillas, tiradas de cualquier modo por el suelo de baldosas, entre charcos de agua negra. El olor amargo a fuego extinguido, a yeso y pintura quemados, flotaba en el aire de la calle.

Salamone no hizo comentario alguno. Su rostro lo decía todo. El resto, las manos en los bolsillos, recibió a Weisz con un saludo apagado. Al cabo Salamone dijo:

—Supongo que tendremos que reunirnos en otra parte.

Pero su voz sonó baja y tenía un deje de frustración.

—Quizá en la cafetería de la estación, en la Gare du Nord —propuso el benefactor.

—Buena idea —alabó Weisz—. Sólo está a unos minutos andando.

Pusieron rumbo a la estación y entraron en la abarrotada cafetería. El camarero era servicial, les asignó una mesa para cinco, pero había gente alrededor y muchos miraron cuando el triste grupito se acomodó y pidió café.

—No es un sitio muy tranquilo para hablar —comentó Salamone—. Aunque tampoco creo que haya mucho que decir.

—¿Estás seguro, Arturo? —preguntó el profesor de Siena—. Es decir, impresiona ver algo así. No creo que fuera un accidente.

—No, no fue un accidente —corroboró Elena.

—Quizá no sea el momento apropiado para tomar decisiones —apuntó el benefactor—. ¿Por qué no esperamos un día o dos a ver?

—Me gustaría mostrarme conforme —contestó Salamone—, pero esto ya se ha prolongado bastante.

—¿Dónde está todo el mundo? —quiso saber Elena.

—Ése es el problema, Elena —replicó Salamone—. Ayer hablé con el abogado. No renunció, oficialmente, pero cuando llamé por teléfono me dijo que habían entrado a robar en su apartamento. Un lío de narices. Se pasaron toda la noche intentando limpiarlo, lo habían tirado todo por el suelo, había vasos y platos rotos.

—¿Llamó a la policía? —se interesó el profesor sienés.

—Sí. Dijeron que esas cosas pasan a todas horas. Le pidieron una lista de los objetos robados.

—¿Y nuestro amigo de Venecia?

—No sé —reconoció Salamone—. Dijo que vendría, pero no se ha presentado, así que ahora sólo quedamos nosotros cinco.

—Con eso basta —aseguró Elena.

—Creo que hemos de posponer el próximo número —afirmó Weisz para evitar que tuviera que decirlo Salamone.

—Y darles lo que quieren —observó Elena.

—La verdad es que no podemos seguir hasta que demos con la manera de contraatacar, y hasta ahora a nadie se le ha ocurrido cómo hacerlo —opinó Salamone—. Suponiendo que algún detective de la Préfecture accediera a encargarse del caso, ¿qué pasaría? ¿Asignaría a veinte hombres para vigilarnos a todos nosotros? ¿Día y noche? ¿Hasta que cogieran a alguien? Eso no va a pasar, y la OVRA lo sabe perfectamente.

—Entonces ¿es el fin? —preguntó el profesor de Siena.

—Es un aplazamiento —corrigió Salamone—. Que tal vez sea una palabra más agradable que «fin». Sugiero que dejemos pasar un mes, que esperemos hasta junio, antes de reunirnos de nuevo. Elena, ¿estás de acuerdo?

Ésta se encogió de hombros para no tener que pronunciar las palabras.

—¿Sergio?

—Conforme —repuso el benefactor.

—¿Zerba?

—Yo lo que diga el comité —contestó el profesor de Siena.

—¿Carlo?

—Esperaremos a junio —fue la respuesta de Weisz.

—Muy bien, por unanimidad.

En un informe destinado a la OVRA que entregó en París al día siguiente, el agente 207 informó puntualmente de la decisión y el voto del comité. Lo cual significaba, para la dirección de la Pubblica Sicurezza en Roma, que la operación aún no estaba concluida. Su objetivo era acabar con el *Liberazione* —no posponer su publicación— y dar ejemplo, hacer que los otros, comunistas, socialistas, católicos, vieran lo que les ocurría a quienes osaban enfrentarse al fascismo. Además, creían firmemente en el proverbio inglés del siglo XVII, acuñado en la guerra civil, que decía: «El que desenfunda su espada contra el príncipe no puede devolverla a la vaina.» Ateniéndose a tal criterio, decidieron que la operación de París, tal como estaba prevista, con fechas, objetivos y acciones, seguiría en marcha.

El revisor del expreso de las 7:15 París-Génova fue contactado el 14 de mayo. Después de que el tren saliera de la estación de Lyon, los pasajeros dormían o leían o veían pasar por la ventanilla los campos en primavera, y el revisor se dirigió al furgón de equipajes, donde se topó con dos amigos, un camarero del vagón restaurante y un mozo del coche cama, que jugaban mano a mano a la *scopa*, con un pequeño baúl a modo de mesa. «¿Juegas?», le preguntó el camarero. El revisor dijo que sí y dieron cartas.

Estuvieron jugando un rato, chismorreando y bromeando, hasta que el sonido del tren, el ritmo de la locomotora y de las ruedas aumentaron bruscamente cuando se abrió la puerta del vagón. Alzaron la vista y vieron a un inspector uniformado de la Milizia Ferroviaria, la policía del ferrocarril, llamado Gennaro, un tipo al que conocían desde hacía años.

La policía ferroviaria era la manera que tenía Mussolini de mantener su logro más destacado: que los trenes fueran puntuales. Era el resultado de un enérgico esfuerzo realizado a principios de los años veinte, después de que un tren que se dirigía a Turín llegara con cuatrocientas horas de retraso. Un poco demasiado tarde. Pero de eso hacía mucho, eran los tiempos en que Italia parecía seguir a Rusia en el camino del bolchevismo, y los trenes se detenían durante largos periodos para que los trabajadores del ferrocarril pudieran participar en mítines políticos. Aquellos días habían terminado, pero la Milizia Ferroviaria continuaba en los trenes, ahora para investigar delitos contra el régimen.

—Gennaro, ven a jugar a la *scopa* —le propuso el camarero, y el inspector arrimó una maleta al baúl.

Repartieron de nuevo y comenzaron otra partida.

—Dime —le espetó Gennaro al revisor—, ¿has visto alguna vez a alguien en este tren con uno de esos periódicos clandestinos?

—¿Periódicos clandestinos?

—Venga, sabes de sobra a qué me refiero.

—¿En este tren? ¿Quieres decir a un pasajero leyéndolo?

—No. A alguien que los lleva a Génova. En un fardo, quizá.

—Yo no. ¿Tú has visto algo? —le preguntó al camarero.

—No, nunca.

—¿Y tú? —le dijo al mozo.

—No, yo tampoco. Claro que si son los comunistas jamás te enterarías, lo harían de alguna forma secreta.

—Cierto —admitió el revisor—. Tal vez debieras buscar a los comunistas.

—¿Están en este tren?

—¿En este tren? No, no, para nada. Con esa gente no hay forma de hablar.

—Entonces crees que son los comunistas —insistió Gennaro.

El camarero jugó un tres de copas, el revisor respondió con un seis de oros y el mozo exclamó:

—¡Ajá!

Gennaro clavó la vista en sus cartas un instante y luego repuso:

—Pero no es un periódico comunista. Eso es lo que me han dicho.

—Entonces ¿de quién es?

—De los GL, dicen que es su diario. —Dejó un seis de copas con cautela.

—¿Estás seguro de que quieres hacer eso? —se cercioró el camarero.

Gennaro asintió, y el camarero hizo baza con una sota de espadas.

—¿Quién sabe? —aventuró el revisor—. Para mí esos políticos son todos iguales. Lo único que hacen es discutir, no les gusta esto, no les gusta lo otro. *Va Napoli*, es lo que yo les digo. —Marchaos a Nápoles, o sea, id a tomar por el culo.

El camarero dio cartas.

—A lo mejor está en el equipaje —conjeturó el camarero—. Podríamos estar jugando encima de esos periódicos.

Gennaro echó un vistazo a su alrededor, a los baúles y maletas que había amontonados.

—Los registran en la frontera —contestó.

—Cierto —aseguró el revisor—. Ése no es tu trabajo. No pueden esperar que tú lo hagas todo.

—La verdad, nos habríamos fijado en un fardo de periódicos atado con una cuerda —comentó el mozo—. Seguro.

—Y nunca lo habéis visto, ¿no? Estáis seguros.

—Hemos visto un montón de cosas en este tren, pero eso nunca.

—¿Y tú? —le dijo Gennaro al revisor.

—No recuerdo haberlo visto. Una vez vi un cerdo en una caja, ¿os acordáis?

El camarero se echó a reír, se tapó la nariz con el pulgar y el índice y contestó:

—¡Aghh!

—Y a veces suben un muerto, en un ataúd —añadió el revisor—. Quizá debieras buscar ahí.

—Sí, un muerto leyendo un periódico, Gennaro —observó el camarero—. Te darían una medalla.

Todos rompieron a reír y siguieron jugando a las cartas.

El 19 de mayo un informador en Berlín, un telefonista del Hotel Kaiserhof, le contó a Eric Wolf, de la agencia Reuters, que se estaban llevando a cabo preparativos para que el conde Ciano, el ministro de Asuntos Exteriores de Italia, visitara Berlín. Se habían reservado habitaciones para funcionarios extranjeros y cronistas de la agencia Stefany, la agencia de noticias italiana. Un agente de viajes de Roma, que esperaba para hablar con alguien en recepción, le había contado al telefonista lo que pasaba.

A las once de la mañana Delahanty llamó a Weisz a su despacho.

—¿Qué tienes entre manos? —quiso saber.

—*Bobo*, el perro que habla en St. Denis. Acabo de volver.

—Y ¿habla?

—Dice —Weisz ahuecó la voz hasta emitir un grave gruñido y ladró—: «*Bonjour*» y «*ça va*».

—¿De veras?

—Más o menos, si escuchas con atención. El dueño trabajaba en el circo. Es un perro muy mono, de raza mil leches, mugriento, quedará estupendamente en la foto.

Delahanty meneó la cabeza fingiendo desesperación.

—Puede que haya noticias más importantes. Eric

Wolf ha cablegrafiado a la central de Londres y nos han llamado: Ciano va a ir a Berlín con un gran séquito, y la agencia Stefany estará presente. Una visita oficial, no sólo negociaciones, y, a juzgar por lo que hemos oído, un acontecimiento de suma importancia, un tratado llamado el Pacto de Acero.

Tras unos instantes Weisz repuso:

—Así que es eso.

—Sí, al parecer han terminado de hablar. Mussolini va a firmar con Hitler. —La guerra, mientras Weisz estaba sentado en el sucio despacho, había avanzado un paso—. Tendrás que ir a casa a hacer la maleta, luego irás a Le Bourget, desde donde saldrás en avión. El billete te llegará al hotel por un correo. El vuelo es a la una y media.

—¿Nos olvidamos de *Bobo*?

Delahanty parecía en un aprieto.

—No, déjale el puto perro a Woodley, que use tus notas. Lo que Londres quiere de ti es la opinión italiana, el punto de vista de la oposición. En otras palabras, monta el circo si se trata de lo que creemos, arma un follón de dos pares de narices, lo que sea. Son *malas* noticias para Gran Bretaña y para todos nuestros suscriptores, y así lo tienes que decir.

Camino del metro, Weisz se pasó por la American Express y le envió un mensaje a Christa a su oficina de Berlín. «Salgo de París hoy envía correo tía Magda espero verla esta noche Hans.» *Magda* era uno de los lebreles, Christa lo entendería.

Weisz llegó al Dauphine a los veinte minutos y preguntó en recepción, pero su billete aún no estaba. Se sentía muy agitado cuando subió las escaleras deprisa y corriendo, la cabeza en mil cosas, que si aquí, que si allá.

Se dio cuenta de que, en el club nocturno, Kolb había pecado de optimista: los diplomáticos británicos habían fallado y habían perdido a Mussolini como aliado, lo cual, en opinión de Weisz, era una pena, pues ahora su país se encontraba en verdadero peligro y sufriría. Y, si los acontecimientos se desarrollaban como él pensaba, Italia se vería obligada a entrar en guerra, una guerra que acabaría mal. Con todo, por extraño que fuera el discurrir de la vida, la explosión política que se avecinaba significaba que el *Liberazione, su* guerra, tal vez pudiera salvarse. Una visita a Pompon y la maquinaria de la Sûreté se pondría en marcha, ya que una operación italiana, pronto una operación *enemiga*, sería vista desde un prisma completamente distinto, y lo que ocurriera a continuación escaparía con mucho a los esfuerzos de un detective adormilado de la Préfecture.

Pero para Weisz también significaba mucho más que todo eso. Mientras subía la escalera los asuntos de Estado se iban desvaneciendo como el humo, sustituidos por visiones de lo que pasaría cuando Christa entrara en su habitación. Tenía la imaginación desbordada, primero esto y luego lo otro. No, al revés. Era cruel sentirse feliz esa mañana, pero no podía evitarlo. Si el mundo insistía en irse al diablo, por mucho que él, que otro, intentara hacer, esa noche él y Christa robarían unas cuantas horas a la vida en su mundo privado. La última oportunidad, quizá, pues el otro mundo no tardaría en ir en su busca, y Weisz lo sabía.

Sin aliento debido a los cuatro pisos, Weisz se detuvo en la puerta al oír unos pasos por la escalera. ¿Sería el portero del hotel, con su billete de avión? No, los pasos eran firmes y resueltos. Weisz esperó y vio que no se equivocaba, no era el portero, sino el nuevo inquilino, que venía por el pasillo.

Weisz ya lo había visto dos días antes, pero no reparó mucho en él, no sabría decir exactamente por qué. Era un tipo corpulento, alto y gordo, que llevaba un impermeable y un sombrero de fieltro negro. Su rostro, moreno, tosco, reservado, le recordó a Weisz el sur de Italia. Era la clase de rostro que se veía allí. ¿Sería italiano? Weisz lo ignoraba. Lo saludó la primera vez que coincidieron en el vestíbulo, pero su respuesta fue sólo un brusco movimiento de cabeza. No dijo nada. Y ahora, curiosamente, hizo lo mismo.

En fin, hay gente para todo. Una vez en la habitación, Weisz sacó la maleta del armario y, con la facilidad propia del viajero experimentado, se puso a doblar y hacer el equipaje. Ropa interior y calcetines, una camisa de más... ¿un viaje de dos días? Mejor tres, pensó. ¿Jersey? No. Pantalones de franela gris, lo cual convertía la chaqueta del traje en una americana de sport, o al menos eso le gustaba creer. En un neceser de piel, cepillo de dientes, dentífrico... ¿había bastante? Sí. Navaja de afeitar pasada de moda, la llamada verduguillo, que en su día fue de su padre y que él había conservado durante todos esos años. Jabón de afeitar. La colonia Chipre, con aroma a ciprés. Christa dijo que era agradable. ¿Se echaba algo para el viaje? No, ella no estaría en el aeropuerto, así que ¿por qué oler bien para el *Kontrol* de la aduana?

Llamaron a la puerta. Ah, el billete. Salió al descansillo, pero no se encontró con el portero, sino con el nuevo inquilino, el sombrero puesto, una mano en el bolsillo del impermeable. Se quedó mirando a Weisz fijamente y después echó un vistazo al cuarto. A Weisz se le paró el corazón. Retrocedió medio paso y dijo sin resuello: «Disculpe.» Dejó pasar al hombre y fue hacia la escalera mientras decía:

—¿Bertrand?

—Ya va, monsieur —contestó el portero—. No puedo ir más deprisa.

Weisz esperó a que un Bertrand jadeante —esos recados acabarían con él— salvara a duras penas los últimos peldaños, en la temblorosa mano un sobre blanco. En el pasillo una puerta se cerró de un portazo. Weisz se volvió y vio que el nuevo inquilino había desaparecido. Que se fuera a hacer puñetas, menudo maleducado. O quizá algo peor. Weisz se dijo que debía tranquilizarse, pero algo en los ojos del hombre lo había asustado. Le había hecho recordar lo que le sucedió a Bottini.

—Esto acaba de llegar —informó Bertrand al tiempo que le entregaba el sobre a Weisz.

Éste metió la mano en el bolsillo en busca de un franco, pero tenía el dinero en la mesa, junto con las gafas y la cartera.

—Pasa un momento —pidió. Bertrand entró en el cuarto y se dejó caer pesadamente en la silla, dándose aire con la mano. Weisz le dio las gracias y le entregó su propina—. ¿Quién es el nuevo inquilino?

—No sabría decirle, monsieur Weisz. Creo que es italiano, puede que viajante.

Weisz echó una última ojeada a sus cosas, cerró la maleta y el maletín, y se puso el sombrero. Tras consultar el reloj, comentó:

—Tengo que ir a Le Bourget.

Al parecer el franco en el bolsillo de Bertrand había acelerado su recuperación. Se puso en pie con agilidad y, mientras hablaban del tiempo, acompañó a Weisz escaleras abajo.

En el primaveral crepúsculo, cuando el Dewoitine inició el descenso hacia Berlín, el cambio de ruido de los motores despertó a Carlo Weisz, que miró por la ventanilla y contempló una nube justo cuando chocaba contra el ala. En el regazo tenía un ejemplar abierto de *La madone des sleepings*, de Dekobra, la dama del coche cama, una novela de espionaje francesa de los años veinte, tremendamente popular en su día, que Weisz había cogido para el viaje. Las oscuras aventuras de lady Diana Wyndham, una sirena del Orient Express que iba saltando de cama en cama de Viena a Budapest, deteniéndose en «todos los balnearios europeos».

Weisz hizo una señal en la página y guardó el libro en el maletín. Cuando el avión perdió altura, dejó atrás la nube, que dejó al descubierto calles, parques y agujas de iglesias de pueblos, luego un mosaico de sembrados, aún verdes en el atardecer. Todo era muy apacible y, pensó Weisz, muy vulnerable, porque aquello era lo que veía el piloto de un bombardero justo antes de arrasarlo todo. Weisz había estado en varias ciudades españolas bombardeadas por los alemanes, pero ¿quiénes de los de allí abajo no las habían visto, con el acompañamiento de una música heroica, en los noticiarios del Reich? ¿Era consciente aquella gente de ahí abajo, que estaba cenando, de que podía ocurrirle a ella?

En el aeropuerto de Tempelhof, el *Kontrol* de pasaportes fue todo sonrisas y amabilidad. Los dignatarios y los corresponsales, que llegaban en masa para presenciar la visita de Ciano, debían ver la cara afable de Alemania. Weisz tomó un taxi para ir a la ciudad y, una vez en el Adlon, preguntó en recepción si tenía algún mensaje. Nada. A las nueve y media ya había cenado. Ya en su habitación, pasó unos minutos en pie junto al teléfono. Pero era tarde, Christa estaría en casa. Tal vez acudiera al día siguiente.

A la mañana siguiente, a las nueve, se hallaba en la oficina de Reuters, donde recibió la calurosa bienvenida de Gerda y las demás secretarias. Eric Wolf se asomó y le indicó a Weisz que entrara en su despacho. Había algo en él —la eterna pajarita, la expresión de perplejidad, los ojos miopes tras las gafas redondas— que lo hacía parecer un simpático búho. Wolf saludó y, acto seguido, en actitud conspiradora, cerró la puerta. Impaciente por contar algo, se inclinó hacia delante, la voz baja y confidencial:

—Me han entregado un mensaje para ti, Weisz.

Éste trató de mostrarse indiferente.

—¿Ah, sí?

—No sé qué significa y, naturalmente, no tienes por qué decírmelo. Tal vez no quiera saberlo.

Weisz estaba desconcertado.

—La otra tarde salí de la oficina a las siete y media, como de costumbre, y me dirigía a mi apartamento cuando una señora muy elegante, toda vestida de negro, se me acerca y me dice: «Señor Wolf, si Carlo Weisz viene a Berlín, ¿le importaría darle un mensaje de mi parte? Un mensaje personal, de Christa.» Yo estaba un tanto sobresaltado, pero repuse que sí, que por supuesto, y ella me dijo: «Por favor, dígale que Alma Bruck es una buena amiga mía.»

Weisz no contestó en el acto, luego meneó la cabeza y sonrió: «No te preocupes, no es lo que piensas.»

—Ya sé de qué se trata, Eric. Ella es así a veces.

—Ah, bueno. Claro está que me resultó extraño. Fue un tanto siniestro, ¿sabes? Espero haber entendido bien el nombre, porque quise repetirlo, pero llegamos a la esquina y ella giró, echó a andar calle abajo y desapareció. Fue cuestión de segundos. Fue, cómo decirlo, como de película de espías.

—La señora es una amiga mía, Eric. Muy amiga. Pero está casada.

—Ahh —Wolf se sentía aliviado—. Eres un tipo con suerte, yo diría que *es imponente*.

—Le diré que lo has dicho.

—No te imaginas cómo me sentí. O sea, pensé: «quizá sea una noticia en la que está trabajando» y, en esta ciudad, uno ha de andarse con cuidado. Pero luego pensé que tal vez fuera otra cosa. Señora vestida de negro... Mata Hari... esa clase de cosas.

—No. —Weisz sonrió al oír las sospechas de Wolf—. Eso no es para mí, no es más que una aventura, nada más. Y te agradezco la ayuda. Y la discreción.

—¡Me alegro! —exclamó un Wolf más relajado—. No siempre puede uno hacer de Cupido.

Con una sonrisa de búho, tensó la imaginaria cuerda de un arco y, a continuación, abrió la mano para lanzar la flecha.

La invitación llegó mientras Weisz y Wolf se hallaban en la conferencia de prensa matutina del ministerio de Propaganda. Dentro del sobre de un servicio de mensajería, otro sobre con su nombre escrito a mano y una nota doblada: «Queridísimo Carlo: doy un cóctel en mi apartamento esta tarde a las seis. Me encantaría que vinieras.» Firmado: «Alma», con domicilio en la Charlottenstrasse, no muy lejos del Adlon. Muerto de curiosidad, Weisz fue a la hemeroteca y, cosa de la eficacia alemana, allí estaba: menuda, delgada y morena, con un abrigo de pieles, sonriendo al fotógrafo en una función benéfica a favor de las viudas de guerra el 16 de marzo, el Día de los Caídos en Alemania.

Charlottenstrasse: una manzana de señoriales bloques de apartamentos en piedra caliza, las ventanas superiores con balcones diminutos. El tiempo y el hollín habían ennegrecido los ejemplares parisinos, pero los prusianos de Berlín conservaban los suyos blancos. La calle estaba inmaculada, con adoquines perfectamente limpios, festoneada de tilos tras decorativas verjas de hierro. Los edificios, según la geometría intuitiva de Weisz, mucho más amplios por dentro de lo que parecían por fuera. Tras cruzar un patio de ladrillo blanco y subir dos pisos en un ascensor con la cabina llena de arabescos, llegó al apartamento de Alma Bruck.

¿Era a las seis? Weisz juraría que sí, pero al poner la oreja en la puerta no oyó señal alguna de que allí se estuviera dando un cóctel. Llamó tímidamente. La puerta, que no estaba cerrada con llave, se abrió unos centímetros. Weisz la empujó un poco y se abrió más, dejando a la vista un vestíbulo a oscuras.

—¿Hola? —dijo Weisz.

Nada.

Entró con cautela y cerró la puerta, aunque no del todo. ¿Qué pasaba? Un apartamento oscuro, vacío. Una trampa. Luego, procedente de alguna parte al otro extremo del largo pasillo, oyó música, aires de swing, o un tocadiscos o una radio sintonizada en una emisora de fuera de Alemania, donde esa música estaba *verboten*.

—¿Hola? —repitió. Nada, sólo la música.

«¿Christa, estás ahí?» ¿Sería aquello una escena romántica y festiva? ¿O algo muy diferente? Por un instante se quedó helado, las dos posibilidades pugnando en su interior.

Al final respiró hondo. Ella estaba allí, en alguna parte, y si no era así, en fin, mala suerte. Enfiló el pasillo despacio, el viejo suelo de parqué crujía a cada paso.

Dejó atrás una puerta abierta, un salón con los cortinajes corridos, se detuvo y preguntó:

—¿Christa?

Nada. La música salía de la habitación que había al fondo del pasillo, la puerta abierta de par en par.

Se detuvo en el umbral. En un dormitorio oscuro se distinguía una figura blanca cuan larga era en la cama.

—¿Christa?

—Dios mío —contestó ella, incorporándose de golpe—. Me he quedado dormida. —Volvió a tumbarse lentamente—. Quería ir a abrir la puerta. Así.

—Me habría gustado —aprobó él. Fue a sentarse a su lado, se inclinó y le dio un beso fugaz, luego se levantó y comenzó a desvestirse—. La próxima vez, cariño, deja una nota en la puerta, o una liga o algo.

Ella se echó a reír.

—Perdona. —Apoyó la cabeza en la mano y contempló cómo se iba quitando la ropa. Acto seguido extendió la otra mano, él la agarró, y ella dijo—: Me alegro tanto de que estés aquí, Carlo.

Él le besó la mano y siguió desabrochándose la camisa.

—La verdad es que me extrañó —aseguró él—. Creí que iba a una fiesta.

—Pero, cariño, es una fiesta.

Ya sin ropa, se tendió en la cama y le acarició el costado.

—Pensé que llamarías anoche.

—Ahora es mejor que no vaya a un hotel —aseguró ella—. Ésa es la razón de todo esto, lo de tu amigo Wolf y la querida Alma. Pero da igual. —Rodeó con su brazo los hombros de Weisz y lo abrazó, sus pechos contra el torso de él—. Tengo lo que quería —dijo, suavizando el tono.

—La puerta está entreabierta —comentó Weisz.

—No te preocupes, ya la cerrarás después. Aquí no viene nadie, es un edificio de fantasmas.

Christa tenía las piernas frías, la piel suave al tacto. La mano de Weisz subía y bajaba despacio, no tenía prisa, disfrutaba de tal modo que lo que iba a venir a continuación parecía un tanto lejano.

Finalmente ella dijo:

—Pensándolo bien, quizá sea mejor que cierres la puerta.

—Vale. —Se levantó de mala gana y volvió sobre sus pasos.

—Los fantasmas podrían oír cosas —dijo ella cuando Weisz salía del cuarto—. Y no estaría bien.

Volvió al momento.

—Pobre Carlo —se compadeció—. Ahora tendremos que empezar de nuevo.

—Supongo que sí —contestó él, alborozado.

Al rato ella abrió las piernas y guió la mano de él.

—Dios, cómo me gusta.

Weisz no tenía ninguna duda.

Mientras se escurría por la cama hasta situar la cabeza a la altura de la cintura de Weisz ella dijo:

—No te muevas, hay algo que llevo tiempo queriendo hacer.

—¿Me das uno? —preguntó.

Él cogió un cigarrillo del paquete de Gitanes, se lo pasó y lo prendió con el encendedor de acero.

—No sabía que fumaras.

—He vuelto a hacerlo. Fumaba cuando tenía veinte años, luego lo dejé. —Encontró un cenicero en la mesita de noche y lo puso en la cama, entre ambos—. Ahora en Berlín todo el mundo fuma. Sirve de ayuda.

—¿Christa?

—¿Sí?

—¿Por qué no puedes ir al Adlon?

—Demasiado expuesto al público. Alguien le iría con el cuento a la policía.

—¿Van tras de ti?

—Están interesados en mí. Sospechan que soy una chica mala, que va con malas compañías, así que le pedí a Alma un favor. Se mostró entusiasmada. —Al poco añadió—: Quería que fuera excitante. Abrir la puerta con el culo al aire y perfumada.

—Puedes hacerlo mañana. ¿Podemos venir aquí mañana?

—Pues claro que sí. ¿Cuánto vas a quedarte?

—Dos días más, ya encontraré algún motivo.

—Eso, encuentra a algún cabrón nazi y entrevístalo.

—Es lo que estoy haciendo.

—Tú eres fuerte.

—Nunca lo había pensado.

Christa tragó el humo del cigarrillo y lo expulsó al hablar.

—Pues lo eres. Ésa es una de las razones por las que me gustas.

Él apagó el cigarrillo.

—¿Hay alguna más?

—Me encanta follarte, ésa es otra.

Con su voz susurrante, aristocrática, la vulgaridad no chocaba.

Weisz se inclinó y posó sus labios en el pecho de ella. Sorprendida, ella contuvo la respiración. Luego apagó el cigarrillo en el cenicero, estiró el brazo y le agarró el miembro con la mano. Al principio estaba un tanto fría, pero no tardó en entrar en calor.

—Tengo algo agradable que decirte —anunció.

—¿Qué es? —inquirió él con voz temblorosa.

—Podemos pasar aquí la noche. La versión oficial es que estoy «en casa de Alma». Para poder acudir a un desayuno benéfico antes del trabajo.

—Mmm —contestó él—. Es probable que te despierte en algún momento.

—Más te vale —repuso ella.

Estaba a punto de amanecer cuando ocurrió. Weisz casi había olvidado cuánto le gustaba dormir al lado de Christa, ella abrazada a su espalda, sus piernas enredadas en las de él. Después de hacer el amor, oyeron un entrechocar de botellas en la escalera. El lechero.

—Parece que los fantasmas beben leche —observó Weisz—. ¿Por qué los llamas fantasmas?

—Aquí vivían unos ricos. Según Alma muchos eran judíos y otros creyeron oportuno irse a Suiza.

—¿Dónde está Alma?

—Vive en una gran casa en Charlottenburg. Antes vivía aquí, ahora sólo lo utiliza cuando está en la ciudad.

—¿Qué hacemos con las sábanas?

—La criada las cambiará.

—¿Esa criada es de fiar?

—Sabe Dios —respondió Christa—. No se puede pensar en todo, a veces hay que confiar en el destino.

22 de mayo. La firma del Pacto de Acero se llevó a cabo a las once de la mañana, en el lujoso Salón de los Embajadores de la Cancillería del Reich. En la tribuna de prensa, Weisz estaba sentado junto a Eric Wolf. Al otro lado, Mary McGrath, del *Chicago Tribune*, a la que no había visto desde España. Mientras esperaban a que comenzara la ceremonia Weisz tomaba notas. Había que

poner en situación al lector, allí estaba todo el poder del Estado, su riqueza y su fuerza, en todo su esplendor: enormes arañas de reluciente cristal, paredes de mármol, amplios cortinajes rojos, kilómetros de mullida alfombra marrón y rosa. Flanqueando las puertas, listos para dejar pasar a la flor y nata de la Europa fascista, lacayos vestidos de negro con galones de oro, medias blancas y manoletinas negras. A un lado de la estancia, las cámaras de los noticiarios y un montón de fotógrafos.

Entre los periodistas habían repartido folletos en los que se señalaban los principales puntos del tratado.

—Échale un vistazo al último párrafo —comentó Mary McGrath—. «Por último, en caso de que se desencadenara una guerra en la que se viese implicada una de las partes, independientemente de las causas, las dos naciones se darán pleno apoyo mutuo con todas sus fuerzas militares, por tierra, mar y aire.»

—Ésa es la frase fatídica —apuntó Wolf—: «independientemente de las causas». Significa que si Hitler ataca, Italia tendrá que ir detrás. Cuatro palabras de nada, pero bastan.

Los lacayos abrieron las puertas y dio comienzo el desfile. Ataviados con los uniformes más espléndidos, su magnificencia realzada por hileras de medallas, un flujo constante de generales y altos funcionarios civiles entró en la sala, caminando lenta, majestuosa, señorialmente. Sólo uno destacaba por la sencillez de su uniforme pardo: Adolf Hitler. Después, una interminable sucesión de discursos y, para acabar, la firma. Dos grupos de cuatro funcionarios del ministerio de Asuntos Exteriores llevaron unos voluminosos libros encuadernados en piel roja a la mesa, donde aguardaban el conde Ciano y Von Ribbentrop. Los funcionarios depositaron los libros, con gran ceremonia los abrieron para dejar a la vista los tratados y, a continuación, entregaron a ambos hombres sendas plumas de oro. Una vez firmados los tratados, cogieron los libros y volvieron a dejarlos en la mesa para ser refrendados. Acababan de unirse dos poderosos Estados, y un eufórico Hitler, esbozando una enorme sonrisa, tomó la mano del conde entre las suyas y la estrechó con tanta efusividad que a punto estuvo de levantarlo del suelo. Luego Hitler le entregó a Ciano la Gran Cruz del Águila Alemana, la máxima distinción del Reich. En el comunicado se informaba a la prensa de que, ese mismo día, Ciano entregaría a Von Ribbentrop el Collar de la Orden de la Annunziata, la condecoración italiana más importante.

En medio de los aplausos, Mary McGrath inquirió:

—¿Ha terminado?

—Creo que sí —contestó Weisz—. Los banquetes son esta noche.

—Creo que voy a escaquearme —afirmó McGrath—. Salgamos de aquí de una vez.

Así lo hicieron, aunque no fue tan sencillo. A la salida, miles de miembros de las Juventudes Hitlerianas abarrotaban las calles, agitando banderas y cantando. Mientras los tres periodistas se abrían paso por el bulevar, Weisz sentía la espantosa energía de la multitud, las miradas penetrantes, los rostros extasiados. «Ahora —pensó— no cabe duda de que habrá guerra.» La gente en las calles la exigiría, mataría implacablemente y, con el tiempo, moriría. Aquellos muchachos no se rendirían.

Christa fue fiel a su palabra. Cuando Weisz llegó al apartamento esa tarde, lo hizo esperar —tuvo que llamar dos veces— y luego abrió la puerta con tan sólo una sonrisa ligeramente depravada y una estela de perfume de Balenciaga. Los ojos de él la recorrieron, sus manos subieron y bajaron antes de atraerla hacia sí, ya que, si bien el elemento sorpresa era inexistente, la puesta en escena surtió el efecto que ella quería. Mientras iba por el pasillo camino del dormitorio se contoneaba para él, ofreciéndose para ser su alegre putita. Y como tal se comportó: ingeniosa, ávida, apasionada, recomenzando una y otra vez.

Al cabo se quedaron dormidos. Cuando Weisz despertó, se sintió desorientado un instante. En una mesa próxima a la puerta de la habitación, la radio estaba sintonizada en un programa de música en directo retransmitido desde un salón de baile de Londres, la orquesta débil y lejana entre el chisporroteo parasitario. Christa dormía boca abajo, la boca abierta, una mano en el brazo de él. Weisz se movió un tanto, pero ella no se despertó, de modo que la tocó.

—¿Sí?

Seguía con los ojos cerrados.

—¿Miro la hora que es?

—Vaya, creí que querías algo.

—Es posible.

Ella exhaló una especie de suspiro.

—Puedes.

—¿Podemos pasar aquí la noche?

Christa meneó la cabeza lo suficiente para darle a entender que no.

—¿Es tarde?

Estiró el brazo por encima de ella para coger su reloj de la mesita de noche y, a la luz de la pequeña lámpara del rincón, que habían dejado encendida, le dijo que eran las ocho y veinte.

—Hay tiempo —aseguró ella. Y al minuto añadió—: E interés, según parece.

—Eres tú —replicó él.

—Ojalá pudiera moverme.

—Estás muy cansada, ¿no?

—Sí, siempre, pero no consigo dormir.

—¿Qué va a pasar, Christa?

—Eso mismo me pregunto yo. Y nunca encuentro la respuesta.

Tampoco él la tenía. Dejó vagar un dedo, distraídamente, desde la nuca hasta donde se abrían sus piernas, y ella las abrió un poco más.

A las diez recogieron la ropa, de una silla, del suelo, y empezaron a vestirse.

—Te llevo a casa en taxi —ofreció él.

—Perfecto. Me dejas a una manzana.

—Quería preguntarte...

—¿Sí?

—¿Qué ha sido de tu amigo? ¿Del que vimos en el parque de atracciones?

—Tenías ganas de preguntármelo, ¿no?

—Sí, he aguantado todo lo que he podido.

La sonrisa de Christa fue agridulce.

—Eres muy considerado. ¿Cómo se dice en francés? *¿C'est gentille de votre part?* Qué forma tan bonita de decirlo, muy amable por tu parte. Y además, creo, cosa que ya no está tan bien, que presentías lo que yo te diría y lo dejaste para nuestra última noche.

Era cierto, y así se lo dejó ver.

—Mi amigo ha desaparecido. Se fue a trabajar una mañana, hace un mes, y no se le volvió a ver. Algunos de nosotros, los que pudimos, hicimos algunas llamadas, hablamos con gente, antiguos amigos que tal vez pudieran averiguarlo, por la vieja amistad que los unía, pero ni siquiera ellos sacaron nada en limpio. Se lo tragó la *Nacht und Nebel*, noche y niebla, una invención del propio Hitler: la gente debe desvanecerse sin más de la faz de la tierra, una de sus prácticas favoritas, por la impresión que causa en amigos y familia.

—¿Cuándo te marchas, Christa? ¿Qué fecha, qué día?

—Y lo peor, mucho peor en cierto modo, es que cuando desapareció a los demás no nos ocurrió nada. Te pasas semanas esperando que llamen a la puerta, pero no llaman. Y entonces sabes que, le sucediera lo que le sucediese, no les dijo nada.

El taxi se detuvo a una manzana de su casa, en un barrio a las afueras de la ciudad, una calle en curva repleta de casas grandiosas con amplias extensiones de césped y jardines.

—Ven conmigo un momento —le pidió. Y al taxista—: Espere un minuto, por favor.

Weisz se bajó del taxi y la siguió hasta un muro de ladrillo cubierto de hiedra. En la casa, un perro descubrió su presencia y se puso a ladrar.

—Hay otra cosa que debo contarte —empezó.

—¿Sí?

—No quería decírtelo en el apartamento.

Él esperaba.

—Hace dos semanas fuimos a cenar en casa del tío de Von Schirren. Es general del ejército, un prusiano viejo y brusco, pero buena persona en el fondo. En un determinado momento de la velada me acordé de que tenía que llamar a casa para recordarle a la sirvienta que debía darle a *Magda*, uno de mis perros, su medicina para el corazón. Así que entré en el despacho del general para usar el teléfono y, encima de su mesa, no pude evitar verlo, había un libro abierto con un papel en el que había hecho unas anotaciones. El libro se llamaba *Sprachführer Polnisch für Geschäftsreisende*, un manual de conversación en polaco para hombres de negocios, y había copiado algunas frases para aprendérselas de memoria, «A qué distancia está...», para añadir el nombre, «¿Dónde está la estación de ferrocarril?» Ya sabes a qué me refiero, preguntas para hacerle a la gente del lugar.

Weisz se volvió para echar un vistazo al taxi, y el taxista, que los estaba observando, apartó la cara.

—Tiene toda la pinta de que va a ir a Polonia —apuntó Weisz—. ¿Y?

—Y con él la Wehrmacht.

—Puede que sí —contestó Weisz—. O puede que no. Podría ir en calidad de agregado militar o para encargarse de alguna negociación. ¿Quién sabe?

—Él no. No es ningún agregado. Es general de infantería, simple y llanamente.

Weisz se paró a pensar un instante.

—Entonces será antes del invierno, a principios de verano, después de la siembra de primavera, porque la mitad del ejército trabaja en el campo.

—Yo también lo creo.

—¿Sabes lo que esto significa para ti, Christa? Será dentro de dos meses, a lo sumo. Y una vez empiece, se extenderá y se prolongará durante mucho tiempo: los polacos cuentan con un nutrido ejército, y lucharán.

—Me iré antes de que ocurra, antes de que cierren las fronteras.

—¿Por qué no mañana? ¿En avión? No sabes lo que te depara el futuro. Esta noche aún puedes salir, pero pasado mañana...

—No, aún no, no puedo. Pero podré pronto. Todavía hemos de hacer una cosa aquí, está en marcha, por favor, no me pidas que te cuente más.

—Te arrestarán, Christa. Ya has hecho bastante.

—Dame un beso de buenas noches. Te lo ruego. El taxista nos mira.

La abrazó, y se besaron. Luego él se quedó mirando cómo se alejaba hasta que, en la esquina, le dijo adiós y desapareció.

Para siempre.

En el vuelo de las doce y media a París, mientras el avión cobraba velocidad, Weisz miró por la ventanilla los campos que bordeaban la pista de despegue. Estaba triste. Había llegado a la conclusión de que el apasionado comportamiento de Christa había sido su forma de despedirse. «Recuérdame tal como soy esta noche.» Era muy capaz. Estaba metida en un complot que la tendría atrapada hasta que la operación se malograra y entonces, como su amigo del parque de atracciones, ella desaparecería en la *Nacht und Nebel*. Él nunca sabría lo que había sucedido. ¿Podría haber dicho algo que la hubiese convencido de que se marchara? No, sabía de sobra que no había palabras en el mundo que la hicieran cambiar de opinión. Era su vida, para vivirla, para perderla, permanecería en Berlín, lucharía contra sus enemigos y no huiría. Cuantas más vueltas le daba, peor se sentía Weisz.

Al final lo que sirvió de ayuda fue que Alfred Millman, un corresponsal del *New York Times*, estuviese sentado a su lado. Él y Weisz ya se conocían, e intercambiaron movimientos de cabeza y saludos entre dientes al tomar asiento. Alto y fornido, el cabello ralo y cano, Millman daba la impresión de nadar siempre a contracorriente, un hombre que, tras aceptar que ése era su elemento natural, había aprendido muy pronto a ser un buen nadador. Aunque no fuese la estrella de su periódico, era, como Weisz, un trabajador infatigable, destinado a esta o aquella crisis, enviando sus crónicas, cubriendo luego la siguiente guerra o la siguiente caída de un gobierno, dondequiera que se declarara el incendio. Una vez leído el *Deutsche Allgemeine Zeitung*, lo cerró bruscamente y le dijo a Weisz:

—Bueno, basta de cuentos chinos por hoy. ¿Quieres echarle un vistazo?

—No, gracias.

—Te vi en la ceremonia. Siendo italiano, tuvo que ser duro para ti presenciarlo.

—Lo fue. Se creen que van a gobernar el mundo.

Millman asintió con la cabeza.

—Viven de ilusiones. Qué Pacto de Acero ni qué niño muerto, si *no* tienen acero, han de importarlo. Y tampoco tienen mucho carbón, ni una gota de petróleo, y su jefe de intendencia militar tiene ochenta y siete años. ¿Cómo demonios van a hacer la guerra?

—Obtendrán lo que necesitan de Alemania, como siempre han hecho. Cambiarán vidas de soldados por carbón.

—Ya, claro, hasta que a Hitler se le hinchen las narices. Y siempre se le hinchan, ya sabes, antes o después.

—No ganarán —aseguró Weisz— porque la gente no quiere luchar. Lo que hará la guerra es arruinar el país, pero el gobierno cree en la conquista, por eso ha firmado.

—Sí, ya lo vi ayer. Pompa y solemnidad. —La repentina sonrisa de Millman era irónica—. ¿Conoces la vieja frase de Karl Kraus? «¿Cómo se gobierna el mundo y cómo empiezan las guerras? Los diplomáticos cuentan mentiras a los periodistas y luego se creen lo que leen.»

—La conozco —contestó Weisz—. La verdad es que Kraus era amigo de mi padre.

—No me digas.

—Fueron colegas durante un tiempo, en la Universidad de Viena.

—Decían que era el tipo más listo del mundo. ¿Llegaste a conocerlo?

—Lo vi unas cuantas veces, de pequeño. Mi padre me llevó a Viena y fuimos al café preferido de Kraus.

—Ya, los cafés de Viena, los libelos, las enemistades. Kraus no se fue de vacío: el único hombre al que atizó Felix Salten, aunque se me ha olvidado el motivo. No es muy bueno para la imagen de uno que te canee el autor de *Bambi*.

Ambos rompieron a reír. Salten se había hecho rico y famoso con su cervatillo, y todo el mundo sabía que Kraus lo odiaba.

—De todas formas —continuó Millman—, ese Pacto de Acero es problemático. Entre Alemania e Italia tienen una población de ciento cincuenta millones de personas, lo cual constituye, según la regla del diez por ciento, una fuerza de combate de quince millones. Alguien tendrá que hacer algo, Hitler busca pelea.

—Tendrá su pelea con Rusia —aseveró Weisz—. Cuando haya acabado con los polacos. Gran Bretaña y Francia cuentan con ello.

—Espero que estén en lo cierto —repuso Millman—. Que se peleen los demás, como se suele decir, pero tengo mis dudas. Hitler es el cabrón más grande del mundo, pero tonto no es. Y tampoco está loco, por mucho que grite. Si lo observas detenidamente, es un tipo muy astuto.

—Igual que Mussolini. Ex periodista, ex novelista. *La amante del cardenal*, ¿lo has leído?

—No he tenido el placer. Pero, mira, el título es bastante bueno, yo diría que te incita a querer averiguar lo que pasó. —Se paró a pensar un momento y añadió—: La verdad, todo este asunto es una verdadera lástima. Me gustaba Italia. Mi mujer y yo estuvimos allí hace unos años, en la Toscana. Su hermana alquiló una villa durante el verano. Era vieja, se estaba cayendo a cachos, nada funcionaba, pero tenía un patio con una fuente, y yo solía sentarme allí por la tarde a leer, las cigarras a todo meter. Luego tomábamos unas copas, y a medida que iba cayendo la tarde refrescaba; a eso de las siete de la tarde siempre había algo de brisa. Siempre.

Las alas del Dewoitine se ladearon cuando el avión puso rumbo a Le Bourget, y de pronto París estaba bajo ellos, una ciudad gris en su cielo crepuscular, extrañamente aislada, una isla entre los trigales de la Île de France. Alfred Millman se inclinó para contemplar la vista.

—¿Contento de estar en casa? —preguntó.

Weisz asintió.

Aquél era ahora su hogar, pero no resultaba tan acogedor. Cuando se aproximaban a París empezó a preguntarse si no debería buscarse otro hotel, para esa noche al menos. Porque no se le iba de la cabeza el nuevo inquilino de la cuarta planta, con su sombrero y su impermeable. Tal vez lo estuviese esperando. ¿Se estaría preocupando por una tontería? Trató de convencerse de que así era, pero no podía borrar su inquietud.

Cuando el avión se detuvo —«La próxima vez que venga nos vamos a tomar una copa», le dijo Millman por el pasillo—, Weisz aún no había tomado una decisión. No se decidió hasta el instante en que se sentó en la parte trasera de un taxi y el taxista volvió la cabeza, enarcando una ceja.

—¿Monsieur?

Tenía que ir a alguna parte. Finalmente Weisz dijo:

—Al hotel Dauphine. Está en la rue Dauphine, en el sexto.

El taxista metió la marcha y salió pitando del aeropuerto, conduciendo con pericia, a base de ágiles volantazos, a la espera de recibir una sustanciosa propina de un cliente lo bastante distinguido como para bajar del firmamento. Y estaba en lo cierto.

Madame Rigaud se hallaba tras el mostrador de recepción, garabateando minúsculos números en una libreta mientras escudriñaba el registro. ¿Haciendo cuentas? Levantó la vista cuando Weisz cruzó la puerta. Ni rastro de la sonrisa cómplice, sólo persistía la curiosidad: «¿qué es de tu vida, amigo?». Weisz respondió con un saludo sumamente educado, una táctica que nunca fallaba. Sacudió a la preocupada alma francesa de su ensimismamiento y la obligó a corresponder con igual o mayor gentileza.

—Estaba pensando —comenzó Weisz— en el nuevo inquilino, el de mi piso. ¿Sigue allí?

Esas preguntas no eran correctas, y el rostro de madame se lo hizo saber, pero en ese preciso instante estaba de buen humor, tal vez debido a las cifras del cuaderno.

—Se ha ido. —Ya que lo pregunta—. Y su amigo también —repuso, esperando una explicación.

Así que eran dos.

—Era curiosidad, madame Rigaud, eso es todo. Llamó a la puerta de mi habitación y no llegué a saber por qué, ya que apareció Bertrand con mi billete.

Ella se encogió de hombros. Quién sabía lo que hacían los huéspedes de los hoteles o por qué. Ni en veinte años de oficio.

Le dio las gracias educadamente y subió las escaleras, la maleta golpeándole la pierna, el corazón aliviado.

30 de mayo. Fue Elena quien llamó y le dijo a Weisz que Salamone estaba en el hospital. «Lo han llevado al Broussais —explicó—. A la beneficencia. En el decimotercero. Es el corazón: puede que no haya sido un ataque, técnicamente, pero no podía respirar, en el almacén, así que lo mandaron a casa y su mujer lo llevó allí.»

Weisz salió del trabajo temprano para estar en el hospital a las cinco, la hora de las visitas, parando antes por el camino a comprar una caja de bombones. ¿Podría Salamone comer bombones? No estaba seguro. ¿Flores? No, no parecía apropiado, pues bombones. En el Broussais se unió a un grupo de visitas al que una monja condujo hasta la Sala G, una sala para varones larga y blanca, con hileras de camas de hierro a escasos centímetros unas de otras, que desprendía un fuerte olor a desinfectante. A medio camino encontró la G58, un letrero de metal, gran parte de la pintura descascarillada, colgando de la barra que había a los pies de la cama. Salamone dormitaba, un dedo señalando la página de un libro.

—¿Arturo?

Salamone abrió los ojos e hizo un esfuerzo por incorporarse.

—Hombre, Carlo, has venido a verme —dijo—. Vaya puta pesadilla, ¿eh?

—Pensé que era mejor acercarme antes de que te echaran a patadas. —Weisz le entregó los bombones.

—*Grazie*. Se los daré a la hermana Angelica. ¿O quieres tú alguno?

Weisz negó con la cabeza.

—¿Qué te ha pasado?

—No gran cosa. Estaba trabajando y de repente no podía respirar. El médico dice que es una advertencia. Me encuentro bien, debería estar en la calle en unos días. De todas formas, como decía mi madre: «No te pongas malo nunca.»

—Mi madre también lo decía —contestó Weisz. Hizo una pausa entre las incesantes toses y el suave murmullo de la hora de las visitas.

—Elena me dijo que estabas fuera, trabajando.

—Así es. En Berlín.

—¿Por el pacto?

—Sí, la firma formal. En un espléndido salón de la Cancillería del Reich. Generales ufanos, camisas almidonadas y el pequeño Hitler sonriendo como un lobo. Toda esa mierda.

Salamone se mostró apesadumbrado.

—Tendríamos que decir un par de cosas al respecto. En el periódico.

Weisz extendió las manos. Algunas cosas se perdían, la vida continuaba.

—Aun siendo mal asunto lo de ese pacto, cuesta tomarlos en serio cuando ves quiénes son. Uno espera que aparezca Groucho de un momento a otro.

—¿Crees que los franceses les harán frente, ahora que es oficial?

—Puede. Pero, tal como me siento últimamente, se pueden ir todos a la mierda. Ahora lo que tenemos que hacer es cuidar de nosotros mismos, de ti y de mí, Arturo. Lo que significa que hemos de buscarte otro empleo. Detrás de una mesa.

—Encontraré algo. Qué remedio. Me han dicho que no puedo volver a lo que hacía.

—¿Marcar cruces en una hoja de inventario?

—Bueno, igual tenía que mover alguna caja.

—Sólo alguna —bromeó Weisz—. De vez en cuando.

—Pero, sabes, Carlo, no estoy tan seguro de que fuera eso. Creo que fue todo lo demás: lo que me pasó en la compañía de seguros, lo que pasó en el café, lo que nos pasó a todos nosotros.

«Y no ha terminado.» Pero Weisz no iba a contarle lo del nuevo inquilino a un amigo hospitalizado. En su lugar, centró la conversación en los emigrados: que si política, que si chismes, que si las cosas mejorarían. Luego llegó una monja que anunció que madame Salamone estaba en la sala de espera, y que el paciente sólo podía recibir una visita por vez. Cuando dio media vuelta para marcharse, Weisz dijo:

—Olvida toda esa historia, Arturo, piensa sólo en recuperarte. Hicimos un buen trabajo con el *Liberazione*, pero eso ahora forma parte del pasado. Y esa gente lo sabe, consiguieron lo que se proponían, y ahora se terminó, se acabó.

31 de mayo. En las Galerías Lafayette, grandes rebajas de primavera. ¡Menudo gentío! Llegaron a los grandes almacenes desde todos los barrios de París: «Oportunidades, hoy, grandes descuentos.» En el despacho situado en la trastienda de la planta baja, la subdirectora, la Dragona, apodada así por su genio incendiario, intentaba hacer frente a la arremetida. La pobre Sophy, de Sombrerería, se había desmayado. Ahora estaba sentada en Información, blanca como la pared, mientras la jefa de sección la abanicaba con una revista. No muy lejos,

dos niños, ambos llorando, habían perdido a su madre. El retrete del aseo de señoras de la segunda planta había rebosado y habían llamado al fontanero, ¿dónde estaba? Marlene, de Perfumería, llamó para decir que se encontraba mal, y una anciana intentó salir del establecimiento con tres vestidos puestos. En su despacho, la Dragona cerró la puerta, el tumulto en la zona de Información se le antojaba insoportable, así que se tomaría un minuto, se sentaría tranquilamente, junto a un teléfono que no paraba de sonar, y recobraría la compostura. Al final habían dado salida a todos los artículos. Y todo lo que podía salir mal había salido mal.

No todo. ¿Qué alma insensata llamaba a su puerta? La Dragona se levantó de la mesa y abrió de un tirón. Era una secretaria aterrorizada, la anciana madame Gros, la frente bañada en sudor.

—¿Sí? —dijo la Dragona—. ¿Qué pasa ahora?

—*Pardon*, madame, pero es la policía. Un hombre de la Sûreté Nationale.

—¿Aquí?

—Sí, madame, en Información.

—¿Por qué?

—Es por Elena, de Calcetería.

La Dragona cerró los ojos y respiró hondo una vez más.

—Muy bien, a la Sûreté Nationale hay que respetarla. Así que vaya a Calcetería a buscar a Elena.

—Pero madame...

—Ahora.

—Sí, madame.

Salió corriendo. La Dragona echó un vistazo a la zona de Información: la viva imagen del infierno. Pero bueno, ¿quién era? ¿Aquel de allí? ¿El del sombrero con una plumita verde en la cinta? ¿El del horrible bigote, los ojos inquietos, las manos en los bolsillos? En fin, vete a saber la pinta que tenían, ella desde luego no tenía ni idea. Se dirigió a él y le dijo:

—*Monsieur l'inspecteur*?

—Sí. ¿Es usted la directora, madame?

—Subdirectora. El director está en la última planta.

—Ah, entiendo, en ese caso...

—¿Ha venido a ver a Elena Casale?

—No, no quiero verla a ella, pero quería hablar de ella con usted, está siendo objeto de una investigación.

—¿Va a tardar mucho? No pretendo ser grosera, monsieur, pero ya ve cómo está esto hoy. Ya he mandado llamar a Elena, vendrá al despacho de un momento a otro. ¿Le digo que vuelva a su sección?

Aquella noticia no agradó al inspector.

—Será mejor que vuelva en otra ocasión, digamos ¿mañana?

—Mañana será un día mucho mejor para charlar.

El inspector se llevó la mano al sombrero, se despidió y salió deprisa y corriendo. Un tipo extraño, pensó la Dragona. Y más extraño aún: Elena objeto de una investigación. Una italiana de porte aristocrático, con su rostro anguloso, el cabello largo y cano recogido atrás con una horquilla, sonrisa irónica. No parecía una delincuente. Para nada. ¿Qué podía haber hecho? Pero ¿quién tenía tiempo de plantearse esas cosas cuando allí estaba, por fin, el fontanero?

Elena y madame Gros se abrieron paso a duras penas por el pasillo central.

—¿Dijo qué quería? —inquirió Elena.

—Sólo que quería hablar con el director. De usted.

—¿Y dijo que era de la Sûreté Nationale?

—Sí, eso dijo.

Elena estaba cada vez más enfadada. Se acordó de lo que contó Weisz sobre el interrogatorio a su novia, la de la galería de arte, se acordó de cómo habían difamado a Salamone y de cómo lo habían echado del trabajo. ¿Le había llegado el turno a ella? Pero bueno, aquello era intolerable. No le había resultado fácil, siendo mujer en Italia, licenciarse en Químicas, encontrar empleo, incluso en la industrial Milán; tener que dejar su puesto y emigrar había sido más duro aún; y trabajar de vendedora en unos grandes almacenes había sido lo más difícil. Pero era una luchadora, hacía lo que había que hacer, y ahora esos cabrones fascistas iban a intentar arrebatarle incluso tan exiguo premio. ¿De dónde sacaría el dinero? ¿Cómo viviría?

—Ahí está —informó madame Gros—. Vaya, creo que está usted de suerte, parece que se va.

—¿Es ése? ¿El del sombrero con la pluma verde?

Se quedaron observando cómo la pluma aparecía y desaparecía mientras el tipo trataba de abrirse paso entre la masa de resueltos clientes.

—Sí, justo en el mostrador de Perfumería.

El cerebro de Elena entró en ebullición.

—Madame Gros, ¿le importaría decirle a Yvette, de Calcetería, que tengo que ausentarme una hora? ¿Me haría ese favor?

Madame Gros accedió. Al fin y al cabo se trataba de Elena, la que siempre trabajaba los sábados; Elena, la que nunca dejaba de venir en su día libre cuando alguien tenía gripe, ¿cómo decirle que no la primera vez que le pedía un favor?

A una distancia más que prudencial Elena siguió al hombre cuando éste salió de los grandes almacenes. Ella llevaba una bata, como las demás dependientas de las galerías. El bolso y el abrigo seguían en su taquilla, pero había aprendido hacía tiempo a llevar siempre consigo en un bolsillo de la bata la cartera con su documentación y el dinero. El del sombrero con la pluma verde caminaba con parsimonia, no tenía mucha prisa. ¿Un inspector? Quizá lo fuera, pero Weisz y Salamone no lo creían. Así que lo comprobaría con sus propios ojos. ¿Sabía él qué aspecto tenía ella? ¿Podría identificarla si continuaba siguiéndolo? Sin duda era una posibilidad, pero si era un inspector de verdad, ella ya se había metido en un lío, aunque andar por la misma calle, vaya, eso no era un delito.

El hombre culebreó entre la multitud que se agolpaba ante los escaparates de las tiendas, se metió en la estación de metro de Chausée-D'Antin e introdujo un *jeton* en el torniquete. Vaya, ¡pagaba! Un verdadero inspector no tendría más que enseñar su placa en la ventanilla, ¿no? Lo había visto en las películas. Bueno, eso creía. Allí estaba el tipo, las manos en los bolsillos, despreocupadamente, en el andén, esperando el tren de la línea siete en dirección a La Courneuve. Elena sabía que ese tren lo sacaría del noveno distrito para entrar en el décimo. ¿Dónde estaba la oficina de la Sûreté? En el ministerio del Interior, en la rue des Saussaies, y esa línea no iba hacia allí. Con todo, era posible que fuera a investigar a otra pobre criatura. Oculta tras una columna, Elena aguardaba la llegada del tren, en ocasiones dando un pequeño paso adelante para no perder de vista la pluma verde. ¿Quién sería ese tipo? ¿Un agente secreto? ¿Un miembro de la OVRA? ¿Disfrutaba empleando su tiempo en asuntos tan ruines? ¿O sencillamente se ganaba así la vida?

El tren hizo su entrada en la estación, y Elena se situó en un extremo del vagón mientras el hombre tomaba asiento, cruzaba las piernas y unía las manos en el regazo. Las estaciones iban pasando: Le Peletier, Cadet, Poissonière, adentrándose más y más en el décimo distrito. Luego, en la estación de la Gare de l'Est, se levantó y se bajó. Allí podía hacer transbordo a la línea diez o coger un tren. Elena esperó todo lo que pudo y, en el último instante, salió al andén. Mierda, ¿dónde estaba el tipo? Justo a tiempo lo divisó subiendo las escaleras. Lo siguió cuando pasó por el torniquete y se dirigió a la salida. Elena se detuvo, fingiendo estudiar un mapa del metro que había en la pared, hasta que él desapareció, y salió de la estación.

¡Se había esfumado! No, allí estaba, caminando hacia el sur, alejándose de la estación por el bulevar Estrasburgo. Elena nunca había estado en esa parte de la ciudad y agradecía que fuese media mañana. No le habría hecho mucha gracia andar por allí de noche. El décimo era un barrio peligroso de pisos lúgubres para gente pobre. Hombres de tez morena, quizá portugueses, o árabes del Magreb, reunidos en los cafés, los bulevares bordeados de pequeñas tiendas llenas de trastos, las bocacalles estrechas, silenciosas y oscuras. Entre el gentío de las galerías y en el metro se había sentido invisible, anónima, pero ya no. Caminando sola por el bulevar llamaba la atención, una mujer de mediana edad con una bata gris. No encajaba allí, ¿quién era?

De pronto el hombre se paró ante un escaparate que exhibía montones de cacharros de cocina usados y, al aminorar ella la marcha, reparó en su persona. Más que reparar, sus ojos la distinguieron como mujer, atractiva, disponible tal vez. Elena lo miró como si no existiera y siguió andando, pasando a menos de un metro de él. «¡Tienes que pararte!» Entró en una *pâtisserie*.

La campanilla tintineó. De la trastienda salió una muchacha limpiándose las manos en un delantal salpicado de harina, se acercó al mostrador y aguardó pacientemente mientras Elena contemplaba un expositor de pasteles revenidos, mirando de reojo, a cada poco, hacia la calle.

La chica preguntó qué deseaba madame, y Elena escudriñó nuevamente el expositor. ¿Un Napoleón? ¿Una *religieuse*? No, ¡allí estaba! Elena farfulló una disculpa y salió de la pastelería. Ahora el tipo se encontraba a unos diez metros de distancia. Por Dios, que no se diera la vuelta: la había visto antes y si volvía a verla temía que la abordara. Pero no se volvió. Consultó el reloj y apretó el paso durante media manzana, después giró bruscamente y entró en un edificio. Elena se entretuvo un instante a la entrada de una *pharmacie*, dándole tiempo para que el hombre subiera.

Luego fue tras él. Al 62 del bulevar Estrasburgo. Y ahora ¿qué? Durante unos segundos vaciló, plantada delante del portal, luego lo abrió. Frente a ella había una escalera; a su derecha, en la pared, una hilera de buzones de madera. En el piso de arriba oyó pasos que avanzaban por las viejas tablas de un pasillo, luego se abrió una puerta y se cerró con un golpecito seco. Se volvió hacia los buzones y leyó «1.º A. Mlle. Krasic» escrito a lápiz en la parte inferior y «1.º B» con una tarjeta de visita clavada debajo. Una tarjeta de escasa calidad, de la Agence Photo-Mondiale, agencia internacional de fotografía, con dirección y número de teléfono. ¿Qué era aquello? ¿Tal vez un archivo fotográfico que vendía fotografías a revistas y agencias de publicidad? ¿O una empresa de fotoperiodismo que trabajaba por encargo? ¿Habría ido al apartamento de Krasic? No era muy probable, estaba segura de que había recorrido el pasillo que llevaba hasta Photo-Mondiale. Un negocio bastante común, donde cualquiera podía presentarse, tal vez una tapadera desde la que dirigir una operación secreta.

Elena llevaba un lápiz en el bolsillo de la bata, pero no tenía papel, así que sacó un billete de diez francos de la cartera y apuntó en él el número. ¿Serían acertadas sus conjeturas? ¿Por qué iba a ir al apartamento de Mlle. Krasic? No, estaba casi segura. Naturalmente, la manera de cerciorarse por completo era subir las escaleras y torcer a la izquierda, seguir la dirección de los pasos y echar un rápido vistazo por la puerta. Elena dobló el billete y se lo guardó en el bolsillo. En el vestíbulo reinaba el silencio. El edificio parecía desierto. ¿Subía las escaleras o salía por la puerta?

La escalera no tenía moqueta, era de madera con el barniz comido, los peldaños desgastados por años de paso. Bueno, subiría un escalón. No crujió, aquello era macizo. Otro más. Y otro. Cuando estaba a medio camino la puerta se abrió y oyó una voz: dos o tres palabras amortiguadas, luego pasos por el pasillo, un hombre silbando una melodía. Elena dejó de respirar. Acto seguido, dio media vuelta ágilmente y bajó corriendo. Los pasos se aproximaban. ¿Tenía tiempo de salir del edificio? Puede, pero la pesada puerta se oiría al cerrarse. Tras examinar la entrada, vio una amplia sombra bajo la escalera y corrió hacia ella. Era lo bastante grande para ocultarse de pie. A unos centímetros, la parte inferior de los peldaños cedió con el peso, pero la puerta no se abrió. El hombre que había bajado las escaleras, aún silbando, aguardaba en el vestíbulo. ¿Por qué? Sabía que ella estaba allí. Permaneció inmóvil, pegada a la pared. Luego, sobre su cabeza, alguien más inició el descenso. Se oyó una voz —mezquina, sarcástica, en su opinión—, y otra, más grave, más profunda, rió y contestó lacónica. «Vaya, muy bueno», o algo parecido, pensó. No entendía una sola palabra, era un idioma que no había oído en su vida.

Weisz se dio cuenta de que llegaría tarde a su cita con Ferrara, ya que Elena lo estaba esperando en la calle, a la puerta de la agencia Reuters. Hacía frío aquel primer atardecer de junio, y la húmeda niebla lo hizo estremecerse al salir. Una nueva Elena, pensó Weisz al saludarla: los ojos vivos, la voz cargada de agitación.

—Vamos andando hasta la Ópera y cogemos un taxi —le propuso.

Ella asintió entusiasmada: al carajo las economías, esta noche es importante. Por el camino le contó lo que le había prometido por teléfono: el seguimiento del falso inspector.

El taxi sorteaba despacio el tráfico vespertino mientras se dirigía a la galería de arte del séptimo distrito. Los conductores pitaban al idiota que tenían delante, y multitud de ciclistas tocaban el timbre cuando los idiotas de los coches se les acercaban demasiado.

—¿Ya no os veis? —inquirió Elena—. No lo sabía.

—Ahora somos buenos amigos —repuso Weisz.

Elena, en la oscuridad del asiento trasero del taxi, le dedicó una de sus medias sonrisas, una especialmente perspicaz.

—Es posible —aseguró Weisz.

—Seguro.

Véronique salió corriendo a la puerta de la galería al verlos entrar. Besó a Weisz en ambas mejillas y apoyó una mano en su brazo. Luego él se la presentó a Elena.

—Un minuto, lo que tardo en cerrar —dijo Véronique—. He estado todo el día con americanos y no he cerrado una sola venta. Creen que es un museo. —En las paredes, las muchachas desamparadas y disolutas de Valkenda seguían contemplando el mundo cruel—. Bueno, se acabó el arte por hoy —anunció, echando el cerrojo.

Se sentaron en el despacho, en torno a la mesa.

—Carlo me ha dicho que tenemos una cosa en común —le dijo Véronique a Elena—. Estuvo de lo más misterioso por teléfono.

—Eso parece —confirmó Elena—. Me vino a buscar un tipo muy desagradable. Se plantó en las Galerías Lafayette, donde trabajo, e intentó ver al director. Pero tuve suerte, con el lío de las rebajas se fue, y yo lo seguí.

—¿Adónde fue?

—Al décimo. A una agencia fotográfica.

—Entonces crees que no es de la Sûreté... —Véronique miró de soslayo a Weisz.

—No. Es un impostor. Tenía amigos en aquella oficina.

—Menudo alivio —afirmó Véronique. Y al poco, con aire pensativo, añadió—: O no. ¿Estás segura de que era el mismo tipo?

—Estatura media. Con un bigotito fino, media cara picada. Y algo extraño en los ojos, la forma de mirarme, que no me gustó. Llevaba un sombrero gris con una pluma verde en la cinta.

—El que vino aquí tenía las uñas negras —apuntó Véronique—. Y su francés no era parisino.

—No lo oí hablar, aunque tampoco estoy muy segura de eso. Subió a la oficina, luego salió un tipo, seguido de otros dos, que hablaron, no estoy segura de en qué, no era francés.

Véronique se paró a pensar.

—Con bigote, sí. A lo Errol Flynn.

—Pero el resto nada que ver con Errol Flynn, aunque sí, intenta causar esa impresión, cómo decirte, de «galán».

Véronique sonrió: hombres.

—El bigote no hace sino empeorar eso, ese algo extraño. —Frunció el ceño con desagrado al recordar la imagen—. Petulante y ladino —puntualizó—. Un mal bicho.

—Sí, exacto —corroboró Elena.

Weisz albergaba sus dudas.

—Entonces ¿qué le digo a la policía? ¿Que busque a un «mal bicho»?

—¿Es eso lo que vamos a hacer? —inquirió Elena.

—Supongo —contestó Weisz—. ¿Qué, sino? Dime, Elena, ¿era ruso el idioma que oíste?

—No lo creo. Pero puede que fuera algo parecido. ¿Por qué?

—Si le contara eso a la policía despertaría su interés.

—Mejor no —opinó Elena.

—Vamos al café —propuso Véronique—. Necesito un coñac después de esto.

—Sí, yo también —coincidió Elena—. ¿Carlo?

Weisz se puso en pie, sonrió y señaló la puerta con la mano galantemente.

2 de junio, 10:15.

Weisz marcó el número que Elena había escrito en el billete de diez francos. Tras sonar una vez, una voz respondió:

—¿Sí?

—Buenos días, ¿la Agence Photo-Mondiale?

Una pausa y a continuación:

—Sí. ¿Qué desea?

—Soy Pierre Monet, de la agencia de noticias Havas.

—¿Sí?

—Llamaba para preguntar si tienen alguna fotografía de Laszlo Kovacs, el embajador húngaro en Bélgica.

—¿Quién le ha dado este número?

El acento era fuerte, pero el oído de Weisz con el francés no era lo bastante fino para ir más allá.

—Creo que alguien de aquí me lo apuntó en un papel, no sé, quizá lo sacara de un directorio de las agencias de fotografía de París. ¿Podría echar un vistazo? Nosotros teníamos una, pero no está en los archivos. La necesitamos hoy.

—No la tenemos, lo siento.

Weisz hablaba deprisa, pues presentía que el hombre estaba a punto de colgar.

—¿No podría mandarnos a alguien? Kovacs está hoy en París, en la embajada, y aquí andamos muy justos. Si nos sacan de ésta, les pagaremos bien.

—No, no creo que podamos ayudarle, señor.

—Pero esto es una agencia de fotografía, ¿no? ¿Están especializados en algo?

—No. Estamos muy ocupados. Adiós.

—Bueno, sólo pensaba... ¿Hola? ¿Hola?

10:45.

—Carlo Weisz.

—Hola, soy Elena.

—¿Dónde estás?

—En un café. En las galerías no nos dejan hacer llamadas personales.

—Bueno, los llamé y, hagan lo que hagan, no venden fotografías ni creo que acepten encargos.

—Bien, aclarado. Lo siguiente que hemos de hacer es ver a Salamone.

—Elena, sólo hace unos días que salió del hospital.

—Es verdad, pero imagina lo que pensará cuando se entere de lo que estamos haciendo.

—Sí, supongo que tienes razón.

—Sabes que sí. Sigue siendo el jefe, Carlo, no puedes avergonzarlo.

—De acuerdo. ¿Podemos vernos esta noche? ¿A las once? No puedo faltar otro día al otro... al otro trabajo que tengo.

—¿Dónde quedamos?

—No sé. Llamaré a Arturo y le preguntaré cómo quiere hacerlo. ¿Puedes llamarme luego? ¿Te llamo yo?

—No, no me llames. Te llamaré yo después del trabajo. Salgo a las seis.

Weisz se despidió, colgó y marcó el número de Salamone.

En el Hotel Tournon el coronel Ferrara era un hombre nuevo. Sonriente y relajado, vivía en un mundo mejor y disfrutaba de su existencia en él. El libro había llegado a España, y Weisz le insistía al coronel para que le facilitara detalles del combate. Lo que era normal y corriente para Ferrara —emboscadas nocturnas, disparos al amparo de una tapia de piedra, duelos de ametralladoras— sería emocionante para el lector. Se podía invocar la lucha por la democracia, pero las balas y las bombas, el jugarse la vida, eran el no va más del idealismo.

—Entonces ¿tomasteis el colegio? —quiso saber Weisz.

—Tomamos los dos primeros pisos, pero los nacionales mantenían el control de la última planta y la azotea, y no tenían intención de rendirse. Subimos las escaleras y lanzamos granadas de mano al descansillo. Nos cayó encima el enlucido y un soldado muerto. Se oían gritos, órdenes, los proyectiles rebotaban en todas partes...

—Las balas silbaban...

—Sí, claro. Es una situación muy peligrosa, a nadie le gusta.

Weisz le daba a la máquina de escribir con ganas.

Una sesión muy provechosa: la mayor parte de lo que contaba Ferrara podía ir directa a la imprenta. Cuando casi habían terminado, Ferrara, que seguía contando detalles de aquel combate, se cambió de camisa y se peinó el cabello cuidadosamente ante el espejo.

—¿Vas a salir? —se interesó Weisz.

—Sí, lo de siempre. Iremos a tomar algo y luego a su habitación.

—¿Aún está en el club?

—Ah, no. Ha encontrado otra cosa, en un restaurante ruso. Música gitana y un portero cosaco. ¿Por qué no te vienes? Puede que Irina tenga una amiga.

—No, esta noche no —rehusó Weisz.

Kolb llegó casi al final y, cuando Ferrara salió corriendo, le pidió a Weisz que se quedara unos minutos.

—¿Cómo va eso? —quiso saber.

—Como puede comprobar —replicó Weisz, señalando las páginas que habían completado esa noche—. Ahora estamos con las escenas bélicas de España.

—Bien —aprobó Kolb—. El señor Brown y sus colegas han ido leyendo lo que hay escrito y están encantados con cómo avanza, pero me han pedido que le sugiera que haga hincapié, incluso en lo que lleva escrito, en el papel que desempeñó Alemania en España. La Legión Cóndor: pilotos bombardeando Guernica por la mañana y jugando al golf por la tarde. Creo que usted sabe lo que quieren.

«Así que —pensó Weisz— el Pacto de Acero ha surtido efecto.»

—Lo sé. E imagino que querrán más sobre los italianos.

—Les está leyendo el pensamiento —respondió Kolb—. Más sobre esa alianza, lo que ocurre cuando uno se acuesta con los nazis. Pobres chiquillos italianos asesinados, Camisas Negras pavoneándose en los bares. Todo lo que recuerde Ferrara. Y lo que no recuerde lo inventa usted.

—Conozco bien el paño —afirmó Weisz—. De cuando estuve allí.

—Estupendo. No sea parco en detalles. Cuanto peor, mejor, ¿comprendido?

Weisz se levantó y se puso la chaqueta: aún tenía por delante su propia reunión, bastante menos atractiva.

—Una cosa más antes de que se vaya —comentó Kolb—. Les preocupa esta aventura de Ferrara con la chica rusa.

—¿Y?

—No están muy seguros de quién es. Ya sabe lo que se cuece ahí fuera, hay *femmes galantes* —la expresión francesa para las espías— detrás de cada cortina. El señor Brown y sus amigos están muy preocupados, no quieren que entre en contacto con los servicios de espionaje soviéticos. Ya sabe cómo son estas chicas —Kolb puso voz de pito para imitar a una mujer—: «Ah, éste es mi amigo Igor, es muy divertido.»

Weisz miró a Kolb como diciendo: «¿Quién engaña a quién?»

—No va a dejarlo por si ha conocido a la rusa que no debía. Podría perfectamente estar enamorado o a punto de estarlo.

—¿Enamorado? Claro, ¿por qué no? Todos necesitamos a alguien. Pero tal vez ella no sea el alguien adecuado, y usted es quien puede hablar con él del tema.

—Lo único que conseguirá es cabrearlo, Kolb. Y no la dejará.

—Naturalmente que no. Puede que ella le guste, quién sabe, pero sin duda lo que le gusta es tirársela. De todas formas, lo único que piden es que saque el tema, sin más, por qué no. No me deje mal, permítame hacer mi trabajo.

—Si le hace feliz...

—Les hará felices a ellos... Al menos, si algo sale mal, lo habrán intentado. Y hacerlos felices justo ahora no le vendrá nada mal a ninguno de ustedes. Se están planteando el futuro, el futuro de Ferrara y el suyo. Y será mejor si piensan cosas buenas. Créame, Weisz, sé lo que me digo.

La reunión de las once de la noche con Salamone y Elena se celebró en el Renault de Salamone. Éste pasó a recoger a Weisz por su hotel y se detuvo frente al edificio —no muy lejos de las galerías— donde Elena tenía alquilada una habitación en un piso. Luego reanudó la marcha, sin rumbo, callejeando por el noveno, pero, como Weisz pudo observar, siempre hacia el este.

Weisz, en el asiento de atrás, se inclinó y dijo:

—Deja que te dé algo de dinero para gasolina.

—Eres muy amable, pero no, gracias. Sergio está siendo más generoso que nunca, envió un correo a casa con un sobre.

—¿A tu mujer no le importa que salgas a estas horas? —Weisz conocía a la signora Salamone.

—Vaya si le importa. Pero sabe lo que le pasa a la gente como yo: si te quedas en casa, si abandonas el mundo, te mueres. Así que me lanzó una mirada asesina, me dijo que más me valía tener cuidado y me obligó a ponerme este sombrero.

—Es tan emigrada como nosotros —terció Elena.

—Cierto, pero... En fin, quería deciros que he llamado a todo el comité. A todos salvo al abogado, no he podido dar con él. De todas formas fui bastante cauteloso. Lo único que dije es que tenemos nueva información sobre los ataques, y que puede que necesitemos ayuda los próximos días. No te mencioné a ti, Elena, ni tampoco lo sucedido. A saber quién anda escuchando los teléfonos.

—Mejor —aprobó Weisz.

—Sólo estaba siendo cuidadoso, eso es todo.

Salamone enfiló la rue La Fayette, hacia el bulevar Magenta, luego torció a la derecha y se metió por el bulevar Estrasburgo. Oscuro y casi desierto; persianas metálicas delante de los escaparates, un grupo de hombres merodeando en una esquina, y un café abarrotado y lleno de humo, iluminado únicamente por una luz azul que colgaba sobre la barra.

—Tú dirás dónde, Elena.

—El sesenta y dos, aún falta un poco. Ahí está la *pâtisserie*, algo más adelante, más, ahí.

El coche se detuvo, y Salamone apagó el faro que aún funcionaba.

—¿Segundo piso?

—Sí.

—No hay luz.

—Vamos a echar un vistazo —propuso Elena.

265

—Estupendo —dijo Salamone—. Allanamiento de morada.

—¿Y si no?

—La vigilamos uno o dos días. Tú podrías venir a la hora de almorzar, Carlo; y tú, Elena, después del trabajo, sólo una hora. Yo volveré mañana por la mañana, en coche. Y Sergio por la tarde. Hay un zapatero al otro lado de la calle, puede ir a que le pongan tapas y esperar mientras se las colocan. No podemos estar en todo momento, pero puede que veamos quién entra y quién sale. Carlo, ¿qué opinas?

—Lo intentaré, pero no creo que vea nada. ¿Servirá esto de algo, Arturo? ¿Qué vamos a ver que podamos contarle a la policía? Podemos describir al tipo que fue a la galería, podemos decir que no creemos que sea una agencia de fotografía, podemos contarles lo del Café Europa, que tal vez fuera intencionado, y lo del robo. ¿Acaso no basta?

—Lo que creo es que tenemos que intentarlo —insistió Salamone—. Probarlo todo. Porque sólo podremos ir a la Sûreté una vez, y hemos de darles todo lo que podamos, lo suficiente para que no puedan ignorarlo. Si nos ven como a un puñado de emigrados quejicas y nerviosos a los que quizá intimiden otros emigrados, sus enemigos políticos, se limitarán a rellenar un formulario y archivarlo.

—¿Podrías entrar ahí, Carlo? —preguntó Elena—. ¿Usando algún pretexto?

—Podría.

La idea lo asustó. Si eran buenos en su trabajo, sabrían quién era él, y cabía la posibilidad de que no volviera a salir.

—Muy peligroso —opinó Salamone—. No lo hagas.

Salamone metió una marcha.

—Fijaré un horario de vigilancia. Para un día o dos. Si no vemos nada, utilizaremos lo que tenemos.

—Yo vendré mañana —confirmó Weisz.

«La luz del día cambiará las cosas», pensó. Y ya vería cómo se sentía. ¿Qué podía inventar?

3 de junio.

Weisz tuvo una mala mañana en la oficina: atención dispersa, un nudo en el estómago, consultando el reloj cada pocos minutos. Por fin llegó la hora de comer, la una. «Estaré de vuelta a las tres —informó a la secretaria—. Tal vez algo más tarde.» O nunca. El metro tardó una eternidad en llegar, el vagón vacío, y cuando salió de la Gare de l'Est caía una lluvia menuda e ininterrumpida.

Aquella llovizna hacía al barrio, lúgubre y desolado, un flaco favor. Y tampoco mejoraba gran cosa a la luz del día. Echó a andar por la acera del bulevar opuesta al número 62, luego cruzó, entró en la *pâtisserie*, se compró un pastel y salió de nuevo a la calle, donde se deshizo de él. No había forma humana de comerse aquello. Hizo una pausa en el 62, como si buscara una dirección, siguió adelante, cruzó el bulevar de nuevo, se detuvo en una parada de autobús hasta que éste llegó y se fue. Todo aquello le llevó veinte minutos del turno de vigilancia que le había sido asignado. Y en el edificio no había entrado ni salido un alma.

Estuvo diez minutos de aquí para allá en la esquina donde confluían el bulevar y la rue Jarry, consultando el reloj. Un hombre que esperaba a un amigo que no llegaba. «Arturo, esta idea es ridícula.» Se estaba empapando. ¿Por qué demonios no había cogido el paraguas? El cielo estaba nublado y tenía un aspecto amenazador cuando salió a trabajar. ¿Y si decía que buscaba empleo? Después de todo era periodista, y Photo-Mondiale sería un sitio lógico al que acudir. O, quizá mejor, podía decir que estaba buscando a un amigo. ¿El viejo Duval? Le había dicho que trabajaba allí. Pero, bueno, ¿qué vería? ¿A unos cuantos hombres en una oficina? ¿Y qué? Maldita sea, ¿por qué tenía que llover? Una mujer que había pasado por delante hacía unos minutos regresaba ahora con una malla llena de patatas y lo miró con recelo.

Bueno, a hacer puñetas: o subía o volvía a la oficina. Pero tenía que hacer *algo*. Se acercó al edificio despacio y se detuvo en seco cuando vio llegar al cartero, cojeando, la pesada cartera de cuero colgando en el costado. Paró delante del 62, miró la cartera y entró en el edificio. Salió en menos de un minuto y se dirigió al número 60.

Weisz esperó a que llegara al final de la calle, respiró hondo y se acercó a la puerta del 62, la abrió de golpe y entró. Por un instante se quedó quieto, el corazón desbocado, pero el vestíbulo estaba tranquilo y silencioso. «Diles que vienes a buscar al viejo Duval —se dijo— y no levantes sospechas.» Subió deprisa las escaleras y en el rellano se paró a escuchar de nuevo. A continuación, recordando la descripción de Elena, giró a la izquierda. La puerta que había al fondo tenía una tarjeta de visita clavada bajo un «1.º B» estarcido. «Agence Photo-Mondiale.» Weisz contó hasta diez y alzó la mano para llamar, pero vaciló. Dentro se oyó un teléfono, un doble pitido más bien quedo. Esperó a que lo cogieran, pero sólo oyó un segundo tono, un tercero y un cuarto, seguido del silencio. «¡No hay nadie!» Weisz llamó dos veces a la puerta —el sonido retumbó en el pasillo vacío— y esperó a oír pasos. «No, no hay nadie.» Con cautela, probó el pomo, pero la puerta estaba cerrada. «¡Salvado!» Dio media vuelta y echó a andar a buen paso hacia el otro extremo del pasillo.

Bajó la escalera a toda velocidad, ansioso por alcanzar la seguridad de la calle, pero justo cuando llegó a la puerta, los sobres que salían de los buzones de madera llamaron su atención. El que ponía «1.º B» tenía cuatro. Sin perder de vista la puerta, listo para devolverlos a su sitio en un segundo si aquélla se movía un milímetro, echó una ojeada. El primero era una factura de la compañía eléctrica. El segundo venía de la sucursal de Marsella del Banque des Pays de l'Europe Centrale. En el tercero leyó una dirección escrita a máquina en un sobre color manila con un sello de un país lejano: «*Jugoslavija, 4 dinars*» y la imagen en tonos azules de una campesina con un pañuelo, las manos en las caderas, mirando con seriedad un río. El matasellos, primero en cirílico, luego en caracteres latinos, decía «Zagreb». La cuarta carta era personal, escrita a lápiz en un sobre pequeño y barato y dirigida a «J. Hravka», con las señas del remitente, «I. Hravka», también en Zagreb. Con un ojo en la puerta, Weisz metió la mano en el bolsillo, sacó lápiz y papel y copió las dos direcciones de Zagreb. Del banco francés para los países de Europa central se acordaría.

Cuando se dirigía al metro deprisa y corriendo, Weisz se sentía nervioso y eufórico. Había *funcionado*, Salamone tenía razón. «Zagreb —pensó—, Croacia.» Claro.

SOLDADOS
DE LA LIBERTAD

5 de junio de 1939.

Carlo Weisz contemplaba la primavera de París por la ventana de su oficina: los castaños y los tilos con sus hojas de vivos colores retoñando, las mujeres con los vestidos de algodón, el intenso azul del cielo, las nubes coronando la ciudad. Entretanto, según los tristes papeles que se amontonaban en su bandeja de asuntos pendientes, también era primavera para los diplomáticos: los pretendientes franceses y británicos requebraban a la doncella soviética en el bosque encantado, pero ella reía tontamente y salía corriendo. Hacia Alemania.

Y así pasaba la vida —para siempre, se le antojaba a Weisz— hasta que el tedioso redoble de conferencia y tratado se vio interrumpido, de repente, por una verdadera tragedia. Ese día llegó la noticia del *SS St. Louis*, que había zarpado de Hamburgo con novecientos treinta y seis judíos alemanes que huían del Reich, pero no encontraba puerto. Al prohibírseles desembarcar en Cuba, los refugiados apelaron al presidente Roosevelt, que en un principio dijo sí y después lo siento. En Norteamérica las fuerzas políticas se oponían rotundamente a la inmigración judía, así que, el día anterior, se emitió un comunicado definitivo: al *St. Louis*, que aguardaba en el mar entre Cuba y Florida, no le sería permitido atracar. Tendría que regresar a Alemania.

En la oficina de París habían tratado de conocer la reacción de los franceses, pero el Quai d'Orsay, en seis párrafos, no tenía nada que decir. Lo cual incitó a Weisz a mirar por la ventana, sin ganas de trabajar, con la cabeza en Berlín, el corazón ajeno a aquel hermoso día de junio.

Dos días antes, al volver del bulevar Estrasburgo a la oficina de Reuters, había telefoneado a Salamone sin demora para contarle lo que había hecho.

—Alguien de esa oficina tiene contactos con Croacia —anunció, y pasó a describirle los sobres—. Lo cual sugiere que puede que la OVRA esté utilizando agentes de la Ustasha.

Ambos sabían lo que eso significaba: Italia y Croacia mantenían una relación larga, complicada y a menudo secreta; los croatas buscaban la alianza de los católicos en su eterno conflicto con los serbios ortodoxos. La Ustasha era un grupo terrorista —o nacionalista o guerrillero, en los Balcanes todo dependía de quién hablara— del que se servían los servicios secretos italianos en ocasiones. Juramentada en lograr la independencia de Croacia, era posible que la Ustasha hubiese tomado parte en el asesinato del rey Alejandro, perpetrado en 1934 en Marsella, así como en otras operaciones terroristas, en particular la colocación de bombas en trenes de pasajeros.

—No son buenas noticias —afirmó Salamone con seriedad.

—No, pero al menos son *noticias*. Noticias para la Sûreté. Y hay motivos para sospechar que podrían estar transfiriendo fondos a través de un banco francés de Marsella, un banco que también opera en Croacia. Seguro que con eso pican.

Salamone se había ofrecido voluntario para acudir a la Sûreté, pero Weisz le dijo que no se preocupara. Puesto que ya se había mezclado con ellos, lo lógico sería que fuera él.

—Pero —dijo—, que quede entre nosotros dos.

Luego le preguntó a Salamone si la vigilancia había dado algún otro fruto. Sergio había visto una vez al de la pluma verde, repuso Salamone. Weisz le aconsejó que diera por terminada la vigilancia. Con lo que tenían bastaba.

—Y la próxima vez que convoquemos una reunión —añadió—, será del comité de redacción, para el siguiente número de *Liberazione*.

Eso era más que optimista, pensó mientras miraba por la ventana, pero primero tendría que llamar a Pompon. Se planteó hacer la llamada, estuvo a punto de marcar el número, pero, una vez más, lo pospuso. Más tarde, ahora tenía que trabajar. Tomó el primer papel del montón, un comunicado de la embajada soviética en París relativo a las continuas negociaciones con los británicos y los franceses para establecer una alianza en caso de un ataque alemán. Una larga lista de posibles víctimas, a cuya cabeza se situaba Polonia. ¿Una visita al Quai d'Orsay? Quizá, tendría que consultárselo a Delahanty.

Apartó el comunicado. Lo siguiente era un cable de Eric Wolf que había entrado hacía una hora. «Ministerio de Propaganda informa red espionaje desmantelada en Berlín.» Una crónica escueta: un número indeterminado de arrestos, algunos en ministerios, de ciudadanos alemanes que habían pasado información a agentes extranjeros. No se mencionaban nombres, las investigaciones continuaban.

Weisz se quedó helado. ¿Podía llamar? ¿Enviar un cable? No, hasta podía empeorar las cosas. ¿Podía llamar a Alma Bruck? No, tal vez estuviese implicada. Christa sólo había dicho que era una amiga. Pues a Eric Wolf.

Quizá. Tenía la sensación de que podía pedirle un favor, pero no más. Wolf ya estaba bastante ocupado, y no le había hecho mucha gracia involucrarse en los líos amorosos de un colega. Además, Weisz no tuvo más remedio que admitirlo, posiblemente Wolf ya hubiese hecho todo lo que había podido. Seguro que había pedido nombres, pero no los habían dado. No, debía mantener a Wolf en la reserva, ya que, si milagrosamente ella sobrevivía, si milagrosamente se trataba de *otra* red de espionaje, tendría que sacarla de Alemania, lo cual requeriría ponerse en contacto con él al menos una vez.

Pero era incapaz de aparcar el asunto. Con las manos encima del cable, que descansaba en la mesa, su cabeza saltaba de una posibilidad a la siguiente, dándole vueltas a todas, hasta que la secretaria entró con otro cable. «Alemania propone negociaciones para alianza URSS.»

Adiós a Christa. «No puedes hacer nada.» Angustiado, intentó trabajar.

Por la tarde se sentía peor. Las imágenes de Christa en manos de la Gestapo no lo abandonaban. Incapaz de comer, llegó pronto al trabajo de las ocho en el Tournon, pero Ferrara no estaba, la habitación cerrada con llave. Weisz bajó las escaleras y le preguntó al recepcionista si monsieur Kolb se hallaba en su cuarto, pero la respuesta fue que en el hotel no había nadie llamado así. «Típico», pensó Weisz. Kolb surgía de la nada y volvía al mismo sitio. Probablemente se hospedara en el Tournon, pero con un nombre distinto. Weisz salió a la rue de Tournon, cruzó la calle y entró en los jardines de Luxemburgo, se sentó en un banco y fumó un cigarrillo tras otro mientras la cálida tarde primaveral y todas las parejas de enamorados de la ciudad se burlaban de él. A las ocho y veinte regresó al hotel, donde Ferrara lo estaba esperando.

Aquella ciudad, aquel río, el heroico cabo que cogió una granada de mano del fondo de una trinchera y se la devolvió al enemigo. Lo que ayudó a Weisz esa noche fue el automatismo del trabajo, tecleando las palabras de Ferrara, corrigiendo a medida que escribía. Luego, poco después de las diez, apareció Kolb.

—Hoy terminaremos pronto —anunció—. ¿Va todo bien?

—Estamos llegando al final —informó Ferrara—. Queda lo del campo de internamiento y se acabó. Supongo que no querrá que hablemos de mi estancia en París.

Kolb esbozó una sonrisa lobuna.

—No, eso lo dejaremos a la imaginación del lector. —Y a Weisz—: Usted y yo vamos a ir al decimosexto. Hay alguien en la ciudad que quiere conocerlo.

Por la forma de decirlo, Weisz supo que no tenía elección.

El apartamento se encontraba en Passy, el aristocrático corazón del *très snob* decimosexto distrito. Rojo y dorado, al estilo parisino, pesados cortinajes y tapicerías, *boiseries*, una pared llena de estanterías. Una habitación a oscuras, iluminada únicamente por una lámpara oriental. La portera había anunciado su llegada por teléfono desde abajo, de modo que, cuando Kolb abrió el ascensor, el señor Brown los estaba esperando a la puerta.

—Hombre, me alegro de que haya venido.

Un recibimiento alegre y un señor Brown bastante distinto. Ya no era el caballero afable y de aspecto desaliñado con la pipa y el chaleco. En su lugar lucía un traje nuevo y caro en un tono azul marino. Cuando Weisz le dio la mano y entró en el apartamento supo por qué.

—Éste es el señor Lane —dijo Kolb.

Un hombre alto y delgado surgió de un sofá bajo, estrechó la mano de Weisz y dijo:

—Señor Weisz, encantado de conocerlo. —Camisa blanca almidonada, corbata sobria, traje de exquisita confección... la resplandeciente clase alta británica, con el cabello del color del acero y una media sonrisa muy profesional. Los ojos, en cambio, hundidos y surcados de profundas líneas, unos ojos preocupados, rayanos en la inquietud, que casi contradecían los demás signos de su estatus—. Venga, siéntese —le sugirió a Weisz, señalando el otro extremo del sofá. Y acto seguido—: ¿Brown? ¿Puede traernos un whisky, tal cual?

Aquello significaba cinco centímetros del líquido ambarino en un vaso de cristal. Lane dijo:

—Hablaremos después, Brown. —Kolb ya se había esfumado, y ahora fue el aludido quien se fue a otra habitación del apartamento—. Así que usted es nuestro escritor —le dijo a Weisz, la voz baja y melosa.

—Sí —afirmó Weisz.

—Muy buen trabajo, señor Weisz. Pensamos que *Soldado de la libertad* debería venderse bien. Me da la impresión de que ha puesto mucho entusiasmo en el proyecto.

—Es cierto —aseguró Weisz.

—Una lástima lo de su país. No creo que sea feliz con sus nuevos amigos, pero es inevitable, ¿no? Al menos usted lo ha intentado.

—¿Se refiere al *Liberazione*?

—Así es. He visto los números atrasados y es, con mucho, el mejor de su categoría. Deja a un lado la política, gracias a Dios, y se centra en la vida. Y su dibujante es deliciosamente desagradable. ¿Quién es?

—Un emigrado, trabaja para *Le Journal*. —Weisz no le dijo el nombre, y Lane tampoco insistió.

—En fin, esperamos ver muchos números más.

—¿Ah, sí?

—Sí. Auguramos un futuro brillante al *Liberazione*.

La voz de Lane acarició la palabra como si fuera el título de una ópera.

—Tal como andan las cosas en este momento, la verdad es que no existe, ya no.

Si algo hacía bien el rostro de Lane era reflejar «decepción».

—No, no, no; no diga esas cosas, debe continuar.

El *debe* servía para expresar una idea doble: *es necesario* y *es imprescindible*... si no...

—Nos han estado acosando —explicó Weisz—. Creemos que la OVRA, y hemos tenido que suspender su publicación.

Lane dio un sorbo a su whisky.

—Pues tendrán que reanudarla, ahora que Mussolini se ha pasado al otro bando. ¿A qué se refiere con acosando?

—Un asesinato, ataques a miembros del comité, problemas en el trabajo, un incendio posiblemente intencionado, un robo.

—¿Han acudido a la policía?

—Aún no, pero puede que lo hagamos, lo estamos sopesando.

Lane asintió categóricamente: «Buen muchacho.»

—No lo pueden dejar morir sin más, señor Weisz, sencillamente es demasiado bueno. Y tenemos razones para pensar que también es eficaz. En Italia la gente habla de él. Nos consta. Bueno, nosotros podríamos echarles una mano, con la policía, pero deberían intentarlo por su cuenta. A tenor de la experiencia es lo mejor. De hecho, su *Liberazione* debería ser más amplio y tener más lectores, y a ese respecto sí podemos hacer algo. Dígame, ¿cuáles son sus canales de distribución?

Weisz se paró a pensar un instante en la manera de describirlo.

—Desde 1933, cuando el comité de redacción del *Giustizia e Libertà* trabajaba en Italia, nunca ha habido una estructura como tal. Es... en fin, creció por sí solo. Primero había un único camionero en Génova, luego otro, un amigo del primero, que iba a Milán. No se trata de una pirámide con un emigrado parisino en el vértice, es sólo gente que se conoce entre sí y desea tomar parte, hacer algo, lo que puede, para enfrentarse al régimen fascista. No somos comunistas, no estamos organizados en células, con disciplina. Contamos con un impresor en Milán que entrega paquetes de periódicos a tres o cuatro amigos, y éstos los distribuyen entre sus amigos. Uno coge diez, otro veinte. Y se va distribuyendo.

Lane estaba encantado y lo demostró:

—¡Bendito caos! —exclamó—. Bendita anarquía italiana. Espero que no le importe que se lo diga.

Weisz se encogió de hombros.

—No me importa, la verdad. En mi país no nos gustan los jefes, es nuestra forma de ser.

—¿Y su tirada...?

—Unos dos mil.

—Los comunistas sacan veinte mil.

—Desconocía la cifra, suponía que era mayor, pero a ellos los arrestan más que a nosotros.

—Comprendo. No podemos dejar que eso pase en exceso. ¿Lectores?

—Quién sabe. A veces uno por periódico, otras veces veinte. Sería imposible hacer una conjetura, pero se comparten, no se tiran: lo pedimos en la misma cabecera.

—¿Podría decirse que veinte mil?

—¿Por qué no? Es posible. El periódico se deja en los bancos de las salas de espera de las estaciones de ferrocarril y en los trenes. En infinidad de lugares públicos.

—¿Y la información? Si me permite la pregunta.

—Del correo, de boca de nuevos emigrados, de chismes y rumores.

—Naturalmente. La información posee vida propia, lo sabemos de sobra, para bien y, en ocasiones, para mal.

Weisz asintió comprensivo.

—¿Qué tal su whisky?

Weisz bajó la mirada y vio que casi se lo había terminado.

—Deje que le ponga otro. —Lane se puso en pie, se dirigió hacia un mueble bar que había junto a la puerta y sirvió otras dos copas. Cuando volvió dijo—: Me alegro de que hayamos tenido oportunidad de charlar. Tenemos planes para usted, en Londres, pero quería ver con quién estábamos trabajando.

—¿Qué clase de planes, señor Lane?

—Bueno, lo que le he comentado. Más amplio, mejor distribución, más lectores, muchos más. Y creo que podríamos ayudarlos, de vez en cuando, con la información. Se nos da bien. Ah, por cierto, ¿qué hay del papel?

—Imprimimos en un diario de Génova y nuestro impresor, ya sabe, más de lo mismo, se las arregla, un amigo en la oficina, o tal vez la cuenta de las resmas de papel no se llevan debidamente.

De nuevo Lane se mostró encantado y rompió a reír:

—Italia fascista —dijo, meneando la cabeza ante lo absurdo de la idea—. ¿Cómo diablos...?

Al igual que el resto del mundo, Weisz tenía sus noches malas: que si un amor frustrado, el estado del mundo, el dinero... pero ésta era, con mucho, la peor: horas lentas, mirando el techo de la habitación de un hotel. El día anterior se habría sentido entusiasmado con aquella reunión con el señor Lane: un giro de la fortuna en la guerra que libraba. ¡Buenas noticias! ¡Un inversor! Su pequeña empresa le interesaba a uno de los grandes. Pero era posible que al final la noticia no fuese tan buena, y Weisz lo sabía. Sin embargo ¿en qué punto se hallaban? No cabía duda de que aquello era un acontecimiento, un repentino golpe de suerte, y Weisz era de los que aceptaban los desafíos, aunque ahora lo único en lo que podía pensar era en Christa. En Berlín. En una celda. Siendo interrogada.

El miedo y la rabia se apoderaron de él, primero el uno y luego la otra. Odiaba a los captores de Christa, se lo haría pagar caro, pero ¿cómo localizarla? ¿Cómo averiguar qué había sido de ella? ¿Qué podía hacer para salvarla? ¿Estaba aún a tiempo? No, era demasiado tarde. ¿Podía ir a Berlín? ¿Podía ayudarlo Delahanty? ¿La dirección de Reuters? Necesitaba desesperadamente echar mano de los poderosos, pero sólo se le ocurría una fuente: *el señor Lane*. ¿Lo ayudaría? No si se trataba de un favor. Lane venía a ser un alto ejecutivo, y compartía con los de su mundo un tremendo talento para zafarse de los problemas, Weisz lo había *notado*. Su objetivo en el mar en que nadaba eran los logros, los éxitos. No se le podía rogar, sólo se le podía obligar, obligar a negociar para conseguir lo que quería. ¿Negociaría?

Weisz se planteó tocar el tema, pero se contuvo. Necesitaba tiempo para pensar, para dar con la forma de hacerlo. Sabía perfectamente con quién estaba tratando: un hombre cuyo trabajo era, esa semana, difundir periódicos clandestinos en un país enemigo. ¿Se lo pediría únicamente a Weisz? ¿Sólo al *Liberazione*? ¿A quién más habría visto esa noche? ¿A qué otros diarios de emigrados se habría dirigido? No, pensó Weisz, mejor dejarlo ganar, dejar que se fuera a casa satisfecho. Y luego atacar. Sabía que sólo podría lanzar una ofensiva, así que tenía que funcionar. Y, como buen ejecutivo, lo cierto es que Lane no le había planteado la pregunta crucial: ¿Querrá usted hacerlo? Evitando así la embarazosa respuesta que no deseaba oír. No, se lo pediría a Brown. Sí, al *señor Brown*.

Esa noche Weisz no durmió, no se quitó la ropa, tan sólo dio alguna que otra cabezada hacia el amanecer, finalmente exhausto. Luego, otra mañana de junio como llovida del cielo. Fue a trabajar temprano y llamó a Pompon, que no estaba, pero le devolvió la llamada una hora más tarde. Quedaron en verse después del trabajo, en el ministerio del Interior.

Aún no había oscurecido del todo cuando Weisz llegó a la rue des Saussaies. El vasto edificio llenaba el cielo, los hombres con maletines entrando y saliendo por su sombra sin parar. Igual que la vez anterior, lo condujeron a la sala 10: una mesa alargada, unas cuantas sillas, una alta ventana tras una reja, el aire viciado, con un fuerte olor a pintura y humo de cigarrillo. El inspector Pompon lo estaba esperando, acompañado de su colega de mayor edad, su superior, el polizonte, como le llamaba Weisz para sus adentros, entrecano y encorvado, que afirmó ser el inspector Guerin. Esa tarde vestían de manera informal: sin chaqueta, la corbata floja. Así que iba a ser una reunión *informal*. Con todo, Weisz notaba cierta tensión y expectación. «Éste ya es nuestro.» En la mesa que había delante, los expedientes verdes, y de nuevo era Pompon quien tomaba notas.

Weisz no perdió tiempo y fue al grano.

—Tenemos una información que tal vez les interese —espetó.

Pompon dirigía el interrogatorio.

—¿Tenemos? —repitió.

—El comité de redacción del periódico de emigrados *Liberazione*.

—¿Qué es lo que tiene, monsieur Weisz? Y ¿cómo lo ha conseguido?

—Tenemos pruebas de la existencia de una célula del servicio secreto italiano en esta ciudad. Está en marcha ahora mismo, hoy.

Weisz pasó a describir, sin dar nombres, la persecución por parte de Elena del tipo que abordó a su superiora, el interrogatorio de Véronique y la posterior reunión con Elena, su propia llamada telefónica a la agencia Photo-Mondiale y sus dudas acerca de su legitimidad, la tentativa del comité de vigilar el número 62 del bulevar Estrasburgo, y las cartas que encontró en el buzón de la agencia. Luego, de las notas que había traído consigo, leyó en voz alta los nombres del banco francés y la dirección en Zagreb.

—¿Jugando a los detectives? —terció Guerin, más divertido que enojado.

—Supongo que sí. Pero teníamos que hacer algo. Ya mencioné los ataques de que fue objeto el comité.

Pompon le entregó el expediente a su colega, el cual leyó, valiéndose del dedo índice, las notas relativas a una reunión con Weisz en el café de la Ópera.

—No es gran cosa para nosotros, pero la investigación del asesinato de madame LaCroix continúa abierta, y ésa es la razón por la que estamos hablando con usted.

—Y cree que este material guarda alguna relación. Este asunto del espionaje... —dejó caer Pompon.

—Sí, eso pensamos.

—Y el idioma que su colega oyó bajo la escalera ¿era serbocroata?

—No supo qué era.

Tras un momento de silencio los inspectores se miraron.

—Puede que lo investiguemos —aseguró Guerin—. ¿Y el periódico?

—Hemos aplazado su publicación —explicó Weisz.

—Pero si sus, eh, *problemas* desaparecieran...

—Seguiríamos adelante. Ahora que Italia se ha aliado con Alemania tenemos más que nunca la impresión de que es importante.

Guerin lanzó un suspiro.

—Política, política —dijo—. Te hacen ir de acá para allá.

—Y te hacen ir a la guerra —apuntó Weisz.

—Sí, está al caer —convino Guerin.

—Si abrimos una investigación, es posible que volvamos a ponernos en contacto con usted —aseveró Pompon—. ¿Algún cambio? ¿Empleo? ¿Domicilio?

—No, todo sigue igual.

—Muy bien, si se entera de alguna otra cosa, háganoslo saber.

—Lo haré —prometió Weisz.

—Pero no intente ayudarnos más, ¿de acuerdo? Déjenoslo a nosotros —apuntó Guerin.

Pompon repasó sus notas para cerciorarse de los nombres y las direcciones de Zagreb y, acto seguido, le dijo a Weisz que podía marcharse.

Cuando se iba, Guerin sonrió y dijo:

—*À bientôt, monsieur Weisz.*

Hasta pronto.

De vuelta en la rue des Saussaies, Weisz encontró un café, probablemente el habitual de los funcionarios del ministerio del Interior, pensó, a juzgar por el aspecto de los hombres que cenaban y bebían en el bar y por el tono apagado de las conversaciones. Acuciado por la prisa, engulló el *plat du jour*, un estofado de ternera, tomó dos copas de vino y llamó a Salamone desde un teléfono público situado al fondo del local.

—Hecho —informó—. Van a abrir una investigación. Pero tengo que verte, y tal vez a Elena.

—¿Qué te han dicho?

—Bueno, que tal vez investiguen. Ya sabes cómo son.

—¿Cuándo quieres que nos veamos?

—Esta noche. ¿Es muy tarde a las once?

Al poco Salamone repuso:

—No, pasaré a recogerte.

—En la rue de Tournon esquina con Médicis.

—Llamaré a Elena —se ofreció Salamone.

Weisz cogió un taxi a la puerta del café y antes de las ocho estaba en el hotel de Ferrara.

Esa noche trabajaron duro, escribiendo más páginas de lo normal. Estaban en la entrada de Ferrara en Francia y su internamiento en el campo próximo a Tarbes, al suroeste del país. Ferrara seguía enfadado, y no escatimó detalles, centrándose en el pecado burocrático de la *indiferencia*, pero Weisz lo suavizó: una oleada de refugiados de España, los tristes restos de una causa perdida, los franceses hicieron lo que pudieron. Y es que el Pacto de Acero había cambiado el clima político y, después de todo, ese libro era propaganda, propaganda británica, y ahora Francia era, más que nunca, el aliado de Gran Bretaña en una Europa dividida. A las once, Weisz se levantó, dispuesto a irse. ¿Dónde estaba Kolb? Se lo encontró en el pasillo, cuando se dirigía a la habitación.

—Tengo que ver al señor Brown —aseguró—. Lo antes posible.

—¿Ocurre algo?

—No tiene que ver con el libro —contestó Weisz—. Es otra cosa, sobre la reunión de la otra noche.

—Hablaré con él —respondió Kolb— y lo organizaremos.

—Mañana por la mañana —propuso Weisz—. Hay un café llamado Le Repos en la rue Dauphine, más abajo del Hotel Dauphine. A las ocho.

Kolb enarcó una ceja.

—Nosotros no funcionamos así.

—Lo sé, pero se trata de un favor. Por favor, Kolb, el tiempo apremia.

A Kolb no le gustó.

—Lo intentaré, pero si no aparece no se extrañe. Ya conoce la rutina: Brown decide la hora y el sitio. Hemos de ser cuidadosos.

Weisz estaba a punto de suplicar.

—Inténtelo, es todo lo que le pido.

Ya en la calle, Weisz echó a andar a buen paso hacia la esquina. El Renault se hallaba allí, el motor fallaba ya incluso al ralentí. Elena ocupaba el asiento contiguo a Salamone. Weisz se montó en la parte de atrás y se disculpó por el retraso.

—No importa —respondió Salamone al tiempo que accionaba la palanca de cambios para meter primera—. Esta noche eres nuestro héroe.

Weisz relató la reunión en el ministerio del Interior y agregó:

—Ahora lo que tenemos que discutir es otra cosa... algo que pasó la otra noche.

—¿De qué se trata? —quiso saber Salamone.

Weisz le contó a Elena, de forma breve y midiendo las palabras, lo del libro de Ferrara, de que era una operación del SSI británico.

—Y ahora me han hablado del *Liberazione*. No sólo tienen ganas de que volvamos a editarlo, quieren que crezcamos. Más tirada, más lectores, mayor distribución. Dicen que nos ayudarán a hacerlo y que nos proporcionarán información. Y debo añadir que quiero aprovechar la oportunidad para salvar la vida de una amiga mía que está en Berlín.

Todos guardaron silencio un instante hasta que Salamone dijo:

—Carlo, nos pones difícil decir que no.

—Si es que no, es que no. Ya encontraré otro modo de salvar a mi amiga.

—¿Proporcionarnos información? ¿Qué quiere decir eso? ¿Nos dirán lo que tenemos que escribir?

—Es por el pacto —razonó Elena—. Querían que Italia fuera neutral, pero, hicieran lo que hiciesen, no funcionó, y ahora tienen que apretarle las tuercas.

—Por Dios, Carlo —dijo Salamone mientras giraba el volante y se metía por una bocacalle—. Precisamente tú, se diría que quieres dejar que lo hagan. Pero ya sabes lo que pasará. Primero meten la cabeza y luego un poco más, y en menos que canta un gallo son nuestros dueños. Nosotros, ¿espías? —rió ante la idea—. ¿Sergio? ¿El abogado? ¿Zerba, el historiador del arte? ¿*Yo*? La OVRA nos hará pedazos, no podemos sobrevivir en ese mundo.

Weisz repuso con voz tensa:

—Tenemos que intentarlo, Arturo. Siempre hemos querido cambiar las cosas en Italia, contraatacar. Ésta es nuestra oportunidad.

El oscuro interior del coche se vio iluminado de repente por los faros de un vehículo que había entrado en la calle detrás de ellos. Salamone miró por el retrovisor cuando Elena dijo:

—Y ¿cómo vamos a hacerlo? ¿Encontrar a otro impresor? ¿Más mensajeros? ¿Más gente que reparta ejemplares? ¿En más ciudades?

—*Ellos* saben cómo, Elena —contestó Weisz—. Nosotros somos aficionados, ellos profesionales.

Salamone miró de nuevo el retrovisor. El otro coche se les había acercado.

—Carlo, la verdad, no te entiendo. Cuando decidimos continuar aquí la lucha de los *giellisti* en Italia nos enfrentamos a esta clase de intromisiones y las combatimos. Somos una organización de la Resistencia, y ello entraña sus riesgos, pero hemos de seguir siendo independientes.

—Va a estallar una guerra —aseguró Elena—. Como en el catorce, pero peor, si es que es posible. Y todas las organizaciones de la Resistencia, todos esos idealistas exquisitos se verán arrastrados a ella. Y no por sus virtuosas ideas.

—¿Estás con Carlo?

—No me hace gracia, pero sí.

Salamone dobló la esquina y aceleró.

—¿Quiénes son esos que van detrás de nosotros? —El Renault se hallaba de nuevo en la calle que discurría paralela a los jardines de Luxemburgo e iba cada vez más deprisa, pero los faros del otro vehículo seguían fijos en el retrovisor. Weisz se volvió para echar un vistazo y vio dos siluetas oscuras en el asiento delantero de un gran Citroën—. Tal vez debamos dejar que nos ayuden —admitió Salamone—. Pero creo que lo lamentaremos. Dime una cosa, Carlo, ¿lo que te ha hecho cambiar de opinión es ese motivo personal, esa amiga tuya, o lo harías de todos modos?

—La guerra no se avecina, ya está aquí. Y si no son los británicos hoy, serán los franceses mañana. La presión acaba de empezar. Elena tiene razón. Sólo es cuestión de tiempo. Todos tendremos que luchar, unos con armas y otros con máquinas de escribir. Y, en cuanto a lo de mi amiga, es una vida que merece ser salvada, independientemente de lo que ella signifique para mí.

—Me da igual el motivo —afirmó Elena—. No podemos continuar solos, la OVRA nos lo ha demostrado. Creo que deberíamos aceptar la oferta, y si los británicos pueden echarle una mano a Carlo para salvar a su amiga, pues estupendo, ¿por qué no? ¿Y si se tratara de ti o de mí, Arturo, si tuviésemos problemas en Berlín o en Roma, qué querrías que hiciera Carlo?

Salamone aminoró la marcha y, sin perder de vista el retrovisor, se detuvo. El Citroën hizo lo mismo y, acto seguido, despacio, esquivó el Renault y se situó a su altura. El tipo que ocupaba el asiento del copiloto volvió la cabeza y los miró un instante, luego le dijo algo al conductor y el coche se alejó.

—¿Qué ha sido eso? —preguntó Elena.

7 de junio, 8:20.

El café Le Repos estaba concurrido por las mañanas; los clientes se agolpaban en la barra para ahorrarse unas monedas en el café. En busca de intimidad, Weisz se había sentado a una mesa al fondo, de espaldas a un enorme espejo de pared. Esperó, con *Le Journal* delante, sin leer, el café una mancha oscura en el fondo de la tacita. Ni rastro del señor Brown. Bueno, Kolb se lo había advertido, esa gente hacía las cosas a su manera. Luego un hombre con una gorra de visera abandonó la barra, se acercó a su mesa y preguntó:

—¿Weisz?

—¿Sí?

—Venga conmigo.

Weisz dejó dinero en la mesa y lo siguió. Ya en la calle, un taxi aguardaba frente al café. El de la gorra se puso al volante, y Weisz se subió atrás, donde se hallaba el señor Brown. El señor Brown de siempre, el olor del humo de la pipa endulzando el aire.

—Buenos días —saludó con aspereza. El taxi arrancó y se fundió con el lento tráfico de la rue Dauphine—. Bonita mañana.

—Gracias por esto —dijo Weisz—. Tenía que hablar con usted, sobre los planes que tienen para el *Liberazione*.

—Se refiere a la pequeña charla que mantuvo con el señor Lane.

—Eso es. Pensamos que es una buena idea, pero necesito su ayuda. Para salvar una vida.

Brown enarcó las cejas, y la pipa soltó una significativa bocanada de humo blanco.

—¿De qué vida se trata?

—De la de una amiga. Ha formado parte de un grupo de la Resistencia, en Berlín, y puede que se haya metido en un lío; hace dos días vi un cable en Reuters que podría significar que la han arrestado.

Por un momento Brown pareció un médico al que le hubiesen dicho algo terrible: por malo que fuese, él ya lo había oído.

—O sea, necesita un milagro y todo irá sobre ruedas, ¿es eso, señor Weisz?

—Quizá un milagro para mí, pero no para usted.

Brown se sacó la pipa de la boca y miró a Weisz largo y tendido.

—Así que una amiga.

—Más que eso.

—Y ¿de verdad está haciendo cosas en Berlín contra los nazis, aparte de protestar en las cenas que dan sus amigos?

—De verdad —aseveró Weisz—. Con su círculo de amistades. Algunos trabajan en los ministerios, roban papeles.

—Y se los pasan ¿a quién? Si no le importa que se lo pregunte. A nosotros no, eso seguro, no tendrá esa suerte.

—No lo sé. Puede que a los soviéticos o incluso a los americanos. No me lo quiso decir.

—Ni siquiera en la cama.

—No, ni siquiera.

—Bien hecho —aprobó Brown—. ¿Son bolcheviques?

—No lo creo. Al menos no estalinistas. Son personas con conciencia que luchan contra un régimen perverso. Y quien sea que hayan encontrado para sacar del país la información que ellos obtienen, lo más posible es que haya sido por casualidad: alguien, tal vez un diplomático, al que conocían por azar.

—O que se esforzó por darse a conocer, me atrevería a decir.

—Probablemente. Alguien que parecía de fiar.

—Seré franco con usted, Weisz. Si la ha cogido la Gestapo, no podemos hacer gran cosa. No será ciudadana británica, ¿no?

—No, es alemana. Húngara por parte de padre.

—Mmm. —Brown volvió la cabeza y se puso a mirar por la ventanilla. Al poco dijo—: Entendemos que su diario estará dirigido por un comité de algún tipo. ¿Ha hablado con ellos?

—Sí. Están dispuestos a hacer lo que nos piden.

—¿Y usted?

—Estoy a favor.

—¿Se atreverá?

—Sí, me atreveré a volver a sacar el periódico, sí.

—El periódico, dice. No, Weisz, si se atreverá a salir de Francia, si se atreverá a ir a *Italia*. ¿O es que Lane no le contó esa parte?

«Estás loco.» Pero lo tenían pillado.

—Lo cierto es que no. ¿Forma parte del plan?

—Ése *es* el maldito plan, muchacho. Lo queremos a usted.

Weisz tomó aire.

—Si me ayudan, haré lo que me digan.

—¿Nos pone condiciones?

Brown, los ojos fríos, dejó la palabra flotando en el aire.

«No te equivoques en la respuesta.» Weisz sintió un tic en la comisura del ojo.

—No es una condición, pero...

—¿Sabe lo que nos pide? Lo que quiere que hagamos es poner en marcha una *operación*, ¿tiene idea de lo que eso implica? No se trata de: bueno, démonos un salto hasta Berlín para salvar de los nazis a la chica del bueno de Weisz. Será preciso celebrar *reuniones* para tratar el asunto, en *Londres*, y si por algún motivo absurdo decidimos *intentarlo*, usted nos pertenecerá para los restos. ¿Le gusta la expresión? A mí bastante. Dice mucho.

—De acuerdo —accedió Weisz.

Brown musitó entre dientes: «Vaya engorro», y luego le dijo a Weisz:

—Muy bien, anote esto. —Esperó a que Weisz sacara lápiz y papel—. Lo que quiero que haga hoy, de su puño y letra, es que me escriba todo lo que sepa de ella. Su nombre, su apellido de soltera, si ha estado casada. Una descripción física detallada: altura, peso, cómo viste, cómo lleva el pelo. Y todas las fotografías que tenga, y he dicho *todas*. Sus direcciones, dónde vive, dónde trabaja, y los números de teléfono. Dónde compra, si es que lo sabe, y cuándo compra. Dónde va a cenar o a almorzar, el nombre de los criados y el nombre de cualquier amigo que haya mencionado y su dirección. Sus padres, quiénes son, dónde viven. Y alguna frase íntima que compartan ustedes dos: «mi petisú», o algo por el estilo.

—No tengo ninguna foto.

—No, claro.

—¿Se lo doy a Kolb esta noche?

—No, escriba «Señora Day» en un sobre y déjelo en la recepción del Bristol. Antes de las doce, ¿está claro?

—Allí estará.

Brown, perplejo por las repentinas sorpresas que te da la vida, meneó la cabeza. Luego, con voz resignada, llamó:

—Andrew.

El conductor no necesitó más, se salió del tráfico y paró junto a la acera. Brown se inclinó sobre Weisz y le abrió la puerta.

—Estaremos en contacto —afirmó—. Y mientras tanto será mejor que termine el trabajo con Ferrara.

Weisz se dirigió a su oficina, ansioso por apuntar lo que Brown le había pedido, y no menos ansioso por echar una ojeada a las noticias de la noche anterior. Pero no había nada más sobre la red de espionaje de Berlín. Por un momento se convenció de que aquél era un buen pretexto para llamar a Eric Wolf, luego reconoció que no lo era, a menos que Delahanty se lo pidiese. Delahanty no se lo pidió, a pesar de que Weisz lo sacó a relucir. En lugar de eso le dijo que tenía que subirse al tren de la una a Orléans: el presidente de un banco se había marchado de la ciudad con su novia de diecisiete años y una considerable parte del dinero de sus clientes, rumbo a Tahití, se rumoreaba, y no, como había anunciado en el banco, a una reunión en Bruselas. Weisz trabajó de firme durante una hora, anotando todo lo que sabía de la vida de Christa y después, de camino al Dauphine para hacer la maleta, se pasó por el Bristol.

Cuando Weisz volvió a París, el mediodía del nueve, en la oficina había jaleo.

—Vaya a ver de inmediato a monsieur Delahanty —le pidió la secretaria, en los ojos un brillo malicioso. Hacía tiempo que sospechaba que Weisz estaba metido en algún tejemaneje, y ahora parecía que tenía razón y que él iba a recibir su merecido.

Pero se equivocaba. Weisz tomó asiento en la silla de las visitas, frente a Delahanty, el cual se puso en pie, cerró la puerta del despacho y luego le guiñó un ojo.

—Tenía algunas dudas sobre ti, muchacho —confesó mientras volvía a su mesa—, pero ahora todo se ha aclarado.

Weisz estaba perplejo.

—No, no, no digas nada, no es preciso. No puedes culparme, ¿no? Todo este ir de acá para allá, me preguntaba ¿qué demonios le pasa? Los emigrados siempre parecen tramar algo, es la opinión común, pero el trabajo ha de ser lo primero. Y no estoy diciendo que no lo haya sido, casi siempre, desde que empezaste aquí. Has sido fiel y leal, puntual con las noticias, y no has hecho tonterías con los gastos. Pero, en fin, no sabía qué pasaba.

—¿Y ahora lo sabe?

—Por las alturas, muchacho, de lo más alto. Sir Roderick y los suyos, en fin, si valoran algo es el patriotismo, el viejo rugido del viejo león británico. Sé que no te aprovecharás de esta situación, porque te necesito, necesito las noticias todos los días o nos quedamos sin delegación, pero si tienes que, bueno, *desaparecer*, de vez en cuando, sólo házmelo saber. Por amor de Dios, no te esfumes sin más, bastará una palabra. Estamos orgullosos de ti, Carlo. Y ahora sal de aquí y amplíame la noticia de Orléans, lo del banquero travieso y su traviesa novia. Tenemos su fotografía, del periodicucho local, está en tu mesa. Una lolita con el vestido de la confirmación, ni más ni menos, y un puto ramo de flores en su lujuriosa manita. Ponte a ello, muchacho. Ya sabes, Tahití, Gauguin, *sarongs...*

Weisz se levantó para irse, pero cuando abría la puerta Delahanty añadió:

—Y en cuanto al otro asunto, no volveré a mencionarlo, salvo para decir buena suerte y ten cuidado.

En algún lugar entre los bastidores de su vida, pensó Weisz, alguien había accionado un resorte.

10 de junio, 21:50. Hotel Tournon.

Es algo por lo que no querría volver a pasar, pero me hermanó con todas las almas de Europa que miran el mundo a través de una alambrada, y hay miles de ellas, por mucho que sus gobiernos traten de negarlo. Tuve la buena suerte de contar con amigos que se encargaron de liberarme y después me ayudaron a comenzar una vida nueva en la ciudad donde estoy escribiendo estas líneas. Es una buena ciudad, una ciudad libre en la que la gente valora su libertad, y lo único que deseo es que las gentes de Europa entera, del mundo entero, puedan, algún día, compartir esta preciada libertad.

No será fácil. Los tiranos son fuertes, más fuertes cada día. Pero sucederá, creedme, será así. Y hagáis lo que hagáis, sea cual fuere vuestro devenir, yo estaré a vuestro lado. O alguien como yo. Hay más de los nuestros de los que pensáis, en la calle, en la ciudad de al lado, dispuestos a luchar por aquello en lo que creemos. Luchamos por España, y ya sabéis lo que pasó, perdimos la guerra. Pero no hemos perdido la esperanza, y cuando llegue la próxima lucha estaremos allí. En cuanto a mí, personalmente, no me rendiré. Seguiré siendo, al igual que todos estos años, un soldado de la libertad.

Weisz encendió un cigarrillo y se retrepó en la silla. Ferrara se situó a su espalda y leyó el texto.

—Me gusta —aseguró—. Entonces ¿hemos terminado?

—Querrán hacer cambios —respondió Weisz—. Pero han estado leyendo las páginas regularmente, así que yo diría que es más o menos lo que quieren.

Ferrara le dio unas palmaditas en el hombro.

—Jamás pensé que escribiría un libro.

—Pues ya lo has hecho.

—Deberíamos tomar una copa para celebrarlo.

—Tal vez lo hagamos, cuando aparezca Kolb.

Ferrara consultó el reloj, nuevo, de oro y muy lujoso.

—Suele venir a las once.

Bajaron al café, situado por debajo del nivel de la calle, en su día el sótano del Tournon. Estaba oscuro y casi vacío, tan sólo un cliente con media copa de vino junto al codo que escribía en unas hojas de papel amarillo.

—Siempre está aquí —comentó Ferrara.

Pidieron dos coñacs en la barra y se sentaron a una de las maltrechas mesas, la madera manchada y marcada por quemaduras de cigarrillo.

—¿Qué harás ahora que el libro está terminado? —se interesó Weisz.

—Quién sabe. Quieren que vaya por ahí a dar charlas, después de que se publique el libro. A Inglaterra, quizá a América.

—Es algo habitual para un libro como éste.

—¿Quieres que te diga la verdad, Carlo? ¿Guardarás el secreto?

—Adelante. No se lo cuento todo.

—No voy a hacerlo.

—¿No?

—No quiero ser... su soldadito de juguete. No va conmigo.

—No, pero se trata de una buena causa.

—Lo es, pero no para mí. No me veo dando un discurso ante algún grupo religioso...

—¿Entonces?

—Irina y yo nos vamos. Sus padres son emigrados, viven en Belgrado, ella dice que podemos ir allí.

—A Brown no le cae bien, supongo que lo sabes.

—Ella es mi vida. Hacemos el amor toda la noche.

—Bueno, no les gustará.

—Nos vamos a escabullir sin más. No voy a ir a Inglaterra. Si estalla la guerra, iré a Italia, lucharé allí, en las montañas.

Weisz le prometió no contárselo a Kolb ni a Brown, y cuando le deseó buena suerte lo dijo de corazón. Estuvieron bebiendo un rato y luego, justo antes de las once, volvieron a la habitación que aún seguía llena de humo. Esa noche Kolb fue puntual. Tras releer el final, comentó:

—Bonitas palabras. Muy inspiradoras.

—Hágame saber si va a haber algún cambio —comentó Weisz.

—La verdad es que tienen mucha prisa, no sé qué les pasa, pero dudo que vayan a robarle mucho más tiempo. —Luego su voz se tornó confidencial y agregó—: ¿Le importaría salir un momento?

En el pasillo, Kolb dijo:

—El señor Brown me ha pedido que le cuente que tenemos noticias sobre su amiga, de nuestra gente en Berlín. No ha sido detenida, aún. Por el momento la están vigilando. Estrechamente. Me da la impresión de que los nuestros han mantenido las distancias, pero la están vigilando, los nuestros saben cómo va. Así que manténgase alejado de ella y *no* intente usar el teléfono. —Hizo una pausa y continuó, la voz teñida de preocupación—: Espero que la chica sepa lo que hace.

Por un instante Weisz se quedó sin habla. Por fin logró contestar:

—Gracias.

—Se encuentra en peligro, Weisz, es mejor que lo sepa. Y no estará a salvo hasta que salga de allí.

Durante los días siguientes, silencio. Fue hasta Le Havre para ocuparse de un trabajo de Reuters, hizo lo que tenía que hacer y regresó. Cada vez que sonaba el teléfono de la oficina, cada tarde que se pasaba por la recepción del Dauphine, concebía unas esperanzas que no tardaban en esfumarse. Lo único que podía hacer era esperar, y hasta ese momento no se había dado cuenta de lo mal que se le daba. Pasaba los días, y sobre todo las noches, preocupado por Christa, por Brown, por su viaje a Italia... y sin poder hacer nada al respecto.

Luego, a última hora de la mañana del día catorce, Pompon llamó. Weisz tenía que acudir a la Sûreté a las tres y media de esa tarde. Así que de nuevo en la sala 10. Pero esa vez no estaba Pompon, sólo Guerin.

—El inspector Pompon ha ido por los expedientes —explicó éste—. Pero mientras esperamos hay algo que me gustaría dejar claro. Usted no mencionó los nombres de su comité de redacción, y lo respetamos, muy noble por su parte, pero si queremos seguir con la investigación, tendremos que entrevistarlos para que nos ayuden con las identificaciones. Es por su propio bien, monsieur Weisz, por la seguridad de todos ellos, al igual que por la suya propia. —Le pasó a Weisz un bloc y un lápiz—. Por favor —añadió.

Weisz anotó los nombres de Véronique y Elena, y agregó las direcciones de la galería y de la casa de esta última.

—Es con ellas con quienes han establecido contacto —observó Weisz, que además precisó que Véronique no tenía nada que ver con el *Liberazione*.

Pompon apareció a los pocos minutos con unos expedientes y un abultado sobre de papel manila.

—No lo entretendremos demasiado hoy, sólo queremos que eche un vistazo a unas fotografías. Tómese su tiempo, mire bien los rostros y díganos si reconoce a alguno.

Sacó del sobre una fotografía de veinte por veinticinco y se la entregó a Weisz. No lo conocía. Un tipo pálido, de unos cuarenta años, complexión robusta, cabello rapado, fotografiado de perfil cuando bajaba por una calle, la instantánea tomada desde cierta distancia. Mientras analizaba la foto vio, en el extremo izquierdo, el portal 62, bulevar Estrasburgo.

—¿Lo reconoce? —preguntó Pompon.

—No, no lo he visto nunca.

—Tal vez de pasada —apuntó Guerin—. Por la calle, en alguna parte. ¿En el metro?

Weisz se esforzó, pero no recordaba haberlo visto. ¿Sería el hombre en el que estaban especialmente interesados?

—Creo que no lo he visto en mi vida —se reafirmó Weisz.

—¿Y a ésta?

Una mujer atractiva que pasaba por un puesto en un mercado callejero. Llevaba un traje elegante y un sombrero con ala que ocultaba un lado de su rostro. La habían cogido caminando, probablemente a buen paso, su expresión absorta y resuelta. En la mano izquierda una alianza. El rostro del enemigo. Pero parecía normal y corriente, inmersa en la vida que llevara, la cual, daba la casualidad, incluía trabajar para la policía secreta italiana, cuyo cometido era acabar con determinadas personas.

—No la reconozco —aseguró Weisz.

—¿Y a este tipo?

Esa vez no se trataba de ninguna fotografía clandestina, sino de una foto de archivo: de frente y de perfil, con un número de identificación en el pecho, debajo el nombre, «Jozef Vadic». «Joven y brutal», pensó Weisz. Un asesino. En sus ojos un gesto desafiante: los policías podían sacarle todas las fotos que quisieran, él haría lo que le diera la gana, lo que tenía que hacer.

—Nunca lo he visto —contestó Weisz—. Y diría que me alegro.

—Cierto —convino Guerin.

A la espera de la siguiente instantánea, Weisz pensó: «¿Dónde está el tipo que intentó entrar en mi habitación del Dauphine?»

—¿Éste? —le preguntó Pompon.

Ése sí sabía quién era. Cara picada, bigote a lo Errol Flynn, si bien desde ese ángulo no se veía la pluma en la cinta del sombrero. Lo habían fotografiado sentado en una silla en un parque, las piernas cruzadas, perfectamente tranquilo, las manos unidas en el regazo. Esperando, pensó Weisz, a que alguien saliera de un edificio o un restaurante. Se le daba bien lo de esperar, soñando despierto, tal vez, con algo de su agrado. Y —recordó las palabras de Véronique— había algo extraño en su rostro, que bien podía describirse como «petulante y ladino».

—Creo que es el hombre que interrogó a mi amiga, la de la galería de arte —respondió Weisz.

—Tendrá ocasión de identificarlo —aseguró Guerin.

Weisz también conocía al siguiente. De nuevo, en la foto aparecía el 62 del bulevar Estrasburgo. Era Zerba, el historiador del arte de Siena. Cabello rubio, bastante apuesto, seguro de sí, no excesivamente preocupado por el mundo. Weisz se aseguró. No, no se había equivocado.

—Este hombre es Michele Zerba —contó Weisz—. Era profesor de Historia del Arte en la Universidad de Siena y emigró a París hace unos años. Forma parte del comité de redacción del *Liberazione*. —Weisz le pasó la foto por la mesa.

A Guerin aquello le divertía.

—Debería ver la cara que ha puesto —comentó.

Weisz encendió un cigarrillo y se acercó un cenicero. Era el de un café, probablemente del que había al lado.

—Un espía de la OVRA —apuntó Pompon, la voz saboreando la victoria—. ¿Cómo dicen ustedes? ¿Un confidente?

—Ajá.

—«Jamás habría sospechado...» —empezó a decir Guerin como si fuese Weisz.

—No.

—Así es la vida. —Guerin se encogió de hombros—. Cree que no tiene la pinta.

—¿Es que hay una pinta concreta?

—Para mí, sí: con el tiempo uno acaba desarrollando un sexto sentido. Pero, dada su experiencia, para usted diría que no.

—¿Qué será de él?

Guerin se paró a pensar la pregunta.

—Si lo único que ha hecho es informar sobre los pasos del comité, no gran cosa. La ley que ha infringido, no traicionar a los amigos, no aparece en el código penal. No ha hecho más que ayudar al gobierno de su país. Tal vez hacerlo en Francia no sea técnicamente legal, pero no se puede relacionar con el asesinato de madame LaCroix, a menos que alguien hable. Y, créame, esa gente no hablará. En el peor de los casos, lo mandaremos de vuelta a Italia. Con sus amigos. Y ellos le darán una medalla.

—¿Es zeta, e, erre, be, a? —quiso saber Pompon.

—Sí.

—¿Siena lleva dos enes? Nunca me acuerdo.

—Una —corrigió Weisz.

Había otras tres fotografías: una mujer robusta con trenzas rubias a ambos lados de la cabeza, y dos hombres, uno de ellos de aspecto eslavo, el otro mayor, con un bigote blanco y gacho. Weisz no los conocía. Cuando Pompon devolvió las fotografías al sobre, Weisz preguntó:

—¿Qué les van a hacer?

—Vigilarlos —aclaró Guerin—. Registrar la oficina de noche. Si los pillamos con documentos, si están espiando a Francia, irán a la cárcel. Pero enviarán a otros, con otra tapadera, en otro distrito. El que se hizo pasar por inspector de la Sûreté acabará yendo a la cárcel, le caerán un año o dos.

—¿Y Zerba? ¿Qué hacemos con él?

—¡Nada! —respondió Guerin—. No le digan nada. Acudirá a sus reuniones y elaborará sus informes hasta que hayamos terminado con la investigación. Y, Weisz, hágame un favor: no le peguen un tiro, ¿de acuerdo?

—No vamos a pegarle un tiro.

—¿De veras? —se sorprendió Guerin—. Yo lo haría.

Ese mismo día quedó con Salamone en los jardines del Palais Royal. Era una tarde cálida y nublada que amenazaba lluvia. Se encontraban solos, recorriendo los senderos festoneados de parterres y arriates de flores. A Weisz, Salamone se le antojó viejo y cansado. El cuello de la camisa le venía demasiado grande, tenía ojeras y al caminar hundía la punta del paraguas en la gravilla.

Weisz le contó que ese día le habían pedido que fuera a la Sûreté.

—Han estado sacando fotos —comentó—. Disimuladamente. De la gente que está relacionada con la Agence Photo-Mondiale. Unas en distintas partes de la ciudad, otras de gente entrando o saliendo del edificio.

—¿Pudiste identificar a alguno?

—Sí, a uno. A Zerba.

Salamone se detuvo y se volvió para mirar a Weisz, su expresión una mezcla de asco e incredulidad.

—¿Estás seguro?

—Sí, por desgracia.

Salamone se pasó una mano por la cara, y Weisz pensó que iba a llorar. Luego respiró hondo y espetó:

—Lo sabía.

Weisz no se lo creyó.

—Lo sabía pero no lo sabía. Cuando empezamos a quedar con Elena y con nadie más fue porque empecé a sospechar que uno de nosotros trabajaba para la OVRA. Ocurre en todos los grupos de emigrados.

—No podemos hacer nada —advirtió Weisz—. Eso me han dicho. No podemos decir que lo sabemos. Quizá lo envíen de vuelta a Italia.

Reanudaron la marcha, Salamone clavando el paraguas en el sendero.

—Debería aparecer flotando en el Sena.

—¿Estás dispuesto a hacer eso, Arturo?

—Puede. No sé. Probablemente no.

—Si esto termina algún día y los fascistas se largan, nos ocuparemos de él, en Italia. De todas formas deberíamos celebrarlo, porque esto significa que el *Liberazione* vuelve a la vida. Dentro de una semana, un mes, la Sûreté habrá hecho su trabajo y ésos no volverán a molestarnos, al menos *ésos* no.

—Tal vez otros.

—Es muy probable. No van a rendirse, pero nosotros tampoco, y ahora nuestras tiradas serán mayores, y la distribución más amplia. Tal vez no lo parezca, pero esto es una victoria.

—Conseguida con dinero británico y sujeta a su presunta ayuda.

Weisz asintió.

—Era inevitable. Somos apátridas, Arturo, eso es lo que pasa. —Durante un rato estuvieron andando en silencio, luego Weisz dijo—: Y me han pedido que vaya a Italia, a organizar la expansión.

—¿Cuándo fue eso?

—Hace unos días.

—Y dijiste que sí.

—Sí. Tú no puedes ir, así que tendré que ser yo, y necesitaré todo lo que tengas: nombres, direcciones.

—Lo que tengo es un puñado de personas en Génova, gente a la que conocía cuando vivía allí, dos o tres consignatarios de buques, trabajábamos en lo mismo, el número de teléfono de Matteo, en el departamento de Impresión de *Il Secolo*, y algunos contactos en Roma y Milán que sobrevivieron a las detenciones de los *giellisti* hace unos años. En suma, no mucho; ya sabes cómo funciona: amigos y amigos de amigos.

—Lo sé. Sólo tendré que hacerlo lo mejor que pueda. Y los británicos cuentan con sus propios recursos.

—¿Te fías de ellos, Carlo?

—En absoluto.

—Y sin embargo te vas a meter en esto, en un asunto tan peligroso.

—Sí.

—Hay confidentes por todas partes, Carlo. Por todas partes.

—Lo sé.

—En tu fuero interno, ¿crees que vas a volver?

—Lo intentaré, pero si no vuelvo, pues no vuelvo.

Salamone fue a responder, pero no lo hizo. Como de costumbre, su rostro era un espejo de lo que sentía: perder a un amigo era la cosa más triste del mundo. Al poco, preguntó con un suspiro:

—¿Cuándo te vas?

—No me dirán ni cuándo ni cómo, pero necesitaré tu información lo antes posible. En el hotel. Hoy, si puedes.

Continuaron hasta la galería que rodeaba el jardín y se metieron por otro camino. Estuvieron un rato sin decir nada, el silencio interrumpido únicamente por los gorriones y por el sonido de los pasos en la gravilla. Salamone parecía sumido en sus pensamientos, pero, al final, se limitó a menear la cabeza muy despacio y musitar, más para sí y para el mundo que para Weisz:

—Esto es una mierda.

—Ya —repuso Weisz—. Será un buen epitafio.

Se estrecharon la mano y se despidieron. Salamone le deseó buena suerte y echó a andar hacia el metro. Weisz se quedó mirándolo hasta que desapareció bajo el arco que asomaba a la calle. Tal vez no volviera a ver a Salamone, pensó. Permaneció en el jardín un rato, recorriendo los senderos, las manos en los bolsillos de la gabardina. Cuando oyó el golpeteo de las primeras gotas de lluvia pensó: «Ya está», y se resguardó bajo los soportales, ante el escaparate de una sombrerería. Docenas de modelos de lo más curioso trepando por los percheros: plumas de pavos reales y lentejuelas rojas, lazos de raso, medallones dorados. Las nubes cubrieron el jardín y se fueron dispersando, pero no llovió más. Y le sorprendió, le sucedía a menudo, lo mucho que le gustaba esa ciudad.

17 de junio, 10:40.

Una última reunión con el señor Brown, en el bar de un callejón perdido de Le Marais.

—Se acerca el momento —anunció Brown—, así que necesitaremos algunas fotografías de carnet. Déjelas en el Hotel Bristol, mañana. —A continuación le leyó una lista de nombres, números y direcciones que Weisz apuntó en una libreta. Cuando hubo terminado, le recordó—: Se aprenderá todo esto de memoria, naturalmente, y destruirá las notas.

Weisz le aseguró que lo haría.

—No llevará encima nada personal, y si tiene ropa comprada en Italia, póngasela. De lo contrario, corte las etiquetas francesas.

Weisz se mostró conforme.

—Lo importante es que lo vean allí, que esté en escena en todo momento. Significará mucho para quienes han de realizar el trabajo, poniéndose en peligro, que usted tenga el coraje de volver a Italia. En las mismísimas narices del viejo Mussolini, esa clase de cosas. ¿Alguna pregunta?

—¿Ha sabido algo más sobre mi amiga en Berlín?

Ésa no era la pregunta que Brown tenía en mente, y se lo dio a entender.

—No se preocupe por eso, se están ocupando de ello, sólo concéntrese en lo que tiene que hacer ahora.

—Lo haré.

—La concentración es importante. Si no es consciente en todo momento de dónde está y con quién, algo podría salir mal. Y no queremos que eso pase, ¿verdad?

20 de junio. Hotel Dauphine.

Al amanecer llamaron a la puerta. Weisz gritó:

—¡Un minuto!

Se puso unos calzoncillos. Al abrir vio la sonrisa de S. Kolb, que se llevó la mano al sombrero y dijo:

—Bonita mañana. Un día perfecto para viajar.

¿Cómo demonios había subido?

—Pase —lo invitó Weisz, frotándose los ojos.

Kolb depositó un maletín en la cama, soltó las hebillas y desplegó la parte de arriba. Luego echó un vistazo al interior y comentó:

—¿Qué tenemos aquí? ¡Una persona nueva! Veamos, ¿quién puede ser? Aquí está el pasaporte, un pasaporte italiano. Por cierto, tiene que saberse su nombre. Resulta bastante embarazoso en los puestos fronterizos no saberse el propio nombre. Puede despertar sospechas, aunque debo decir que hay quien ha sobrevivido. Anda, mira, si son papeles. De toda clase, hasta —Kolb sostuvo el documento a cierta distancia, el gesto típico de los hipermétropes— *libretto di lavoro*, un permiso de trabajo. Y ¿dónde trabaja esta persona? Es funcionario del Istituto per la Ricostruzione Industriale, el IRI. Pero, bueno, ¿qué demonios hace ese instituto? Negocia con banqueros, compra acciones, transfiere dinero del gobierno al sector privado, un organismo fundamental para la planificación de la economía fascista. Y, lo que es más importante, contrata a este caballero, a este recién nacido como burócrata arrogante, cuyo poder es desconocido y, por tanto, aterrador. No habrá un solo policía italiano que no palidezca en presencia de un cargo tan impactante, y nuestro caballero cruzará los controles callejeros a toda mecha. Vaya, nuestro muchacho no sólo tiene papeles, también están debidamente sellados y *ajados*. Doblados una y otra vez. Weisz, debo admitir que he pasado algún tiempo pensando en este trabajo. Es decir, ellos nunca te dicen quién lo hace, lo de doblar una y otra vez, pero alguien ha de hacerlo. ¿Qué más? Anda, mira, ¡dinero! Montones, miles y miles de liras. Nuestro caballero es rico, está forrado. ¿Alguna cosa más? Mmm, supongo que eso es todo. No, un momento, hay algo más. Casi se me pasa: ¡un billete en primera a Marsella! Para hoy. A las 10:30. Vaya, resulta que sólo es de ida, pero no deje que ese detalle le ponga nervioso. Es decir, no sería buena idea que nuestro hombre llevara en el bolsillo un billete de vuelta; uno nunca sabe, se mete la mano para sacar el pañuelo y ¡zas! Así que primero volverá a Marsella y luego sacará un billete para París, y todos celebraremos un trabajo bien hecho. ¿Algún comentario? ¿Alguna pregunta? ¿Algún insulto?

—Ninguna pregunta. —Weisz se alisó el cabello hacia atrás con la mano y se puso a buscar las gafas—. Usted ya ha hecho esto antes, ¿no?

Kolb esbozó una sonrisa melancólica.

—Muchas veces. Muchas, muchas veces.

—Le agradezco que le haya quitado hierro.

Kolb hizo una mueca. «Es lo que hay que hacer.»

22 de junio. Porto Vecchio, Génova.

El carguero griego *Hydraios*, de pabellón panameño, atracó en el puerto de Génova justo antes de medianoche. El barco, que zarpó de Marsella en lastre, ya que debía recoger un cargamento de lino, vino y mármol, contaba con un miembro de más entre su tripulación. Mientras los marineros bajaban a toda prisa por la plancha, riendo y bromeando, Weisz permanecía junto al segundo maquinista, que lo había recogido en el puerto de Marsella. La mayoría de la tripulación era griega, pero algunos chapurreaban algo de italiano, y uno le gritó al adormilado agente encargado del control de pasaportes que se hallaba a la puerta de un tinglado.

—*Eh, Nunzio! Hai cuccato?* —«¿Ya has follado?»

Nunzio hizo un gesto señalando la zona de la entrepierna, lo que significaba que sí.

—*Tutti avanti!* —voceó mientras les indicaba que pasaran, sellando los pasaportes sin tan siquiera mirar al dueño.

El segundo maquinista podía haber nacido en cualquier parte, pero hablaba un inglés de marino mercante, lo bastante para decir:

—Nosotros nos ocupamos de Nunzio. No tendremos problemas en el puerto.

Luego Weisz se quedó allí plantado, solo en el muelle, mientras la tripulación desaparecía por un tramo de escalones de piedra. Cuando se hubieron ido reinó el silencio, tan sólo se oía el zumbido de una farola, una nube de polillas revoloteando alrededor de la cabeza metálica y el batir del mar en el muelle. El aire nocturno era cálido, de una calidez familiar, una caricia para la piel, y exhalaba aromas decadentes: piedras húmedas y sumideros, lodazales en marea baja.

Weisz no había estado allí antes, pero se sentía en casa.

Creía estar solo, a excepción de unos cuantos gatos callejeros, pero se dio cuenta de que no era así: había un Fiat aparcado delante de un escaparate con la persiana echada, y una joven que ocupaba el asiento del pasajero lo observaba. Cuando sus miradas se cruzaron, ella le hizo una señal. Acto seguido el coche se alejó lentamente, pegando sacudidas por el adoquinado muelle. Al poco las campanas de las iglesias empezaron a sonar, unas cerca, otras más lejos. Era medianoche, y Weisz salió en busca de la via Corvino.

Los *vicoli*, así era como llamaban los genoveses al barrio que quedaba tras el muelle, *los callejones*. Todos ellos vetustos —los comerciantes aventureros llevaban haciéndose a la mar desde allí desde el siglo XIII—, estrechos y empinados. Subían colina arriba, se tornaban caminos rodeados de altos muros cubiertos de hiedra, se convertían en puentes, en calles cinceladas de escalones, de cuando en cuando una pequeña estatua de un santo en una hornacina para que los que se habían perdido pudiesen rezar pidiendo orientación. Y Carlo Weisz completamente perdido. Llegado a un punto en que se sentía profundamente desanimado, se limitó a sentarse en un portal y encender un Nazionale, gracias a Kolb, que había metido en la maleta unos cuantos paquetes de aquellos cigarrillos italianos. Apoyado en la puerta, levantó la vista. Bajo un cielo sin estrellas, un edificio de apartamentos se cernía sobre la calle, las ventanas abiertas a la noche de junio. De una de ellas escapaba el monótono soniquete de unos ronquidos largos y lúgubres. Cuando se terminó el pitillo y se levantó, se echó la chaqueta al hombro y emprendió de nuevo la búsqueda. Seguiría hasta que amaneciera, decidió, y luego desistiría y volvería a Francia, un episodio marginal en la historia del espionaje.

Cuando subía penosamente una calleja, sudando por el cálido aire nocturno, oyó unos pasos que se aproximaban, que doblaban la esquina frente a él. Dos policías. No había dónde esconderse, así que se obligó a recordar que ahora se llamaba *Carlo Marino* mientras sus dedos se cercioraban sin querer de la presencia del pasaporte en el bolsillo de atrás.

—Buenas tardes —saludó uno—. ¿Está perdido?

Weisz admitió estarlo.

—¿Adónde va?

—A la via Corvino.

—Uf, es complicado, pero baje esta calle, tuerza a la izquierda, suba la pendiente, cruce el puente y gire de nuevo a la izquierda. Siga la curva en todo momento y llegará, busque el letrero, unas letras esculpidas en la piedra en lo alto, en la esquina.

—*Grazie.*

—*Prego.*

Justo entonces, cuando el policía hacía ademán de marcharse, algo llamó su atención: Weisz lo vio en sus ojos. ¿Quién es usted? Vaciló, se llevó la mano a la visera de la gorra, el saludo de cortesía, y, seguido de su compañero, se alejó calle abajo.

Obedeciendo sus indicaciones —mucho mejores que las que él había memorizado o creía haber memorizado—, Weisz dio con la calle y el bloque de apartamentos. Y la gran llave, como le prometieron, se hallaba en un recoveco de la entrada. Subió tres tramos de escalera de mármol, los pasos resonando en la oscuridad, y sobre la tercera puerta de la derecha encontró la llave del apartamento. La introdujo en la cerradura, entró y esperó. Un profundo silencio. Prendió el mechero, vio una lámpara en la mesa del recibidor y la encendió. La lámpara tenía una pantalla anticuada, de satén, con borlas, un estilo que encajaba con el resto del apartamento: muebles aparatosos tapizados de terciopelo desvaído, colgaduras de color crema amarilleadas por los años, grietas repintadas en las paredes. ¿Quién vivía allí? ¿Quién *había* vivido allí? Brown dijo que el piso estaba «vacío», pero era más que eso. En el aire estancado del lugar flotaba una quietud incómoda, una ausencia. En una alta estantería, tres huecos: así que se habían llevado los libros. Y marcas pálidas en las paredes, en su día ocupadas por cuadros. ¿Vendidos? ¿Serían *fuorusciti*, gente que había huido? ¿A Francia? ¿A Brasil? ¿A Norteamérica? ¿O habrían ido a la cárcel? ¿O al cementerio?

Tenía sed. En una de las paredes de la cocina, un teléfono antiguo. Levantó el auricular, pero sólo oyó silencio. Cogió una taza de un armario atestado de porcelana de buena calidad y abrió el grifo. Nada. Esperó, y cuando iba a cerrarlo oyó un siseo, un traqueteo y, a los pocos segundos, un chorrito de agua herrumbrosa salpicó el fregadero. Llenó la taza, dejó que las impurezas se asentaran en el fondo y bebió un sorbo. El agua tenía un sabor metálico, pero se la bebió de todas formas. Sin soltar la taza, se dirigió a la parte posterior del apartamento, al dormitorio más amplio, donde, sobre un colchón de plumas, habían extendido con sumo cuidado un cubrecama de felpa. Se quitó la ropa, se metió bajo el cubrecama y, exhausto por la tensión, por el viaje, por el regreso del exilio, se quedó dormido.

Por la mañana salió a buscar un teléfono. El sol se abría paso por las callejas, en los alféizares de las ventanas se veían canarios enjaulados, sonaban las radios y en las placitas la gente era como él la recordaba. La sombra de Berlín no había llegado allí. *Aún.* Tal vez hubiese algún cartel más pegado en las paredes, burlándose de los franceses y los británicos. En uno de ellos, el ufano John Bull y la altanera Marianne avanzaban juntos en un carro cuyas ruedas aplastaban a los pobres italianos. Y cuando se detuvo para echar un vistazo al escaparate de una librería, se descubrió contemplando el desconcertante calendario fascista, revisado por Mussolini para que diera comienzo con su ascensión al poder en 1922, de forma que estaban a 23 de *giugno, anno* XVII. Pero luego se percató de que el dueño de la librería había decidido exhibir aquella memez en el escaparate al lado de la autobiografía de Mussolini, un indicativo, a ojos de Weisz, de la tenacidad del carácter nacional. Recordó al señor Lane, divertido y perplejo, a su manera aristocrática, ante la idea de que en Italia pudiera reinar el fascismo.

Weisz encontró una cafetería concurrida. Tomó café, leyó el periódico —casi todo deportes, actrices, una ceremonia de inauguración de una nueva planta depuradora— y usó el teléfono público que había junto al servicio. El número de Matteo en *Il Secolo* estuvo sonando mucho tiempo. Cuando por fin lo cogieron, Weisz oyó de fondo un ruido de maquinaria, de prensas funcionando, y el hombre al otro lado de la línea se vio obligado a gritar.

—*Pronto?*

—¿Está Matteo?

—¿Qué?

Weisz probó de nuevo, esta vez más alto. En el café, un camarero lo miró.

—Un minuto. No cuelgue.

Al cabo una voz:

—¿Sí? ¿Quién es?

—Un amigo de París. Del periódico.

—¿Qué? ¿De dónde?

—Soy amigo de Arturo Salamone.

—Ah. No debería llamar aquí, ¿sabe? ¿Dónde está?

—En Génova. ¿Dónde podemos vernos?

—Tendrá que ser por la tarde.

—He dicho *dónde.*

Matteo se paró a pensar un momento.

—En la via Caffaro hay un bar, se llama Enoteca Carenna. Está... está abarrotado.

—¿A las siete?

—Mejor más tarde. Usted espéreme. Leyendo una revista, la *Illustrazione*, así lo reconoceré. —Se refería a la *Illustrazione Italiana*, la versión italiana de la revista *Life.*

—Hasta luego entonces.

Weisz colgó, pero no volvió a su mesa. Desde París no podía llamar a su familia, pues era sabido que las líneas internacionales estaban pinchadas, y la regla para los emigrados era: «No lo intentes, meterás a tu familia en un lío.» Pero ahora sí que podía. Para efectuar una llamada fuera de Génova había que recurrir a una operadora, y cuando ésta respondió, Weisz le dio el número de

Trieste. Oyó el teléfono sonar una y otra vez. Finalmente la operadora le dijo:

—Lo siento, signore, no lo cogen.

23 de junio, 18:50.

El bar de la via Caffaro era muy popular: había clientes en las mesas y en la barra, el resto ocupaban todos los huecos disponibles, y un puñado estaba fuera, en la calle. Sin embargo, al poco a Weisz se le presentó la oportunidad y tomó una mesa vacía, pidió una botella de Chianti y dos copas y se instaló con su revista. La leyó dos veces, e iba por la tercera cuando apareció Matteo diciendo:

—¿Es usted el que llamó?

Cuarentón, alto y huesudo, cabello rubio y orejas de soplillo.

Weisz repuso que sí. Matteo asintió, echó una ojeada al lugar y se sentó. Mientras le servía un poco de Chianti, Weisz se presentó:

—Me llamo Carlo, y llevo dirigiendo el *Liberazione* desde que asesinaron a Bottini.

Matteo lo observaba.

—Escribo con el seudónimo de *Palestrina*.

—¿Es usted *Palestrina*?

—Sí.

—Me gusta lo que escribe. —Matteo encendió un cigarrillo y sacudió la cerilla hasta apagarla—. Algunos de los otros...

—*Salute*.

—*Salute*.

—Le agradecemos mucho lo que está haciendo por el periódico —dijo Weisz—, en primer lugar. El comité quería que le diera las gracias.

Matteo se encogió de hombros, la gratitud le daba igual.

—Debo hacer *algo* —aseguró. Y al punto añadió—: ¿Qué es lo que le pasa? Es decir, si es quien dice ser, ¿qué demonios está haciendo aquí?

—He venido en secreto y no me quedaré mucho, pero tenía que hablar con usted en persona, y también con algunos otros.

Matteo no se fiaba y se lo dio a entender.

—Estamos cambiando. Queremos imprimir más ejemplares, ahora que Mussolini se acuesta con sus amigos nazis...

—Eso no es cosa de ayer, ¿sabe? Hay un sitio en el que solemos almorzar, cerca de *Il Secolo*, subiendo por esta misma calle. Hace unos meses se presentaron tres alemanes de repente. Con el uniforme de las SS, la calavera y todo. Unos arrogantes hijos de puta, parecían los dueños de todo.

—Así podría ser en un futuro, Matteo.

—Supongo que sí. Los *cazzi* de aquí ya son lo bastante malos, pero esto...

Siguiendo la mirada de Matteo, Weisz reparó en dos hombres vestidos de negro que se encontraban no muy lejos de ellos, con insignias fascistas en la solapa, y que reían. Había algo veladamente agresivo en su forma de ocupar el espacio, en su forma de moverse, en su voz. Aquél era un bar mayoritariamente de obreros, pero les daba igual, beberían donde les placiera.

—¿Cree que es posible sacar una tirada mayor? —preguntó Weisz.

—Mayor. ¿De cuántos?

—Unos veinte mil.

—*Porca miseria!* —Lo que quería decir que eran demasiados ejemplares—. En *Il Secolo*, no. Tengo un amigo arriba que no lleva debidamente la cuenta del papel de periódico, pero semejante cifra...

—¿Y si nosotros nos encargáramos del papel?

Matteo meneó la cabeza.

—Demasiado tiempo, demasiada tinta. Imposible.

—¿Tiene algún otro amigo? ¿Otros tipógrafos?

—Naturalmente conozco a algunos muchachos. Del sindicato. De lo que *era* el sindicato. —Mussolini había acabado con los sindicatos, y Weisz vio que Matteo lo odiaba por ello. A sus ojos y a los de casi todo el mundo, los impresores eran la elite de los oficios, y no les gustaba que los mangonearan—. Pero no sé, veinte mil...

—¿Podría hacerse en otras imprentas?

—Quizá en Roma o Milán, pero aquí no. Tengo un colega en el *Giornale di Genova*, el diario del Partido Fascista, que podría ocuparse de otros dos mil, y créame que lo haría, pero eso es todo lo que podríamos hacer en Génova.

—Tendremos que encontrar otra forma —razonó Weisz.

—Siempre la hay. —Matteo dejó de hablar cuando uno de los hombres con insignias en la solapa pasó rozándolos para ir por más bebida a la barra—. Siempre hay manera de hacer cualquier cosa. Mire los rojos, están en los muelles y en los astilleros. La Questura, la policía local, no se mete con ellos: alguien podría acabar con la cabeza abierta. Su periódico está por todas partes, reparten panfletos, pegan carteles. Y todo el mundo sabe quiénes son. Por supuesto que cuando entre en acción la policía secreta, la OVRA, se terminó, pero al mes siguiente lo tendrán todo en marcha otra vez.

—¿No podríamos montar nuestro propio taller?

Matteo se quedó impresionado.

—¿Se refiere a prensas, papel, todo?

—¿Por qué no?

—No abiertamente.

—No.

—Tendría que andarse con ojo. No podría tener los camiones a la puerta.

—Tal vez uno, de noche, de vez en cuando. El periódico sale cada dos semanas aproximadamente: un camión se detiene, recoge dos mil ejemplares, los lleva a Roma. Luego, dos noches después, a Milán o Venecia o donde sea. Imprimimos de noche: usted podría hacer parte del trabajo y sus amigos, los compañeros del sindicato, podrían encargarse del resto.

—Así se hacía en el treinta y cinco. Pero ahora todos están en la cárcel o los han enviado a los campos de las islas.

—Piénselo —pidió Weisz—. Cómo hacerlo, cómo evitar que nos pillen. Le llamaré dentro de uno o dos días. ¿Podemos volver a vernos aquí?

Matteo repuso que sí.

24 de junio, 22:15.

Había que ver a Grassone en sus horas de oficina. Por la noche. Y las oscuras calles que salían de la Piazza Caricamento hacían que el décimo distrito pareciera un colegio de monjas. Al pasar por delante de los hampones que se amparaban en los portales, Weisz deseó, lo deseó con todas sus fuerzas, llevar un arma en el bolsillo. Desde la *piazza* había alcanzado a ver los barcos del puerto, incluido el *Hydraios*, iluminado por focos mientras subían la carga. Tenía previsto zarpar a Marsella dentro de cuatro noches, con Weisz a bordo. Eso si conseguía llegar hasta la oficina de Grassone y volver.

La oficina de Grassone era una habitación de tres

por tres. Spedzionare Genovese —Transportes genoveses— en la puerta, un calendario subido de tono en la pared, una ventana con barrotes que daba a un respiradero, dos teléfonos en una mesa y Grassone en una silla giratoria. Grassone era un apodo, significaba «gordo», y ciertamente le hacía justicia: cuando cerró la puerta y volvió a su mesa, Weisz recordó la vieja frase: «Caminaba como dos cerdos que estuvieran follando debajo de una manta.» Más joven de lo que éste esperaba, tenía cara de angelito malévolo, con unos ojos brillantes y vivaces que miraban un mundo al que él nunca había agradado. Tras fijarse con más detenimiento vio que era ancho además de gordo, ancho de espaldas y grueso de brazos. Un luchador, pensó Weisz. Y si alguien lo dudaba, no tardaría en percatarse, bajo la papada, de la cicatriz blanca que le cruzaba el cuello de parte a parte. Al parecer alguien le había rajado la garganta, pero ahí seguía. En palabras del señor Brown, «nuestro hombre en el mercado negro de Génova».

—Y bien ¿qué va a ser? —preguntó, las rosadas manos sobre la mesa.

—¿Puede conseguir papel? ¿Papel de periódico, en grandes rollos?

Aquello le resultó divertido.

—Le sorprendería la cantidad de cosas que puedo conseguir. —Y acto seguido—: ¿Papel de periódico? Claro, ¿por qué no? —«¿Es todo?»

—Querríamos un suministro constante.

—No será ningún problema. Siempre que paguen. ¿Van a sacar un periódico?

—Podemos pagar. ¿Cuánto costaría?

—No sabría decirle, pero mañana por la noche lo sabré. —Se echó hacia atrás en la silla, que no se lo tomó muy bien y gimió—. ¿Ha probado esto alguna vez? —Metió la mano en un cajón e hizo rodar por la mesa una bola negra—. Opio. Recién llegado de China.

Weisz le dio vueltas entre los dedos a aquella pelotilla pegajosa y se la devolvió, aunque siempre había sentido curiosidad.

—No, gracias, hoy no.

—¿No quiere tener dulces sueños? —repuso Grassone, devolviendo la bola al cajón—. Entonces ¿qué?

—Papel, un suministro fiable.

—Ah, yo soy fiable, señor X. Pregunte por ahí. Todos le dirán que se puede contar con Grassone. La regla aquí, en los muelles, es que lo que sube a un camión baja. Sólo pensaba que, ya que había hecho el viaje, tal vez quisiera algo más. ¿Jamones de Parma? ¿Lucky Strike? ¿No? ¿Qué le parece un arma? Corren tiempos difíciles, todo el mundo está nervioso. Usted está un poco nervioso, señor X, si me permite que se lo diga. Quizá lo que necesita sea una automática, una Beretta, le cabrá en el bolsillo, y el precio es bueno, el mejor de toda Génova.

—Dice que mañana por la noche sabrá el precio del papel, ¿no es eso?

Grassone asintió.

—Venga a verme. Si quiere los rollos grandes, tal vez necesite un camión.

—Tal vez —replicó Weisz, poniéndose en pie para irse—. Le veré mañana por la noche.

—Aquí estaré —prometió Grassone.

De vuelta en la via Corvino, Weisz tuvo demasiado tiempo para pensar, atormentado por los fantasmas del piso, inquieto al imaginar a Christa en Berlín. E inquieto, además, por una llamada telefónica que tendría que hacer por la mañana. Pero si querían que el *Liberazione* tuviera su propia imprenta, debía ponerse en contacto con alguien antes de marcharse, alguien contra quien le habían prevenido. «No lo haga a menos que resulte imprescindible», le advirtió Brown. Se trataba de un hombre conocido como Emil, que, según Brown, podía «ocuparse de cualquier cosa que requiera *absoluta* discreción». Después de su charla con Matteo, *era* imprescindible, y tendría que utilizar el número que había memorizado. Emil no era un nombre italiano, podía ser de cualquier parte. O tal vez fuera un alias o un nombre en clave.

Intranquilo, Weisz iba de habitación en habitación: armarios llenos de ropa, cajones vacíos en el escritorio. Ni fotos ni nada personal en ningún sitio. No podía leer, no podía dormir; lo que quería era salir fuera, alejarse del apartamento, aunque fuera pasada la medianoche. Al menos en la calle había vida, una vida que, se le antojó a Weisz, seguía más o menos como siempre. El fascismo era poderoso, y estaba por doquier, pero la gente aguantaba, se acomodaba al viento, improvisaba, se defendía y esperaba a que llegaran tiempos mejores. Bah, otro gobierno corrupto, y qué. No todos eran así: Matteo no lo era, las chicas que repartían los periódicos no lo eran, y tampoco lo era Weisz. Pero tenía la impresión de que nada había cambiado realmente en la ciudad. El lema nacional seguía rezando: «Haz lo que tengas que hacer, mantén la boca cerrada, guarda tus secretos.» Así era la vida allí, gobernara quien gobernase. La gente hablaba con los ojos, con pequeños gestos. Dos amigos coinciden con un tercero, y uno de ellos le hace una seña al otro: los ojos cerrados, un rápido y sutil meneo de cabeza. «No te fíes de él.»

Weisz fue a la cocina, al despacho y, por último, al

dormitorio. Apagó la luz, se tumbó encima del cubrecama y esperó a que pasara la noche.

A mediodía llamó de nuevo a su casa, y esa vez lo cogió su madre.

—Soy yo —dijo, y ella soltó un grito ahogado.

Pero no preguntó dónde estaba y tampoco utilizó su nombre. Una conversación breve, tensa: su padre se había jubilado, sin hacer ruido, sin prestarse a firmar el juramento de lealtad del profesorado, pero sin poner mucho empeño en oponerse. Ahora vivían de su pensión y del dinero de la familia de su madre, gracias a Dios.

—Últimamente no hablamos por teléfono —le dijo su madre, una advertencia. Y al minuto añadió que lo echaba mucho de menos y se despidió.

En el café tomó un Strega y luego otro. Quizá no debiera haber llamado, pensó, pero probablemente no pasara nada. Creía que no, esperaba que no. Una vez terminado el segundo Strega, recordó el número de Emil y volvió al teléfono. Una mujer joven, extranjera, pero que hablaba con fluidez el italiano de Génova, descolgó en el acto y le preguntó quién era.

—Un amigo de Cesare —contestó, tal y como le había indicado el señor Brown.

—Un momento —dijo ella.

Según el reloj de Weisz tardó más de tres minutos en volver al teléfono. Se reuniría con el signor Emil en la estación de ferrocarril Brignole, en el andén de la vía doce, a las cinco y diez de esa tarde.

—Lleve un libro —le dijo—. ¿Qué corbata se pondrá?

Weisz bajó la vista.

—Una azul con listas plateadas —repuso. Y ella colgó.

A las cinco, la Stazione Brignole estaba atestada de viajeros: toda Roma había acudido a Génova, donde empujaban y propinaban codazos a los genoveses que intentaban subirse al tren de las 17:10 con destino a Roma. Weisz, con un ejemplar de *L'Imbroglio*, una colección de relatos de Moravia, era arrastrado por la multitud hasta que un viajero que venía de frente lo saludó. Luego sonrió, cómo se alegraba de verlo, y lo cogió por el codo.

—¿Cómo está Cesare? —se interesó Emil—. ¿Lo ha visto últimamente?

—No lo he visto en mi vida.

—Ah —respondió Emil—. Vamos a dar un paseo.

De modales muy suaves, Weisz no sabría decir qué edad tenía. Lucía el rostro rubicundo del recién afeitado —era de los que siempre parecen recién afeitados, pensó Weisz—, un rostro sin expresión bajo un cabello castaño claro que llevaba peinado hacia atrás desde una frente ancha. ¿Sería checo? ¿Serbio? ¿Ruso? Hacía tiempo que hablaba en italiano y le resultaba natural, pero no era su lengua materna, un leve acento extranjero teñía sus palabras, de algún lugar al este del Oder, pero Weisz no sabía decir más. Y había algo en él —sus modales suaves y su rostro inexpresivo, con la eterna sonrisa— que le recordó a S. Kolb. Weisz sospechaba que eran del mismo gremio.

—¿En qué puedo ayudarlo? —preguntó Emil.

Se detuvieron delante de una enorme pizarra donde un ferroviario uniformado, subido a una escalera, escribía horarios y destinos con una tiza.

—Necesito un lugar tranquilo para instalar maquinaria.

—Comprendo. ¿Para una noche? ¿Una semana?

—Para el mayor tiempo posible.

En una mesa próxima a la escalera sonó un teléfono, y el empleado anotó la hora de salida de un tren que se dirigía a Pavía, lo cual arrancó un quedo murmullo de aprobación, una ovación casi, entre los que esperaban.

—En el campo, quizá —contestó Emil—. Una granja, recogida, aislada. O un cobertizo en alguna parte, en algún barrio periférico, ni en la ciudad ni en el campo campo. Porque estamos hablando de Génova, ¿no?

—Sí.

—¿A qué se refiere con maquinaria?

—Prensas.

—Ahh. —La voz de Emil se volvió cálida, el tono afectuoso y nostálgico. Conservaba recuerdos agradables de las prensas—. Grandecitas, y no precisamente silenciosas.

—No, hacen mucho ruido —coincidió Weisz.

Emil apretó los labios, intentando pensar. A su alrededor docenas de conversaciones, un altavoz dando avisos que hacían que todos se volvieran hacia el de al lado: «¿Qué ha dicho?» Y los propios trenes, el traqueteo de las locomotoras resonando en la estación abovedada.

—Esta clase de operación debería realizarse en una ciudad —aseguró Emil—. Si tuviera en mente una insurrección armada, sería distinto, pero no es el caso. *Entonces* tendría que ser en el campo.

—Sería mejor en la ciudad. Los que van a encargarse de las máquinas viven aquí, no pueden ir a las montañas y volver todos los días.

—Cierto, no. Allí tendrían que tratar con los campesinos. —Para Emil la palabra lo decía todo.

—Mejor en Génova.

—Sí. Sé de una opción muy buena, es probable que se me ocurra alguna más. ¿Puede darme un día para que lo piense?

—No mucho más.

—Con uno bastará. —Aún no quería marcharse—. Prensas —repitió, como si dijera *amor* o *mañanas de verano*. A todas luces era un hombre de su tiempo, más acostumbrado a suministrar armas o bombas—. Llame al número que tiene. Mañana, más o menos a esta misma hora. Le darán instrucciones. —Se volvió y se situó frente a Weisz—. Encantado de conocerlo —dijo—. Y, por favor, tenga cuidado. A los de la Sicurezza empieza a preocuparles Génova. Como les pasa a todos los perros, ellos también tienen pulgas, pero últimamente la pulga genovesa está empezando a fastidiarlos más de la cuenta. —Se aseguró de que Weisz entendía lo que quería decir, dio media vuelta y, a los pocos pasos, desapareció entre la multitud.

25 de junio.

Weisz recorrió las callejuelas de la zona portuaria y a las nueve y media estaba en la oficina de Grassone.

—¡Signor X! —saludó Grassone al abrir la puerta, contento de verlo—. ¿Ha tenido un buen día?

—Más o menos —le contestó Weisz.

—Pues la racha continúa —repuso Grassone mientras se instalaba en la silla giratoria—. Le he conseguido el papel. Viene en vagones de mercancías desde Alemania, que es donde están los árboles.

—¿Y el precio?

—Le tomé a usted la palabra, en lo de los rollos grandes. El precio se fija por tonelada métrica, y para usted se situará en torno a las mil cuatrocientas liras por tonelada. No sé cuántos rollos son, pero debería ser suficiente, ¿no? Y sale más barato que aquí... o dondequiera que estén imprimiendo.

Weisz se paró a pensar. Un traje de caballero costaba unas cuatrocientas liras, alquilar un piso barato salía por trescientas al mes. Supuso que estarían comprando a precio de mercancía robada, con lo que, incluyendo las pingües comisiones que se llevarían Grassone y sus cómplices, seguían consiguiendo el papel por debajo del precio de mercado.

—Es aceptable —replicó.

Pasó las liras a dólares contando con los dedos, veinte por uno, y luego a libras esterlinas, a cinco dólares la libra. Seguro que el señor Brown lo pagaría, pensó.

Grassone observaba el proceso.

—¿Le salen las cuentas?

—Sí, perfectamente. Y, claro está, es secreto.

Grassone negó con un dedo porretón.

—No se preocupe por eso, signor X. Por supuesto necesitaré una paga y señal.

Weisz se metió la mano en el bolsillo y sacó setecientas liras. Grassone sostuvo uno de los billetes al trasluz de la lámpara de la mesa.

—Así es el mundo en que vivimos últimamente. La gente imprime su dinero en el sótano.

—Éste es de verdad.

—Lo es —corroboró Grassone, metiendo el dinero en el cajón.

—Aún no sé cuándo ni dónde, podría ser dentro de unas semanas, pero también voy a necesitar una prensa y una linotipia.

—¿Tiene una lista? ¿Y el tamaño? ¿La marca y el modelo?

—No.

—Ya sabe dónde encontrarme.

—Lo tendré dentro de un día o dos.

—Tiene prisa, signor X, ¿no? —Grassone se inclinó

hacia delante y apoyó las manos en la mesa. Weisz se percató de que llevaba un anillo de oro con un rubí en el meñique—. Aquí viene media Génova, y la otra media acude a la competencia. No hay problema, nos encargamos de la policía, y sólo son negocios. Y aquí está usted, poniendo en marcha un periódico. Estupendo. No me chupo el dedo, y me importa un pimiento lo que haga usted, pero, sea lo que fuere, puede que cabree a quien no debe, y no quiero que me salpique. Pero eso no va a suceder, ¿verdad?

—Nadie lo quiere.

—¿Me da su palabra?

—Se la doy —respondió Weisz.

Hasta la via Corvino había una buena caminata, con los truenos retumbando a lo lejos y el resplandor de los relámpagos en el horizonte, sobre el mar de Liguria. Una chica envuelta en un abrigo de cuero se puso a su altura cuando atravesaba una plaza. Con voz cálida y susurrona le preguntó si le gustaba esto o aquello. ¿Quería pasar la noche solo? Luego, en el edificio de apartamentos, se cruzó con una pareja de ancianos que bajaba cuando él subía. El hombre le dio las buenas noches y la mujer lo miró de arriba abajo: «¿Quién era ése?» Conocían a todo el mundo, pero a él no. De vuelta en el piso, dormitó un rato y luego despertó de repente, el corazón a mil por hora. Una pesadilla.

Por la mañana el sol había salido y, en las calles, la vida latía de nuevo con fuerza. El camarero del café ya lo conocía y lo saludó como a un cliente habitual. En su periódico, La Spezia había ganado al Génova 2 a 1, con un gol marcado en el último minuto. El camarero, que echó un vistazo por encima de Weisz mientras le servía el café, afirmó que deberían haberlo anulado —había sido mano—, pero el árbitro estaba comprado, toda la ciudad lo sabía.

Weisz llamó a Matteo a *Il Secolo* y quedó con él una hora después, en un bar que había frente al periódico, donde se les unieron el amigo de Matteo del *Giornale* y otro tipógrafo. Weisz pidió café, bollos y coñac, en plan generoso, seguro de sí y divertido. «Tres monos van a un burdel, y el primero dice...» Todo fue muy relajado y afable: Weisz los llamó por sus nombres, les preguntó por su trabajo.

—Tendremos nuestra propia imprenta —aseguró—. Y un buen equipo. Y si de cuando en cuando necesitan algunas liras a final de mes, no tienen más que pedirlas.

Querían saber si era seguro. Últimamente, repuso Weisz, nada era seguro, pero él y sus amigos tendrían mucho cuidado, no querían meter a nadie en un lío.

—Pregunten a Matteo —añadió—. Nos gusta ser discretos, pero los italianos deben saber lo que está pasando.

De lo contrario los *fascisti* se saldrían con la suya y contarían todas las mentiras que quisiesen, y ellos no deseaban que ocurriera eso, ¿no? No. Weisz pensó que de verdad no lo deseaban.

Después de que los amigos de Matteo se fueran, Weisz elaboró una lista de lo que tendrían que comprarle a Grassone y luego dijo que le gustaría conocer al camionero, Antonio.

—Transporta carbón en invierno y productos agrícolas en verano —contó Matteo—. Recorre la costa temprano y regresa a la ciudad a eso de mediodía. Podríamos verlo mañana.

Weisz repuso que a mediodía estaba bien, que decidiera dónde, él se pondría en contacto con Matteo más tarde. Luego, después de que éste volviera al trabajo, Weisz marcó el número de Emil.

La joven respondió de inmediato.

—Esperábamos su llamada —le dijo—. Se reunirá con él mañana por la mañana. En un bar llamado La Lanterna, en el vico San Giraldo, una de las callejuelas que salen de la Piazza dello Scalo, donde los muelles. A las cinco y media. ¿Podrá?

Weisz respondió afirmativamente.

—¿Por qué tan pronto? —quiso saber.

Ella tardó en contestar.

—Emil no acostumbra a hacer esto, es cosa del hombre al que conocerá en La Lanterna, es el dueño del bar, el dueño de muchas cosas en Génova, pero tiene cuidado con los sitios a los que va. Y con la hora. ¿Entendido?

—Sí, las cinco y media pues.

Weisz llamó a Matteo después de las tres y supo que quedarían con el camionero a mediodía del día siguiente, en un garaje del extremo norte de la ciudad. Matteo le dio la dirección y agregó:

—Les causó una buena impresión a mis amigos. Están dispuestos a colaborar.

—Me alegro —contestó Weisz—. Si trabajamos todos juntos, nos libraremos de esos cabrones.

«Tal vez, algún día», pensó al colgar. Pero lo más probable era que todos ellos, Grassone, Matteo, sus amigos y los demás, acabaran en la cárcel. Y sería culpa de Weisz. La alternativa era sentarse tranquilamente a esperar a que llegaran tiempos mejores, pero desde 1922 no había habido tiempos mejores. Y, pensó Weisz, si a la OVRA no le gustaba el *Liberazione* en el pasado, ahora le gustaría menos. Así que, a fin de cuentas, cuando la operación se descubriera o fracasara como fracasase, de un modo u otro, Weisz ocuparía la celda contigua.

Esa noche llevó la lista del equipo que había elaborado Matteo a la oficina de Grassone y después inició la subida a la via Corvino. Dos días más, pensó, y volvería a París después de representar el papel que el señor Brown había escrito para él: una aparición audaz y unos primeros pasos hacia la expansión del *Liberazione*. Luego había más cosas que hacer: alguien tendría que volver allí. ¿Significaba eso que Brown podía servirse de otros, o tendría que ser él? Ni lo sabía ni le importaba, porque lo que de verdad le importaba en ese momento era la esperanza —y era algo más que una esperanza— de que una vez hubiera hecho lo que el señor Brown quería, el señor Brown haría lo que él quería en Berlín.

27 de junio, 5:20.

En la Piazza dello Scalo, un amanecer gris y con llovizna, un nubarrón oceánico cubriendo la plaza. Y un mercado callejero. Cuando Weisz cruzaba la plaza, los comerciantes, que descargaban una exótica colección de coches y camiones antiguos, montaban sus puestos; el pescadero bromeaba con sus vecinos, dos mujeres apilaban alcachofas, niños con cajas a cuestas, mozos con carretillas al descubierto gritando a la gente que se quitara de en medio, bandadas de palomas y gorriones en los árboles, a la espera de obtener su parte del botín.

Weisz bajó por el vico San Giraldo y, tras pasárselo la primera vez, dio con La Lanterna. Fuera no había ningún nombre, pero un letrero que colgaba de una cadena herrumbrosa lucía una desvaída linterna pintada. Debajo, una puerta baja daba a un túnel que desembocaba en una habitación larga y estrecha, el piso negro de una mugre secular, las paredes marrones por el humo de los cigarrillos. Weisz se abrió paso entre los primeros parroquianos —vendedores del mercado y estibadores con mandiles de cuero— hasta que divisó a Emil, el cual le indicó que se acercara, la permanente sonrisa un tanto más amplia en su rostro recién afeitado. El hombre que estaba a su lado no sonreía. Era alto y sombrío, y muy moreno, con un bigote poblado y ojos despiertos. Llevaba un traje de seda, sin corbata, la camisa color chocolate abotonada hasta el cuello.

—Bien, llega usted puntual —aprobó Emil—. Y éste es su nuevo casero.

El tipo alto lo escudriñó, le hizo una breve señal de asentimiento y, acto seguido, consultó un lujoso reloj y dijo:

—¡A trabajar! —Se sacó del bolsillo un gran aro con llaves y fue pasando con el pulgar una por una hasta dar con la que quería—: Por aquí —pidió mientras se dirigía al otro extremo de la taberna.

—Es un buen lugar para usted —le explicó Emil a Weisz—: siempre hay gente entrando y saliendo, de día y de noche. Lleva aquí desde... ¿cuándo?

El dueño se encogió de hombros.

—Dicen que esto lleva siendo una taberna desde mil cuatrocientos noventa.

Al fondo de la habitación, una puerta baja hecha de gruesos tablones. El dueño la abrió, agachó la cabeza al entrar y esperó a Emil y Weisz. Una vez cruzada la puerta, echó la llave. De pronto a Weisz le costaba respirar, el aire era una neblina ácida de vino picado.

—Antes era un almacén —dijo Emil.

El dueño cogió una lámpara de queroseno de un gancho de la pared, la encendió y bajó un largo tramo de escalones de piedra. Las paredes relucían por la humedad, y Weisz oía las ratas escabulléndose. Al pie de la escalera salía un pasillo —tardaron un minuto en recorrerlo— que llevaba hasta una enorme bóveda; el techo era una serie de arcos, cuyas paredes estaban llenas de toneles de madera. El aire estaba tan cargado de olor a vino que a Weisz le lloraban los ojos. En el arco central había una bombilla colgando de un cable. El dueño alzó la mano y encendió la luz, que arrojó sombras sobre los húmedos sillares de piedra.

—¿Lo ve? Nada de antorchas —bromeó Emil, guiñándole un ojo a Weisz.

—Necesitamos electricidad —repuso éste.

—La pusieron en los años veinte —explicó el dueño.

En algún lugar tras los muros Weisz percibía el rítmico goteo del agua.

—¿Aún se utiliza esto? —quiso saber—. ¿Baja la gente aquí?

El dueño hizo un ruido seco que podría pasar por una risa.

—Haya lo que haya ahí —señaló las cubas con la cabeza—, no se puede beber.

—Existe otra salida —observó Emil—. Por el pasillo.

El dueño miró a Weisz y preguntó:

—¿Y bien?

—¿Cuánto quiere por esto?

—Seiscientas liras al mes. Dos meses por adelantado. Y podrá hacer lo que quiera.

Weisz se lo pensó y luego metió la mano en el bolsillo y se puso a contar billetes de cien liras. El dueño se lamió el pulgar y comprobó la cantidad mientras Emil permanecía allí plantado, risueño, con las manos en los bolsillos. A continuación el dueño abrió el llavero y le dio a Weisz dos llaves.

—La taberna y la otra entrada —aclaró—. Si necesita verme, póngase en contacto con su amigo, él se encargará. —Apagó la luz, agarró la lámpara de queroseno y añadió—: Saldremos por el otro lado.

Al otro lado de la bóveda, el pasillo giraba bruscamente y se convertía en un túnel que moría en una escalera que subía hasta el nivel de la calle. El dueño apagó la lámpara, la colgó en la pared y abrió un par de pesadas puertas de hierro. Aplicó el hombro a una de ellas, que chirrió al ceder y dio paso al patio de un taller lleno de periódicos viejos y piezas de máquinas. Al otro extremo, una puerta en una pared de ladrillo daba a la Piazza dello Scalo, donde los primeros clientes del mercado, mujeres con bolsas de red, curioseaban por los puestos.

El dueño alzó la vista al cielo y miró ceñudo la llovizna.

—Te veré la semana que viene —le dijo a Emil, y luego saludó con la cabeza a Weisz.

Cuando se volvía para irse, un hombre salió de un portal y lo cogió por el brazo. Por un instante Weisz se quedó paralizado. «Corre.» Pero una mano lo apresó por el cuello de la camisa y la chaqueta y una voz dijo:

—Venga conmigo.

Weisz giró en redondo y apartó la mano del hombre con el antebrazo. Por el rabillo del ojo vio a Emil corriendo a toda velocidad entre los puestos y al dueño forcejeando con un tipo la mitad de grande que él que intentaba inmovilizarle el brazo tras la espalda.

El que Weisz tenía enfrente era corpulento, el rostro y los ojos duros, un poli de algún tipo, con el cinto de una pistolera al lado de una corbata de flores, cruzándole el pecho. Sacó una pequeña cartera y la abrió para mostrarle una placa al tiempo que decía:

—¿Entendido?

Hizo ademán de coger a Weisz por el brazo, pero éste se zafó, recibiendo a cambio una bofetada. La segunda fue tan fuerte que Weisz se tambaleó hacia atrás y se quedó sentado en el suelo.

—Así que complicándome la vida... —comentó el policía.

Weisz dio dos vueltas y se levantó con dificultad. Pero el policía fue más rápido, le puso la zancadilla e hizo caer a Weisz, que se dio un buen golpe. Consciente de que aquello iba a continuar, trató de arrastrase bajo un puesto. La gente de alrededor empezó a murmurar, sonidos sordos de ira o solidaridad al ver que golpeaban a un hombre.

El rostro del poli se volvió rojo. Quitó de en medio a una anciana, estiró el brazo, cogió a Weisz por el tobillo y comenzó a tirar de él.

—Sal de ahí —dijo entre dientes.

Cuando sacaba a Weisz a rastras de debajo del puesto, una alcachofa se estrelló en la frente del policía. Éste, sorprendido, soltó a Weisz y dio un paso atrás. Una zanahoria le rozó la oreja, y levantó la mano para parar una fresa mientras otra alcachofa le acertaba en el hombro. Por detrás de Weisz se oyó la voz de una mujer:

—Déjalo en paz, Pazzo, hijo de puta.

Era evidente que conocían al policía y no les caía bien. Éste sacó un revólver y apuntó a izquierda y luego a derecha, haciendo que alguien gritara:

—¡Venga, vamos, péganos un tiro, pedazo de capullo!

El ataque fue a más: tres o cuatro huevos, un puñado de sardinas, más alcachofas —de temporada, baratas ese día—, una lechuga y unas cuantas cebollas. El poli apuntó al cielo e hizo dos disparos.

Los del mercado no se dejaron intimidar. En el

puesto del charcutero, Weisz vio cómo una mujer con un delantal manchado de sangre metía un gran tenedor en un cubo y pinchaba una oreja de cerdo, y utilizando el cubierto a modo de catapulta, la lanzó al policía. Éste retrocedió unos pasos y acabó en el límite de la plaza, bajo una vieja casa torcida. Se metió dos dedos en la boca y soltó un silbido estridente, pero su compañero estaba ocupado con el dueño. Nadie se presentó, y cuando la primera palangana de agua salió volando de una ventana y fue a parar a sus pies, dio media vuelta y, fulminándolos con la mirada —«Esto no va a quedar así»—, abandonó la plaza.

Weisz, el rostro encendido, seguía debajo del puesto. Cuando se disponía a salir, una mujer enorme con una redecilla en el pelo y un delantal se le acercó corriendo; las gafas, que llevaba colgadas de una cadena al cuello, pegaban botes con cada paso que daba. Le tendió la mano, Weisz la agarró, y ella lo levantó sin ningún esfuerzo.

—Será mejor que se vaya de aquí —sugirió, la voz casi un susurro—. Volverán. ¿Tiene adónde ir?

Weisz repuso que no. La idea de regresar a la via Corvino se le antojó peligrosa.

—Entonces venga conmigo. —Corrieron entre una fila de puestos y salieron de la plaza a los *vicoli*—. Ese cabrón arrestaría a su madre —aseguró.

—¿Adónde vamos?

—Ya lo verá. —Se paró en seco, lo agarró por los hombros y le dio la vuelta para poder verle el rostro—: ¿Qué es lo que ha hecho? No tiene pinta de delincuente. ¿Es usted un delincuente?

—No, no soy ningún delincuente.

—Ya decía yo. —Acto seguido lo cogió por el hombro y le dijo—: *Avanti!* —Y echó a andar lo más deprisa posible, respirando con dificultad mientras subían colina arriba.

La iglesia de Santa Brigida no era ni magnífica ni antigua, la habían construido de estuco, en un barrio pobre, hacía un siglo. En el interior, la mujer del mercado hincó una rodilla, se santiguó, cruzó el pasillo y desapareció por una puerta que había junto al altar. Weisz se sentó al fondo. Hacía mucho que no entraba en una iglesia, pero se sentía a salvo, por el momento, en la agradable penumbra perfumada de incienso. Luego la mujer apareció seguida de un sacerdote joven. Ella se inclinó sobre Weisz y le dijo:

—El padre Marco cuidará de usted —y le apretó la mano, «sea fuerte», y se fue.

Cuando se hubo marchado, el cura llevó a Weisz a la sacristía y después a un despachito.

—Angelina es una buena persona —aseguró—. ¿Está usted en apuros?

Weisz no estaba muy seguro de cómo responder a eso. El padre Marco era paciente y esperó.

—Sí, en algún apuro, padre. —Weisz se arriesgó—: Apuros políticos.

El sacerdote asintió, no era ninguna novedad.

—¿Necesita un sitio donde quedarse?

—Hasta mañana por la noche. Luego saldré de la ciudad.

—Hasta mañana por la noche nos las podemos arreglar. —Se sintió aliviado—. Puede dormir en ese sofá.

—Gracias —replicó Weisz.

—¿Qué clase de política?

Por su modo de hablar y de escuchar, a Weisz le dio la impresión de que aquél era un párroco atípico: un intelectual destinado a ascender en la iglesia o a sufrir el destierro en alguna zona apartada, cualquiera de las dos cosas.

—Política democrática —contestó—. Antifascista.

Los ojos del cura reflejaron aprobación y una pizca de envidia. «Si la vida hubiera sido distinta...»

—Lo ayudaré en lo que pueda —afirmó—. Y usted puede hacerme compañía en la cena.

—Estaré encantado, padre.

—No es el primero que me traen. Se trata de una vieja costumbre, acogerse a sagrado. —Se puso en pie, miró un reloj que había en la mesa y anunció—: He de decir misa. Si lo desea, puede participar, si es su costumbre.

—Llevo mucho tiempo sin hacerlo —admitió Weisz.

El sacerdote sonrió.

—Eso es algo que oigo muy a menudo, como desee.

Esa tarde, Weisz salió una vez. Fue hasta una estafeta de Correos donde utilizó el teléfono para marcar el número de Emil. Estuvo sonando mucho tiempo, pero la mujer no lo cogió. No tenía idea de lo que eso significaba, ni tampoco de lo que había ocurrido en la plaza. Sospechaba que podía haber sido una casualidad: la persona equivocada en el momento equivocado, alguien vio al dueño y lo denunció cuando entró en el barrio. ¿Por qué? Weisz lo ignoraba. Pero no era la OVRA, ellos habrían acudido en masa. Naturalmente también cabía la posibilidad de que lo hubiesen traicionado: Emil, Grassone o alguien de la via Corvino. Pero daba igual, saldría en el *Hydraios* al día siguiente a medianoche, y más adelante el señor Brown se encargaría de arreglar las cosas.

28 de junio, 22:30.

Sentado en el borde de una fuente seca, en lo alto de una escalera que bajaba hasta el embarcadero, Weisz veía el *Hydraios*. Seguía amarrado en el muelle, pero una delgada columna de humo salía de su chimenea a medida que calentaba motores, dispuesto para partir a medianoche. También veía el tinglado que había frente al muelle y a Nunzio, el aduanero responsable de la tripulación de los mercantes, en la silla, inclinada hacia atrás, contra la mesa donde tramitaba los documentos. Esa noche Nunzio, muy relajado —el turno de noche era un trabajo fácil—, mataba el tiempo con dos policías uniformados, uno apoyado distraídamente en la puerta del tinglado, el otro sentado en una caja.

Weisz también veía a la tripulación del *Hydraios*, que iba llegando tras disfrutar de unos días de libertad en Génova. La noche que atracó el barco salieron todos juntos, pero ahora volvían, bastante desmejorados, de dos en dos y de tres en tres. Weisz vio a tres de los marineros aproximarse al tinglado, dos de ellos sosteniendo al tercero, los brazos de éste por los hombros de sus amigos, a veces atreviéndose a dar unos pasos, otras perdiendo el conocimiento, la punta de los zapatos tropezando en los adoquines mientras lo arrastraban.

En la mesa, los dos marineros sacaron el pasaporte y, acto seguido, vaya contratiempo, se pusieron a buscar los documentos de su amigo, que acabaron encontrando en el bolsillo trasero de los pantalones. Nunzio se rió y los policías lo imitaron. ¡Menuda resaca tendría mañana!

Nunzio cogió el pasaporte del primer marinero, lo estiró sobre la mesa y miró arriba y abajo dos veces, el gesto de un hombre que contrastaba una fotografía con un rostro. Sí, era él, sin duda. Mojó en tinta el sello que consignaba el puerto y la fecha y, a continuación, lo estampó con ganas en el pasaporte. Mientras lo hacía uno de los policías se aproximó a la mesa y, por encima, echó un vistazo. Sólo para asegurarse.

23:00. Sonaron las campanas de las iglesias. 23:20. Un montón de marineros se encaminó hacia el *Hydraios*, con prisa por subir a bordo; en medio dos o tres oficiales. A los diez minutos apareció el segundo maquinista, un tanto rezagado. Caminaba por el muelle con parsimonia, esperando a Weisz para que pasara con él por el control de pasaportes. Al cabo de un rato desistió y se unió al gentío que se agolpaba en la mesa y, tras echar una última ojeada al muelle, subió por la pasarela.

Weisz seguía sin moverse. Él no era marino mercante, era, según su *libretto di lavoro*, un alto funcionario. ¿Por qué iba a viajar a Marsella en un carguero griego? A las 23:55 un grave bocinazo de la sirena del barco resonó en el puerto, y dos marineros subieron la pasarela a cubierta mientras otros, ayudados por un estibador, iban recogiendo las maromas que afianzaban el barco al muelle.

Después, a medianoche, con un nuevo gemido de la sirena, el *Hydraios* salió despacio entre nubes de vapor.

7 de julio.

Una cálida noche de verano en Portofino.

El paraíso. Bajo la terraza del Hotel Splendido, las luces bailoteaban en el puerto y, cuando la brisa soplaba debidamente, a la colina llegaba la música de las fiestas que se celebraban en los yates. En el salón de juegos los turistas británicos jugaban al bridge. Junto a la piscina había tres americanas tumbadas en sendas hamacas, bebiendo Negronis y sopesando seriamente la posibilidad de *no* volver a Wellesley. En el agua, una cuarta flotaba lánguidamente de espaldas, moviendo las manos de cuando en cuando para no hundirse y contemplando las estrellas, soñando que estaba enamorada. Bueno, soñando que hacía lo que hacía la gente cuando estaba enamorada. Un beso, una caricia, otro beso. Otra caricia. Él había bailado con ella dos veces la noche anterior: delicado y cortés; sus ojos, sus manos, su acento italiano con cadencia inglesa. «¿Me concede este baile?» Oh, sí. Y en su última noche en Portofino él, Carlo, Carlo, podría llegar a más, si quería.

Estuvieron charlando un rato, después de bailar, mientras paseaban por la terraza, iluminada por la luz de las velas. Hablaron con despreocupación de esto y aquello, pero cuando ella le dijo que se iba a Génova, donde zarparía con sus amigas rumbo a Nueva York en un transatlántico italiano, él pareció perder el interés, y la pregunta íntima quedó sin plantear. Y ahora ella volvería a Cos Cob, volvería... *intacta*. Con todo, nada le impedía soñar con él: sus manos, sus ojos, *sus labios*.

La verdad, perdió el interés cuando supo que no había llegado a Portofino en un yate. No es que la chica no fuera atractiva. La veía allí abajo, desde la ventana, una estrella blanca en medio del azul del agua, y de haber sido unos años antes... Pero no era así.

Después de que el *Hydraios* se hiciera a la mar sin él, pasó la noche en la estación Brignole y tomó el primer tren que bajaba a la costa, a la turística ciudad de Santa Margherita. Allí compró una maleta y la mejor ropa veraniega que encontró: blazer, pantalones blancos, camisas informales de manga corta. Vaya, gastaba a manos llenas, menuda lección le había dado S. Kolb. Luego, después de comprar una navaja de afeitar, jabón, un cepillo de dientes y demás artículos de aseo, hizo el equipaje y cogió un taxi —no había tren— hasta Portofino, al Hotel Splendido.

Había muchas habitaciones ese verano, algunos de los clientes habituales no iban a Italia ese verano. Una suerte para Weisz. La mañana que llegó se cambió de ropa y puso en marcha su campaña: plantarse en la piscina, en el bar, en el té de las cinco en el salón: locuaz, encantador, el tipo más simpático del mundo. Probó con los británicos, uniéndose a éstos y a aquéllos, gente que bajaba de los yates, pero no querían saber nada de él. La clase de personas que acudían a Portofino pronto aprendían, en los colegios, a evitar a los extranjeros obsequiosos.

Y estaba empezando a perder la esperanza, comenzaba a plantearse la posibilidad de ir hasta una aldea de pescadores cercana —barcas de buen tamaño, pescadores pobres—, cuando descubrió a los daneses y a su simpático líder. «Llámame Sven.» ¡Menuda cena! Mesa para doce —seis daneses y sus nuevos amigos del hotel—, botellas de champán, risas, guiños y alusiones maliciosas a la alegría nocturna que reinaba a bordo del *Ambrosia*, el yate de Sven. Fue la mujer de éste, cabello blanco e imponente, la que al final, en su lento inglés escandinavo, pronunció las palabras mágicas:

—Tenemos que encontrar la manera de vernos más, querido, porque el jueves viajamos a St. Tropez.

—Bueno, podría ir con vosotros.

—Oh, Carlo, ¿lo harías?

Un último vistazo por la ventana y Weisz se situó ante el espejo y se peinó. Era la última noche de los daneses en Portofino, y la cena sin duda sería abundante y ruidosa. Una última ojeada al espejo, las solapas cepilladas y ¡a por todas!

Era como se había imaginado: champán, lenguado a la plancha, coñac y una gran cordialidad en la mesa. Sin embargo Weisz pilló al anfitrión mirándolo más de una vez. Algo le rondaba la cabeza. Sven era jovial y divertido, pero en apariencia. Había hecho su fortuna con minas de plomo en Sudáfrica, no era ningún tonto, y Weisz tenía la sensación de que sospechaba de él. Después de tomar el coñac, Sven sugirió que el grupo se reuniera en el bar mientras él y su amigo Carlo jugaban la partida de billar que habían acordado.

Y así lo hicieron, los ángulos del rostro de Sven marcados por la luz que iluminaba la mesa en la oscura sala de billar. Weisz hizo lo que pudo, pero Sven sabía jugar y no dejaba de pasar las cuentas por el alambre de bronce con la punta del taco a medida que aumentaban los puntos.

—Entonces, ¿te vienes con nosotros a St. Tropez?

—La verdad es que me gustaría.

—Ya veo. Pero ¿puedes salir de Italia tan fácilmente? ¿No necesitas, esto, un permiso de alguna clase?

—Sí, pero nunca me lo darían.

—¿No? Qué fastidio, ¿por qué no?

—Sven, tengo que salir de este país. Mi mujer y mis hijos se marcharon a Francia hace dos meses y quiero ir con ellos.

—Salir sin permiso.

—Sí. En secreto.

Sven se inclinó sobre la mesa, apoyó el taco en la mano y lanzó una bola roja por el tapete que golpeó la banda y luego tocó una bola blanca. Acto seguido se enderezó y anotó el tanto.

—Cuando estalle, va a ser una guerra horrible. ¿Crees que la evitarás en Francia?

—Puede que sí —contestó Weisz mientras entizaba la punta del taco—. O puede que no. Pero, sea como fuere, no puedo luchar en el bando equivocado.

—Bien —replicó Sven—. Eso es admirable. De ese modo quizá seamos aliados.

—Tal vez, aunque espero que la cosa no llegue a tanto.

—No pierdas la esperanza, Carlo, es bueno para el alma. Zarpamos a las nueve.

5 de julio, Berlín.

Cómo odiaba a esos putos nazis asquerosos. Mira ése de ahí, en la esquina, como si no tuviera ninguna preocupación. Bajo y fornido, de color carne, labios gruesos y cara de niño despiadado. De vez en cuando recorría la calle arriba y abajo, luego volvía, los ojos siempre fijos en la entrada de las oficinas de la Bund Deutscher Mädchen, la sección femenina de las Juventudes Hitlerianas. Y vigilando, sin ocultarlo, a Frau Christa von Schirren.

S. Kolb, en la parte de atrás de un taxi, estaba a punto de darse por vencido. Llevaba días en Berlín y era incapaz de acercarse a ella. Los de la Gestapo andaban por todas partes: en coches, portales, furgonetas de reparto. Sin duda escuchaban sus llamadas telefónicas y leían su correo; la cogerían cuando les viniera bien. Entretanto esperaban, ya que tal vez, sólo tal vez, uno de los otros conspiradores se desesperara, saliera al descubierto e intentara establecer contacto. Y, Kolb lo veía, ella sabía exactamente lo que pasaba. Antes era toda confianza, una aristócrata segura de sí. Pero ya no. Ahora unas profundas ojeras rodeaban sus ojos, y tenía el rostro pálido y demacrado.

Bueno, tampoco es que él estuviera mucho más en forma. Asustado, aburrido y cansado: el clásico estado del espía. Llevaba en danza desde el 29 de junio, cuando pasó la noche en Marsella esperando a Weisz, pero cuando la tripulación del *Hydraios* abandonó el carguero, él no apareció por ninguna parte. Y, de acuerdo con el segundo maquinista, el barco había zarpado de Génova sin él.

—Desaparecido —afirmó el señor Brown cuando Kolb llamó—. Quizá lo haya cogido la OVRA, jamás lo sabremos.

Una lástima, pero así era la vida. Luego Brown le dijo que tenía que ir a Berlín a sacar a la chica. ¿Era necesario?

—Nuestra parte del trato —explicó Brown desde la comodidad de su hotel de París—. Y puede que nos sea útil, nunca se sabe.

Contaría con ayuda en Berlín, puntualizó Brown, el SSI no era muy numeroso allí, no era muy numeroso en ninguna parte, pero el agregado naval de la embajada tenía un taxista de confianza.

Se trataba de Klemens, ex comunista y alborotador en los años veinte, con cicatrices que lo demostraban, el mismo que ahora apoyaba el peso en el volante del taxi y encendía el décimo cigarrillo de la mañana.

—Llevamos aquí demasiado tiempo, ¿sabe? —comentó, captando los ojos de Kolb por el retrovisor.

«Cierra el pico, palurdo.»

—Creo que podemos esperar un poco más.

Esperaron diez minutos, otros cinco. Luego un autobús se detuvo delante de la oficina, el motor al ralentí, el escape expulsando bocanadas de humo negro, y un minuto más tarde salieron las chicas en tropel, uniformes marrones, medias hasta la rodilla y pañuelos anudados, algunas con cestas de picnic, de dos en dos, seguidas de Von Schirren. Cuando subieron al autobús, el matón de la esquina miró un coche que había aparcado al otro lado de la calle, el cual, cuando el autobús arrancó, se incorporó al tráfico, justo detrás.

—Adelante —ordenó Kolb—. Pero manténgase a distancia.

Fueron hasta los límites de la ciudad, en dirección este, hacia el Oder. Pronto estarían en el campo. Luego, un golpe de suerte. En la localidad de Münchberg el coche de la Gestapo paró a echar gasolina y dos tipos corpulentos bajaron a estirar las piernas.

—¿Qué hago? —quiso saber Klemens.

—Siga al autobús.

—El coche no tardará en darnos alcance.

—Limítese a conducir —contestó Kolb.

Un día caluroso y húmedo. Un tiempo irritante para Kolb. Si tenía que caminar, los calzoncillos le rozarían la piel. Así que, por el momento, le daba igual lo que hiciera el otro coche.

A los pocos minutos, un segundo golpe de suerte: el autobús se metió por un caminito, y a Kolb se le alegró el corazón. «Ésta es la mía.»

—¡Sígalo! —exclamó.

Klemens se mantenía a bastante distancia del autobús, una estela de polvo indicando su avance mientras subía las colinas cercanas al Oder. Luego el autobús paró. Klemens dio marcha atrás y aparcó el coche a un lado del camino, en un punto en que los del otro vehículo no podían verlo.

Kolb le dio algún tiempo al grupo para que llegara a dondequiera que fuese y se bajó del coche.

—Abra el capó —le indicó al otro—. Tiene problemas con el motor, puede que le lleve algún tiempo.

Kolb echó a andar camino arriba y rodeó el autobús,

adentrándose en un pinar. «La naturaleza», pensó. No le gustaba la naturaleza. En la ciudad era una rata astuta, se sentía como en casa en aquel laberinto, pero fuera se sentía desnudo y vulnerable y sí, tenía razón en lo de los calzoncillos. Desde un lugar estratégico situado en lo alto de la colina veía a las Deutscher Mädchen, que se agolpaban en la orilla de un pequeño lago. Algunas chicas sacaban la merienda, mientras que otras —los ojos de Kolb se abrieron de par en par— se desvestían para nadar, sin que él viera un solo bañador. Soltaban grititos al meterse en la fría agua, salpicándose las unas a las otras, forcejeando, un jolgorio de muchachas desnudas. Toda aquella preciosa y pálida carne aria saltando y zangoloteando, libre y desembarazadamente. Kolb no se cansaba de mirar, y no tardó en contagiarse del ambiente.

Von Schirren se quitó los zapatos y las medias. ¿Habría más? No, no estaba de humor para nadar; paseaba mirando el suelo, el lago, las colinas, a veces esbozaba una tenue sonrisa cuando una de las Mädchen le gritaba que se uniera a ellas.

Kolb, de árbol en árbol para esconderse, se las arregló para bajar la colina y llegar a la linde del bosque, donde se ocultó tras unas matas. Von Schirren se acercó al lago, permaneció allí un rato y luego se apartó, aproximándose a donde él se encontraba. Cuando se hallaba a unos tres metros de distancia, Kolb se asomó por el arbusto.

—¡Eh!

Von Schirren, sobresaltada, le lanzó una mirada furiosa.

—Asqueroso. ¡Váyase! Ya mismo. O le echo a las chicas.

Lo que le faltaba.

—Escuche atentamente, Frau Von Schirren: su amigo Weisz ha organizado esto, y hará lo que le diga o me largaré y no volverá a vernos ni a mí ni a él.

Por un momento se quedó estupefacta.

—¿Carlo? ¿Lo envía él?

—Sí. Va a salir usted de Alemania. Ahora.

—He de ir por los zapatos —repuso.

—Dígale a la chica que esté al mando que no se encuentra bien y que va a tumbarse al autobús.

Luego, por fin, los ojos de ella reflejaron gratitud.

Subieron la arbolada loma, el silencio interrumpido únicamente por las aves, los rayos de sol iluminando el suelo del bosque.

—¿Quién es usted? —inquirió ella.

—Su amigo Weisz, con su profesión, tiene muchas amistades. Da la casualidad de que soy un conocido suyo.

Al cabo de un rato ella contó:

—Me siguen, a todas partes, ¿sabe?

—Sí, los he visto.

—Supongo que no podré ir a mi casa, ni siquiera un momento.

—No. La estarán esperando.

—Entonces ¿adónde iré?

—A Berlín, a un desván donde hace un calor de mil demonios. Le haremos un cambio de imagen, he comprado una peluca gris espantosa, y luego le sacaré una foto, revelaré el carrete y pondré la foto en su nuevo pasaporte, con su nuevo nombre. Después cambiaremos de coche y pasaremos unas horas al volante hasta llegar a Luxemburgo, al paso fronterizo de Echternach. *Después* será cosa suya.

Dejaron atrás el autobús y bajaron al camino. Klemens estaba tumbado boca arriba junto al taxi, las manos detrás de la cabeza. Al verlos se levantó, cerró de golpe el capó, ocupó su asiento y arrancó el motor.

—¿Dónde me siento? —preguntó ella cuando se acercaban al coche.

Kolb dio la vuelta al vehículo y abrió el maletero.

—No está tan mal —aseguró—. Lo he hecho unas cuantas veces.

Christa se metió dentro y se hizo un ovillo.

—¿Está bien? —se interesó Kolb.

—A usted se le da bien esto, ¿no? —respondió ella.

—Muy bien —le contestó Kolb—. ¿Lista?

—La razón por la que le pregunté lo de ir a casa es que mis perros están allí. Son muy importantes para mí, querría despedirme.

—No podemos ni acercarnos a su casa, Frau Von Schirren.

—Perdóneme —se disculpó—. No debería haber preguntado.

«No, no debería, unos chuchos, anda que...» Pero la mirada en los ojos de ella lo impresionó, de modo que dijo:

—Tal vez algún amigo se los pueda llevar a París.

—Sí, es posible.

—¿Lista?

—Ahora sí.

Kolb cerró el maletero con suavidad.

11 de julio.

Eran más de las diez cuando Weisz se bajó de un taxi delante del Hotel Dauphine. La noche era cálida, y la puerta se encontraba abierta. Dentro reinaba la calma, madame Rigaud estaba sentada en una silla tras el mostrador, leyendo el periódico.

—De manera que ha vuelto —dijo, quitándose las gafas.

—¿Acaso pensaba que no lo haría?

—Nunca se sabe —replicó ella, empleando el refrán francés.

—¿Hay algún mensaje para mí?

—Ni uno solo, monsieur.

—Entiendo. Bueno, pues buenas noches, madame. Me voy a la cama.

—Mmm —repuso ésta al tiempo que se ponía las gafas y sacudía el periódico. Weisz iba por el cuarto escalón cuando ella le dijo—: ¿Monsieur Weisz?

—¿Madame?

—Han preguntado por usted. Una amiga suya que se hospeda aquí. Cuando llegó preguntó si estaba usted aquí. Le di la habitación 47, en el mismo pasillo que usted. Da al patio.

Al punto Weisz respondió:

—Muy amable por su parte, madame Rigaud, es una habitación agradable.

—Una mujer muy refinada. Alemana, creo. Y sospecho que tiene muchas ganas de verlo, así que tal vez debiera ir, si me disculpa el atrevimiento.

—En ese caso, que pase usted una buena noche.

—Ojalá la pasemos todos, monsieur. Todos.

Impreso en el mes de septiembre de 2006
en Talleres Brosmac, S. L.
Polígono Industrial Arroyomolinos, 1
Calle C, 31
28932 Móstoles (Madrid)